AF176646

Robert Lemagne

Von der Eheherrin zur Zweitfrau

Das Gleichschenklige Dreieck
wird eine runde Sache

Über den Autor:

Robert Lemagne hat Erfahrung als Buchhändler, Bibliothekar und Journalist bei diversen Blättern. Hauptberuflich war er bis vor kurzer Zeit in sozialen Einrichtungen tätig. Er schreibt erotische Beiträge für Zeitschriften wie die Schlagzeilen und das DNFF, worin seit einigen Jahren „Roberts Kolumne" veröffentlicht wird.

Die Hauptfiguren des vorliegenden Buches – Linda, Michael und Peter – haben in seinem erotischen Werk „Gleichschenkliges Dreieck" (2020 im Passion Publishing Verlag als E-Book erschienen) zu ihrer bizarren Dreiecks-Beziehung gefunden.

2021 erschien bei BoD sein frivoler futuristischer FemDom-Roman „Sex-Report Schweden 2026 – Reise in eine nicht allzu ferne Zukunft" als E-Book und Print-Ausgabe.

Der Autor lebt mit seiner Frau Sabrina in Süddeutschland.

Robert Lemagne

Von der Eheherrin zur Zweitfrau

Das Gleichschenklige Dreieck
wird eine runde Sache

Roman

Impressum

Bibliografische Information der Deutschen Nationalbibliothek:
Die Deutsche Nationalbibliothek verzeichnet diese Publikation in der Deutschen Nationalbibliografie; detaillierte bibliografische Daten sind im Internet über
http://dnb.dnb.de abrufbar.

© 2022 Robert Lemagne

Herstellung und Verlag: BoD – Books on Demand, Norderstedt

ISBN: 978-3-7543-6119-1

Inhaltsverzeichnis

1. Rückblick

Die dominante Linda hatte ihrem Ehemann Michael eine „Überraschung" angekündigt. Als der an einem Freitag im Sommer des Jahres 2000 etwas verspätet vom Büro in die gemeinsame Wohnung kommt, bumst seine freizügige Gattin derweil vergnügt mit ihrem neuen Lover Peter. Der seine Linda liebende Ehemann musste eine Reihe von Züchtigungen und Demütigungen des neuen „Liebespaars" in seiner Wohnung hinnehmen und auch ertragen. Er lernt das sehr schnell und leidet nicht nur unter dieser außergewöhnlichen Dreiecks-Situation.

Die drei hören gerne klassische Musik, treiben Sport und vögeln viel in verschiedenen Stellungen. Linda benutzt gerne den Rohrstock, um erst ihren Gatten zu erziehen und dann auch ihrem Hausfreund die Zügel anzulegen. Doch damit nicht genug. Michael bekommt bald von seiner neugierigen Nachbarin Kornelia strengen und erotischen Nachhilfeunterricht. Seine stattliche Bürochefin Monika kritisierte und züchtigte ihn, gestattete Michel jedoch auch gewisse erotische Aktivitäten mit ihr. Auch die bisher ihm gegenüber sehr kritische Schwiegermutter Eleonore wird in die Reihe der erziehungsberechtigen Damen von Michael aufgenommen.

Die physischen und psychischen Leiden und Genüsse von Peter und Michael fanden gemeinsam in und mit Linda ihren orgastischen Höhepunkt im gleichschenkligen Dreieck. In dieser häuslichen Lebens-Gemeinschaft entwickelte sich fast eine harmonische Dreiecksbeziehung, in der die beiden Männer geliebt und gezüchtigt wurden. Die Eheherrin Linda gewann für sie genussvoll die Oberhand unter Einsatz ihrer Muschi, des Rohrstockes und ihrer Intrigen.

Ein paar Monate später, im Oktober 2000, nimmt die Geschichte eine überraschende Wendung.

2. Urlaubsvorbereitungen

Das Ehepaar Linda und Michael Springer hatte Peter, den Lover der Gattin, offiziell als den dritten im Bunde aufgenommen. Er wohnte amtlich gemeldet bei der Nachbarin Frau Kornelia Gabler, wo er sein Zimmer hatte, an dem das Türschild Peter Häusler prangte. Die meisten Nächte und Liebesstunden verbrachte er allerdings mit Linda im Ehebett, das im Schlafzimmer der Familie Springer seinen festen Platz hatte. Der Ehemann Michael schlief im kleineren Beistellbett. So auch am heutigen Samstagnachmittag: Linda ging nur mit roten Söckchen bekleidet in die Heia, Peter trug wie gewohnt seinen schwarzen Penisgürtel und ein dunkelblaues enganliegendes Tanktop. Linda legte sich breitbeinig in die Mitte des Ehebettes und blies dem vor ihrem Kopf knienden Lover Peter den immer größer werdenden Schwanz. Währenddessen leckte ihr Gatte Michael ihr die Pussy aus. Als Linda richtig feucht wurde und leise zu stöhnen begann zog Peter seinen Schwanz aus Lindas Mund und wechselte mit Michel die Stellung. Michael küsste seine liebe Frau Linda intensiv auf die Lippen während ihr Peter seinen harten und prächtigen Riesenschwanz in die feuchte Muschi schob. Nach drei Minuten bumsen in der Missionarsstellung kam erst Linda mit einem lauten: „Aaaahauuuooi guuut!" und direkt im Anschluss Peter mit einem: „Jaaahhh!" Michael hatte sich diskret von Linda zurückgezogen, er wollte sie beim Orgasmus-Schreien nicht mit

9

seiner körperlichen Nähe verwirren. Er hockte auf der Bettkante und wartete bis sich das Liebespaar in seinem Schlafzimmer wieder beruhigt hatte.

Dann legte er sich in sein kleines Bett rechts neben dem Ehebett. Eine Stunde später war Linda wieder fickbereit, diesmal wollte sie den etwas kleineren Schwanz ihres Gatten in ihrer feuchten Liebesgrotte spüren. Peter wechselte wie selbstverständlich ins Nebenbett. Linda kniete sich aufs Bett und sagte nur zu Michael: „Erst da und dann, wenn ich es sage da!" Sie deutete auf ihre offene Muschi und das niedliche Po-Löchlein. Michael langte sofort zu. Mit etwas spucke rutschte sein Schwanz mühelos in die rosa Fotze seiner Frau, er rammelte wie wild drauf los. Fast kam es ihm, er nahm sich etwas zurück. Lindas Pussy wurde immer feuchter, dann schrie sie: „Jetzt ins kleine Loch, schnell!" Michael zog seinen Schwanz aus der geliebten Pussy seiner Gattin und schob ihn vorsichtig Zentimeter um Zentimeter in das Arschloch seiner Frau. Er stieß nur ein paarmal hin und her und Linda und er kamen gleichzeitig mit einem melodisch abgestimmt klingenden: „OiiiieeJaa AAAHHiiieee!" Peter setzte sich auf die Bettkante und klatschte anerkennend Beifall. Dann legten sich die drei befriedigt ins große Ehebett. Michael ging um Kühlschrank und holte eine Flasche Sekt. Sie prosteten sich lachend zu, ein harmonisches Dreierbündnis.

10

Doch die gute Stimmung wurde unterbrochen, als Linda schon nach einer halben Stunde wieder mit Peter bumsen wollte. Der winkte einfach ab und sagte: „Das reicht jetzt doch für heute Nachmittag, wir haben prima gefickt und Michael hat dich auch befriedigt. Trinken wir weiter Sekt und schlafen etwas. Linda grantelte und überlegte, was ihr Liebhaber nur haben könnte. Der war doch früher so scharf auf jeden Fick mit ihr, nicht nur zweimal, nein auch dreimal in einer Nacht konnte er sie kräftig durchziehen. Das hatte in den letzten Wochen etwas nachgelassen. Sie überlegte und trank noch ein Glas Sekt. Okay, mit Michael lief es auch gut, der dopte sich zwar immer mit seinen blauen Pillen auf, aber warum auch nicht. Sie als PTA kannte die Wirkung auf die Erektion, eventuelle Nebenwirkungen und Einnahmemodalitäten aus der Fachpresse. Wenn er sie mit Viagra gut vögeln konnte, alles prima. Trotzdem fehlte Linda etwas. Sie überlegte kurz, dann hatte sie eine Idee und rief: „Wir fahren gemeinsam in den Urlaub, nach Südtirol, toll!" Peter sagte überrascht: „Gute Idee, nur wohin?" Die Antwort lag Michael auf der Zunge, doch er fürchtete sich vor dieser realistischen Möglichkeit etwas, bis er etwas schüchtern fragte: „Du willst doch wohl nicht ins Ferienhaus ins Etschtal zu den Staudners, oder?" Linda lachte: „Doch, erraten, genau das will ich und das machen wir auch so, keine Widerrede Michael! Das klappt sicher gut. Keiner kommt zu kurz von euch!"

Natürlich war es in der Berg- und Wein-Region Südtirol im Oktober am schönsten. Das wusste Michael auch. Doch er erinnerte sich an einen ebenso schönen Oktober vor zwei Jahren, als sie zuletzt das Ehepaar Erika und Herbert dort besucht hatten. Seit über zehn Jahren fuhren sie dorthin zu den Staudners, nur letztes Jahr nicht, das hatte auch einen konkreten Grund. Die 40-jährige Erika war scharf auf ihn und sie hatten zusammen gevögelt, als Herbert und Linda gemeinsam ein nahegelegenes Weingut besucht hatten. Erika hatte richtig getrickst, um Michael im Haus zu behalten und ihn verführen zu können. Es gab keine Affäre, Herbert war das egal, denn er vögelte, soweit sie wussten, entweder gar nicht mehr oder nur noch sehr selten mit seiner attraktiven aber unausgelasteten Gattin. Linda behielt den Staudners gegenüber zwar die Kontenance, wenn sie mit Michael war schimpfte sie allerdings, dass „die notgeile Schnepfe mit ihrem impotenten Männlein ihr künftig gestohlen bleiben können, auch wenn das Ferienhaus noch so schön ist." Der gewohnte Südtirol-Urlaub dort fiel im letzten Jahr daher aus „organisatorischen Gründen", wie Linda meinte, leider aus. Heuer würde so ein Ferien-Aufenthalt zu dritt gemeinsam mit Peter natürlich unter völlig neuen Voraussetzungen stattfinden. Reizvoll war es schon und so stimmte Michael gut gelaunt Lindas

12

Vorschlag zu. „Vielleicht geht ja nochmal was mit Erika?" dachte er sich, sagte jedoch zu den beiden: „Aber wie wollen wir das mit den Betten und Peter denn machen, ich meine jetzt den Staudners gegenüber?" Peter hatte keine Ahnung worüber das Ehepaar sprach und hielt sich aus dem Gespräch raus. „Wir stellen Peter als deinen Kumpel aus dem Fitness-Studio vor, ganz einfach. Und wie wir das mit den Betten und dem ficken machen entscheide ich, wenn wir unten sind, klaro?" Und so wurde es gemacht.

Sie hatten sich zu dritt nicht nur vögeln für Südtirol vorgenommen, sondern auch eine Weinprobe und Bergwanderungen. So besuchte Michael sein Fitness-Studio um mit seiner Trainerin Marika einen neuen Trainingsplan einzustudieren. Leider war die Trainerin zum vereinbarten Termin nicht erschienen, sie war erkrankt. Dafür stand unverhofft der Trainer Peter Häusler bereit, Michael kannte ihn sehr gut, denn er bumste seit fast einem halben Jahr regelmäßig seine Frau Linda, oft in seiner Gegenwart. „Nimmst du mich heute als Ersatztrainer für Marika?" fragte Peter lächelnd den Mann seiner Geliebten. „Na klar, du bist sicher gut auf dem Gebiet, so wie beim Ficken auch," entgegnete Michael gelassen. Sie arbeiteten mindestens eine Stunde an den verschiedenen VARIO-Geräten, Beinpresse, Schulter-Pendler, Bauch-

Cracker und Cross-Trainer. Michel brauchte nach der anstrengenden Trainer-Stunde eine Pause, sie tranken an der Bar des Studios „Men-Fit" einen Schoko-Power-Mix. „Du bist recht gut trainiert, alle Achtung", sagte Peter zu Michael nachdem Kräfte zehrenden Training. „Willst du noch einen kleinen Tipp außerhalb des Studio-Betriebes für den Einsatz deines besten Stückes von mir als quasi Fachmann haben?" fragte Peter breit grinsende den Gatten seiner Sexpartnerin. Michael wollte und nickte erwartungsvoll. „Trainierst du deinen Potenzmuskel nur ab und zu oder täglich?" wollte Peter wissen. Michel wusste nicht von welchem Muskel Peter sprach. Er erklärte es ihm in fünf Minuten: „Dieser kleine Muskel liegt zwischen dem Ende deines Sackes und deinem Po-Loch. Das geht so." Michael hörte wissbegierig wie ein Schüler seinem besten Lehrer zu. „Natürlich ersetzt das bei einer bestimmten Schwäche nicht vollständig die Einnahme von pharmazeutischen Produkten, kann aber volle Kanne unterstützen", erklärte Peter seinem Fick-Kumpanen. Michael hatte heute trainiert und mindestens zwei wichtige Dinge erfahren, gut zu wissen. Er verstand sich mit Peter immer besser.

Währenddessen besucht Linda ihren Frauenarzt zur jährlichen Regel-Untersuchung. Alles war paletti, er verschrieb ihr nach dem Termin noch ein Vitamin-Präparat und eine große Dose „Deumavan" zum geschmeidig halten der äußeren weiblichen und männlichen Geschlechtsorgane. Während die Sprechstundenhilfe das Rezept für Linda ausfüllte ritt sie der Teufel. Sie war hier in einer Gemeinschaftspraxis des Urologen ihres Mannes und ihres Frauenarztes. Die Praxis war offensichtlich in den letzten Wochen neu mit Computern ausgestattet worden. Linda fragte die vor dem Bildschirm sitzende und mit der Tastatur beschäftigte Arzthelferin: „Könnte ich noch ein Rezept für meinen Mann mitnehmen, dann müssen sie es uns nicht zusenden?" Trotzdem dies natürlich gegen ihre Vorschriften war, nickte die Dame erfreut: „Na klar, was soll es denn sein?" Linda antwortete geschäftsmäßig aber doch etwas unsicher: „Linola-Fett-Salbe und Viagra 100!" Die Sprechstundenhilfe tippte unbeeindruckt in ihr Gerät und fragte kurz nach: „Die gleiche Packungsgrößen wie beim letzten Mal?" „Natürlich dieselbe!" antwortete Linda spontan. „Na da ist ihr Gatte mit der Wirkung wohl doch sehr zufrieden." kommentierte diese etwas süßlich schmunzelnd. Linda nickte nur. Die beiden Damen wechselten kein weiteres Wort mehr. Linda bekam vier Rezept-Formulare überreicht, zwei für sich und zwei für ihren Mann Michael.

Auf dem Nachhauseweg ging Linda bei der Apotheke vorbei und löste die Rezepte ein, drei gingen auf die Krankenkasse, eines musste privat erstattet werden. Linda hatte beruflich als PTA sehr viel mit pharmazeutischen Produkten zu tun, denn die

15

Firma, in der sie arbeitete verkaufte diese an Apotheken und Händler. Leider bestand jedoch zu US-Firmen wie Elly Lilly und Pfitzer keine Geschäftsbeziehungen zu ihrem Arbeitgeber „Med-Guide", darum waren Viagra oder ähnliche Produkte nicht im firmeneigenen Angebot. Ja und ohne Rezept hätte sie die Packung mit den blauen Pillen trotz ihres Berufes nicht bekommen. Sie war froh, dass sie ihre EC-Karte dabeihatte, denn sie hatte ein Rezept über 24 Viagra erhalten: „Die kosten ja ein Schweinegeld, dafür muss ich drei Tage arbeiten. Eine 4er Packung hätte genügt, so kann man sich irren," dachte sie leicht frustriert. Doch im Grunde war Linda mit ihrem gelungenen Coup sehr zufrieden. Sie wollte Peter in Südtirol mit einer kleinen blauen Aufmunterung überraschen und für guten Sex muss Mann und eben auch manchmal Frau etwas hinlegen. Die Packungsbeilage kannte Linda genau, dann war ihr klar, dass für Peter keine gesundheitlichen Risiken bestanden. Dass Peter, Michael oder andere Männer bei ihrem Anblick keine „sexuelle Erregung" haben könnten, wenn sie sie nackt oder in Reizwäsche sehen, war für sie außerhalb ihres Vorstellungs-Horizontes. Sicher war es möglich, dass Michel von ihrer Aktion erfahren könnte, die Wahrscheinlichkeit stufte sie durch die mit neuen Techniken ausgestatten Praxis-Verwaltung jedoch für relativ gering ein. Sie selbst ging mit der Aktion allerdings trotzdem ein großes Risiko ein, das wurde ihr aber erst viel später klar.

16

3. Ferien in Südtirol

Sie fuhren gemeinsam mit dem PKW von München nach Südtirol, genauer gesagt ins südliche Etschtal. Die Fahrt dauerte etwa vier Stunden, erst fuhr Michael, dann Linda. Peter hatte zwar einen Führerschein, aber kein Auto und daher wenig Fahrpraxis. Nach ihrer Ankunft wurden die drei von den Staudners sehr freudig begrüßt, Erika gab allen dreien ein dickes Bussi. Linda und Michael kannten das Haus bereits sehr gut. Es lag oben am Hang, man blickte direkt auf die Etsch und die Autostrada hinab. Das Haus war dreistöckig. Im unteren Teil lebten die Staudners etwa vier Monate im Jahr, den oberen, fast gleich geschnittenen Teil vermieteten sie an Freunde, Bekannte und Verwandte als Ferienwohnung. Das obere Teil war unbewohnt und ein Dachstuhl mit Möbelablage. Alle drei Hausteile waren innen durch eine Leiter verbunden, die normalerweise nicht benutz wurde, nur wenn Gefahr drohte oder etwas innen transportiert werden musste. Der untere und mittlere Hausteil, haben jeweils einen separaten Wohnungseingang. Die drei konnten also kommen und gehen wann sie wollten, ohne dass sie die Familie Staudner stören musste. Umgekehrt war es demnach genauso.

Die Gastgeber Erika und Herbert wollten unsere drei Zugereisten gleich zu einem umfangreichen Begrüßungsfest einladen, doch mehr als ein kleiner Umtrunk mit zwei Glas Sekt wurden es nicht: „Wir sind von der Fahrt müde und wollen uns erstmal oben einrichten, entschuldigt bitte, aber wir treffen uns dann morgen!" war die unmissverständliche Ansage von Linda für alle. Für die erste Übernachtung wurden nun oben die wichtigen Entscheidungen getroffen. Es gab ein Schlafzimmer mit Ehebett, einem Schrank und sehr wenig weiterem Platz, an ein Zusatzbett war nicht zu denken. Dann gab es ein direkt daneben liegendes Gästezimmer mit zwei getrennt stehenden Betten und zwei Schränken. Michael kannte die Lage und hatte eine böse Ahnung, er täuschte sich leider nicht.

Linda ging schnurstracks ins Schlafzimmer und verkündete: „Hier schlafe ich die ganzen sechs Tage. Ihr richtet euch beide im Gästezimmer ein. Peter schläft dann bei mir voraussichtlich jede Nacht hier im Schlafzimmer, außer ich sage etwas anders. Unvorsichtig meldete da Michael sein Veto an: „Aber Linda, du hast doch gesagt, dass ich Peter als meinen Kumpel..." Weiter kam er nicht: „Ruhe jetzt, es ist klar, dass mich Peter hier im Schlafzimmer so lange bumst, wie ich es sage, verstanden? Wir stellen ihn als deinen Kumpel hier dar, aber er ist mein Lover! Hosen runter und über den Küchen-Stuhl beugen Michael, sofort!" Er hatte für heute verloren, das war jetzt klar. Er tat, was Linda wollte, Peter brachte derweil seine Sachen ins Gästezimmer, räumte einen Schrank ein und brachte seinen „BUKo" ins Schlafzimmer zu Linda. Die hatte in der Zwischenzeit einen Rohrstock aus der Reisetasche geangelt und versohlte damit kräftig ihrem Gatten den nackten Hintern. Nach etwa drei Minuten "Huiitt-Pitsch, Huitt-Patsch"-Klängen in der Küche der Ferienwohnung kehrte langsam Ruhe ein.

Nach einer gemeinsamen Abendbrotzeit ging man zu Bett, Linda und Peter ins Schlafzimmer, Michael ins Gästezimmer. Er hatte sich aus gutem Grund einen Gettoblaster mit Kopfhörern mitgenommen. Er legte sich ins Bett und trank eine Flasche guten Marzemino-Rotwein. Michael legte eine CD mit Beethovens vierter und fünfter Symphonie auf und wartete. Dann hörte er im Schlafzimmer nach wenigen Minuten die Betten rhythmisch knarzen. Erst sagte er sich: „Aha, es geht wieder los, drüben wird gepetert!" Dann genoss er das laute Quietschen der Matratzen sogar, er empfand es noch etwas lauter als zuhause in „seinem" Schlafzimmer. Dann setzte er den Kopfhörer auf und drehte die Lautstärke nach oben. Sie waren zwar alle drei etwas müde, das hinderte Linda selbstverständlich nicht am Ficken. Allerdings genügten ihr heute Nacht zwei Durchgänge, mit einer Stunde Erholungspause dazwischen. Vier Orgasmen für zwei Leute in zwei Stunden, es war eine gute Leistung. Der Urlaub hatte begonnen!

Michael stand am nächsten Morgen relativ früh auf. Er duschte sich um sieben und machte einen Morgenlauf, langsam wurde es hell. Um kurz vor neun wollte er in die Ferienwohnung zurückgehen, es kamen von dort bereits Geräusche aus Küche und Bad, das Liebespaar war also aufgestanden. Da passte ihn Erika vor der Türe ab. Sie redeten über belangloses, das kommende Wetter und wie es ihnen hier gefällt. Michael stellte Peter wie zuvor zuhause vereinbart als seinen Kumpel und Trainer aus dem Fitness-Studio vor, Erika machte dabei einen sehr interessierten Eindruck. Der prima aussehenden und sexuell aufgeschlossenen Erika gefiel Michael gut, darum wollte sie ihm heute Vormittag besonders schmeicheln: „Du geiler Stecher hast heute Nacht offenbar sehr lustvolle Taten vollbracht, deine Gattin kann stolz auf dich sein, ehrlich Michael. Ihr wart ja schon jahrelang hier, aber so ein gut hörbares rhythmisches Matratzen-Quietschen habe ich bisher noch nicht vernommen. Und wie deine Linda gestöhnt hat, die beneidenswerte Frau! Ich liege ja in meinem Schlafzimmer direkt unter ihr, ich habe nicht gelauscht, nein, nein, aber ihre zwei Abgänge habe ich deutlich mitbekommen." Michael wurde es heiß und kalt, er sagte gar nichts und bekam sogar einen etwas roten Kopf. „Freu dich doch, du bist ein sehr fleißiger und liebevoller Ehemann, das ist mir klar. Zum Bumsen der Frau bist du sicher mit einem aktiveren und erfolgreicheren Teil ausgestattet als mein Herbert, ach die Welt ist ungerecht. Du weißt ja, dass wir seit zwei Jahren unten getrennte Schlafzimmer haben?" Michael stotterte nur: „Nein, keine Ahnung." Erika beschloss mit dem Getratsche nun doch Schluss zu machen und verabschiedete sich: „Also Grüße von mir deinen Kumpel Peter und deine Linda!"

Der Tag hatte für Michael ja gut angefangen. Sie hatten heute eine Bergtour geplant. Nach dem Frühstück zogen sie los, fuhren mit dem Auto eine Stunde zur Bergstation und waren dann sechs Stunden unterwegs. Zweimal gab es Pause mit Brotzeit und „Kaspressknödel" in einer Almhütte für die Wanderer. Dann fuhr man zurück in die Ferienwohnung. Sie hatten heute zu dritt einen wunderschönen Urlaubstag erlebt, ohne Streit mit viel frischer Luft und herrlichem Ausblick auf das Trudner Horn in den südlichen Südtiroler Bergen. Auf eine Feier mit den Staudners hatte heute Abend weder Linda noch Peter und schon gar nicht Michael Lust.

Sie gingen früh zu Bett, alle waren etwas müde von der Wanderung und wollten keine weiteren Gespräche führen. Michael trollte sich in sein Gästezimmer und wartete ob er vom Liebespaar auch heute Nacht wieder erotische Laute zu hören bekamen würde. Er wurde nun wirklich nicht enttäuscht. Das Rammeln und rhythmische Matratzen-Quietschen, begann bereits eine halbe Stunde

nach der Verabschiedung zum getrennten Zubett-
gehen. Dann hörte der Gatte kurzes Stöhnen seiner Frau und ihres Liebhabers, dann war Ruhe.
Michael studierte nun entspannt den Wanderfüh-
rer der Umgebung, Linda hingegen befasste sich
mit dem Schwanz und den Eiern von Peter. Die beiden tranken ein Glas leichten Rose-Wein und etwas Wasser. Da überraschte Linda ihren Peter mit
einer halben blauen Pille, er solle sie „doch nur mal
so zum Spaß probieren", ihr sei schon klar, dass er
„so etwas" natürlich nicht wirklich benötige. Peter
wollte eigentlich schlafen, war von Linda jedoch
neugierig gemacht worden. Er hatte schon einiges
über die vor drei Jahren auf den Markt gekomme-
nen Viagra-Pille gelesen, sie sollte einerseits Wunder beim Schwanzstehen bringen, andererseits
könnte die Wirkung auch vollkommen ausbleiben.
Er gab sich einen Ruck, schluckte die halbe Pille
und ging gemeinsam mit Linda ins Bad zum Du-
schen.

Sie trödelten bewusst, tranken noch ein Glas Wasser und begannen nach einer halben Stunde erneut mit ihrem Liebesspiel. Peter war wirklich
überrascht von dem Power-Schub den er bekam.
Seine Ohren pfiffen etwas, der Mund wurde leicht
trocken und sein Schwanz stand wie eine Eins! Er
rammelte Linda von hinten durch, die ihm begeistert ihren nackten Popo und die offene Pussy hin-
streckte. Sie wichste noch etwas in dieser für sie
bequemen Stellung ihren Kitzler und in drei

22

Minuten kamen beide erneut. Michael hatte sich derweil den Kopfhörer aufgesetzt und hörte Mahlers Symphonie mit dem „Lied von der Erde". Nun herrschte Ruhe im Ehebett und Stille im Gästezimmer bis kurz nach Mitternacht. Peter erwachte mit einer tollen Erektion, Linda schlief. Er weckte sie sanft auf und schob ihr seinen harten Schwengel ungefragt in die offene und noch vom Vor-Fick feuchte Muschi. Linda arbeitete erfreut mit ihrem Becken mit, das Bett wackelte etwas, die Matratzen ächzten in der nächtlichen Stille bedenklich laut. Die unter dem Schlafzimmer liegende Erika dachte, dass Linda und Michael jetzt aber einen tollen Rhythmus beim Bumsen gefunden haben. Michael dachte in seinem Gästezimmer erneut wach liegend, „hören die beiden den nie mit Ficken auf?" Stunden später graute der Morgen.

Nach dem Frühstück traf man sich zu einem kurzen Plausch zu fünf vor der Wohnung der Staudners, die luden unsere drei Feriengäste zum Abendessen ein. Erika konnte es sich bei der Gelegenheit nicht verkneifen, den Michael erneut für „seine selbst von mir sehr gut hörbaren sexuellen Leistungen im Bett im Schlafzimmer über mir" zu loben. Michel lief knallrot an, Linda und Peter mussten sich das Lachen verkneifen. „Wenn es beim Sex nach über fünfzehn Jahren Zusammensein im Bett noch so quietscht, dann kann man wirklich von einer sehr gut funktionierenden Ehe sprechen, nicht war meine zwei Lieben?" sagte sie süßlich zu Linda und Michael. Peter zwinkerte sie unwissend zu. Der schaute nur harmlos in den Himmel. Erika stach dann der Hafer und sie fragte Michael: „Oder nimmst du jetzt das neue Viagra, das soll ja für die Potenz gut helfen. War nur ein Scherz, macht weiter so!" Das reichte, nun suchten die drei das Weite. Linda und Peter konnten sich das Lachen nicht mehr verkneifen, Michael bekam erneut einen Stich in die Leiste.

Den Tag verbrachten die drei dann mit Fahrten zu zwei in der Gegend liegenden Weingütern. Über das Lob Erikas und ihre Anspielungen sprach man besser nicht. Weinproben und Wein-Einkauf war jetzt angesagt. Linda und Michael waren froh, dass Peter zwar kein Auto, aber einen Führerschein hatte. So ließ das Ehepaar Springer großzügig Peter fahren, denn dann konnten sie, ohne Rücksicht auf den Alkoholpegel nehmen zu müssen, Wein probieren. Am Abend kamen sie etwas angeschickert in ihrer Ferienwohnung an, sie hatten insgesamt 12 Karton Wein eingekauft. Sie legten sich getrennt eine Stunde schlafen, ja, wirklich schlafen. Dann gingen sie zu dritt runter in die Wohnung der Staudners, denn die hatten sie heute zum Abendessen und gemeinsamen Umtrunk eingeladen.

Erika hatte richtig aufgekocht, es gab Speck-Knödel mit Rinder-Gulasch, dazu Blauburgunder-Rotwein. Es schmeckte allen, bald war Herbert,

Michael und Linda beschwipst. Erika redete zwar viel, trank jedoch wenig Wein. Peter hatte tagsüber nichts getrunken und hielt sich mehr an das Gulasch als an den süffigen Rotwein. Erika erzählte, dass sie seit zwei Jahren getrennt schlafen, denn das Schnarchen von Herbert sei zu laut für sie. „Trotzdem passt jeder auf den anderen auf, dass keinem was passiert", meinte Erika etwas unverständlich für die drei Gäste. Erika trug einen sehr kurzen dunkelroten Rock. Peter saß ihr gegenüber und musste aufpassen, dass er ihr nicht auf den Muttermund guckte, denn die attraktive 40-jährige Dame saß breitbeinig auf ihrem Stuhl und trug, wie sie freimütig bekannt gab: „bei dem herrlichen Herbstwetter natürlich kein Höschen, so ungezwungen leben wir hier". Peter erzählte vom Fitness-Studio in München und dass er mit Michel dort noch letzte Woche trainiert habe. Erika hörte ihm mit glänzenden Augen zu und Linda wurde müde. Sie wollte nach oben gehen. Peter reagierte nicht darauf, sondern starrte Erika zwischen die gespreizten Beine.

Nach oben ins Schlafzimmer wollte Michael auch, er stand auf und sagte: „Dann gehen wir zwei eben schon mal vor, du kannst ja später nachkommen und unsere Gastgeber noch etwas unterhalten!" Peter nickte ihm erfreut zu, Lindas Augen schickten zornige Blitze in Richtung Erika und Peter. Sie sagt dann lässig: „Ja lass uns gleich ins Schlafzimmer gehen, vielleiht können uns die Herrschaften hier unten dann wieder zuhören so wie gestern!" Und weg waren sie. Linda packte Michael am Hosenbund als sie oben angekommen waren und zog ihn ins Schlafzimmer. Sie wollte ihn nicht versohlen, sondern mit ihm bumsen, das war klar! Michael versuchte seine Gattin etwas zu beschwichtigen und hinzuhalten. Er ging schnell in sein Zimmer, nahm eine ganze blaue Pille und trollte sich ins Bad. Er frischte sich ab und wollte etwas Zeit schinden, denn die Wirkung der Pille setzte, gerade bei Alkoholkonsum, leider nicht sofort, sondern erst nach einer halben oder einer Stunde ein.

Unten ging die Unterhaltung munter fort, Herbert stieß mehrfach mit Peter an, begründete die getrennten Schlafzimmer mit seiner Atemnot und dass es ihm „überhaupt nichts ausmache, wenn sich Erika mal ohne ihn vergnüge, denn das ist leider meinem Gesundheitszustand auch anzurechnen. Und jedenfalls ist das in der heutigen Zeit ja wohl das Recht der Frauen, sexuell auf ihre Kosten zu kommen und Spaß zu haben". Gut eine Stunde nachdem Linda und Michael nach oben gegangen waren, hörten Peter und das Ehepaar Staudner leichte rhythmische Matratzengeräusche von oben. „Ja unser Haus ist halt leider doch etwas hellhörig, die beiden arbeiten wohl mal wieder die Nacht durch", kommentierte Erika das Gehörte. Sie hatte zwischenzeitlich bereits den Schwanz von Peter mit einer Hand durch seine Hose gespürt und zog ihn fünf Minuten später mit ins Schlafzimmer. Herbert

26

war in sein Zimmer verschwunden und schaltete seinen „Fernseher" an: Auf dem Bildschirm erschien nicht das Logo von RAI, sondern wie seine Frau Erika ihrem Gast Peter beim Ausziehen half und sofort danach seinen Schwanz im Mund hatte. Fünf Minuten später lag sie mit weit gespreizten Beinen auf dem Rücken, Peter leckte ihr erst die Muschi aus, denn zog er sie wirklich sehr sauber durch. Erika quietschte vor Vergnügen, das Ficken hatte ihr in den letzten Monaten so sehr gefehlt. Sie wollte Peter noch ein paar Stunden, nein ein paar Tag, hierbehalten. Peter hatte heute keine blauen Pillen genommen, Erikas Fotze war neu für ihn, darum war er so richtig scharf und fickte sich und sie im Laufe der Nacht noch zweimal zum Orgasmus. Es war sehr schön auch für ihn, endlich mal wieder eine andere Frau zu vernaschen als nur immer die nimmersatte Linda zu bumsen. Erika war ein paar Jahre älter, aber eben eine gut gebaute attraktive Dame mit einer süßen fleischigen und sehr schnuckeligen Muschi. Es war gut so.

Sie blieben noch zwei Tage hier, Linda und Peter vögelten in der Zeit nicht mehr miteinander. Peters Klamotten und Kulturbeutel lagen zwar oben im Gästezimmer, er hatte sich mit der Zustimmung von Herbert jedoch „für ein paar Tage" bei Erika im Schlafzimmer einquartiert. Manchmal benutzte Peter die schmale Treppe im Haus, um sich eine neue Unterwäsche oder doch mal eine blaue Pille aus dem nun verwaisten Gästezimmer über ihnen zu holen. Linda und Michael bumsten jede Nacht zweimal sehr gut zusammen im engen Schlafzimmer, lobende Kommentare von Erika hörten sie leider nichtmehr. Die sexentwöhnte Hausherrin war ja selber vorwiegend mit Peter beschäftigt, so konnte sie auf das Belauschen ihrer Gäste gerne verzichten. Wenn die beiden in ihr eheliches Schlafzimmer verschwanden saß Herbert vor seinem Bildschirm und freute sich daran, mit welch kräftigem Schwanz seine Gattin von Peter durchgevögelt wurde. Er wichste sich dabei einen ab und kam sogar, wie toll! Tagsüber wanderten die drei Gäste etwas in der Gegend herum, Linda war zwar glücklich und froh, von Michael nachts so gut gevögelt zu werden, doch eifersüchtig war sie wegen dem Ausspannen von Peter auf Erika schon. Sie fuhren dreimal zu zweit mit Michael einkaufen, dann kam der Abschied kurz und schmerzlos.

Herbert bedankte sich bei der Familie Springer für ihren Besuch und bei Peter, dass er sich mit ihm gut verstanden habe und er „meine liebe Gattin doch so wunderbar bedient" habe. Er solle doch bald wieder hierherkommen, mit oder ohne Begleitung! Wie zwei neu Verliebte tauschten Peter und Erika, Fotos, Adressen und Telefonnummern aus. Sie strahlte ihren neuen Lover an und bat ihn auch, sehr bald wieder zu kommen, sie würde ihn auch am Bahnhof in Bozen mit dem Auto abholen: „Du hast mich wirklich vorzüglich wunderbar gebumst, schön dass wir uns getroffen haben. Erika

28

dankte auch Michael vertraulich, für den „vorzüglichen Stecher-Freund- Peter, hoffentlich besucht er mich bald wieder!" meinte sie zu ihm. Die Verabschiedung von Linda viel sehr kurz aus. Sie war offensichtlich sauer auf Peter und setzte sich selbstbewusst ans Steuer ihres Autos und fuhr ohne viel zu sagen los nach Hause.

Dort kehrten die alten Verhältnisse fast, aber nicht ganz wieder ein. Linda hatte Peter unbefangen die 24er Packung Viagra überlassen und sie vermutete, dass er ein oder zwei Pillen davon mit Erika „verbumst" hatte. Sie schlief zwar bereits am ersten Abend zuhause wieder mit Peter im heimischen Ehebett, Michel durfte im "Dritten Bett" Platz nehmen. Peter bumste Linda hier, auch für Michael überraschend, wieder hörbar gut. Jede Nacht drei Einstiche mit Orgasmus, vielleicht lag das ja auch an den blauen Pillen, dachte Linda. Michael machte sich keine Gedanken darüber. Allerding schlief Peter seit ihrer Rückkehr aus Südtirol drei Nächte „drüben in meinem Zimmer", wie er sich ausdrückte. Mit wem er da wohl beischlief? In diesen Nächten war Michael sehr glücklich, denn er hatte seine Linda wieder für sich alleine. Er durfte sie jede Nacht zweimal vögeln, darum hielt er sich auch mit Alkohol sehr zurück. Er trainierte seinen Potenz-Muskel wie Peter es ihn gelehrt hatte und nahm zusätzlich gerne die Viagra-Unterstützung in Form einer halben Pille ein. Das war alles kein Problem für ihm. Die Nächte, die Peter mit Linda in seinem Schlafzimmer und Ehebett verbrachten, genoss er als dankbarer Zuhörer. Es war alles gut, doch nicht mehr so wie früher! Gefühlsmäßig veränderte sich langsam etwas und alle drei spürten das.

4. Die Nachbarin lauscht besser

Die Nachbarin der Familie Springer beherbergte nun Peter im Zimmer ihres Sohnes, der vor etwa einem Jahr ausgezogen war. Frau Kornelia Gabler schläft selbst natürlich in ihrem Schlafzimmer, was seitenverkehrt direkt neben dem von Linda und Michael liegt. Die Wände dort waren sehr hellhörig. Darum war es für Kornelia schon fast normal, dass sie durch die Wand zuhören konnte, wenn mal Michel und mal Peter mit Linda bumste. Sie hatte es sich zur Gewohnheit gemacht, währenddessen mit den Fingern ihren Kitzler und die Schamlippen zu massieren, bis sie kam. Als ihr dies mit der Zeit etwas zu eintönig geworden war, bestellte sie in einem Erotik-Versandt einen kleinen und einen größeren Vibrator, einer fleischfarben, der andere schwarz. Das war schon besser, die Teile brummten im Betrieb zwar etwas, doch das störte sie keineswegs. Allerdings hätte sie selbst gerne etwas mehr und auch deutlicher von den Sexspielen im Schlafzimmer nebenan mitbekommen, denn geil war das schon!

Sie nahm das große Bild mit der Zigeunerin und dem Hengst vom Nagel und klopfte die Wand nach Hohlräumen ab. Sie fand zwei und bohrte jeweils ein kleines Loch in die Tapete. Dann entfernte sie in der Rigips-Wand etwas Füllmaterial und verschloss die zwei Löcher mit aufgeklebten Tapetenresten. Am Ende der Aktion hängte sie das etwas kitschige Bild wieder an seinen ursprünglichen Platz. Die gute Frau dachte bei dieser Aktion nur daran, dass sie künftig besser hören konnte, was drüben geschah, sie kam nicht auf die Idee, dass ihre Nachbarn gewisse Aktivitäten in ihrem Schlafzimmer künftig ebenso besser hören würden, denn bisher hatte dort in den letzten Jahren ja auch wenig oder nichts stattgefunden, außer Schlafen und vielleicht Schnarchen.

An diesem Abend war ihr Untermieter Peter Häusler leider nicht in seinem Zimmer, das direkt neben der Küche gegenüber ihrem Schlafzimmer lag. Kornelia hatte eigens für ihn ein Namensschild an der Haustüre und ein von ihr per Hand geschriebenes an seiner Zimmertüre angebracht. Nur mit einem leichten Nachthemd bekleidet legte sie sich zur üblichen Schlafengeh-Zeit auf ihr Bett. Auf ihrem Nachtkästchen stand ein Topf Vaseline und es lagen dort ihre zwei neuen Vibratoren. Sie massierte sich die Muschi, langsam wurde sie feucht und ungeduldig. „Da!" drüben kam endlich Bewegung in die Bude. Offensichtlich passte der Hausherrin etwas nicht, ein paar scharfe Töne waren zu hören, dann ein Sirren, Pfeifen und Klatschen, so als wenn eben jemand gerade den Arsch voll bekommt. „Kriegt da nun Peter oder Michael Hiebe?" dachte sie. Sie schätzte richtig, es war Michael. Dann dachte Kornelia nichts mehr und hörte nur noch gespannt zu, ihre Aktion mit der Wand hatte sich offenbar gelohnt. Sie freute sich über den

32

guten Sound, der aus dem neben ihrem Schlafzimmer gelegenen Springer-Schlafzimmer nun wesentlich deutlicher zu vernehmen war.

Erst quietschte die Matratze gut hörbar drei Minuten, dann wurde dieser Ton vom ebenso rhythmischen Klatschen von Körper auf Körper untermalt. Kornelia nahm den kleinen Vibrator in Betrieb und schob ihn in ihrer feuchten Pussy rein und raus. Von drüber drangen nun Stöhn-Laute wie „AAAhhhaa Guuut" und „Jaaahhh...weiter soooo!" zu ihr herüber. Da es sich eindeutig um eine Frauenstimme handelte, musste das wohl Linda sein, „die falsche nuttige Schlampe", dachte Kornelia und massierte sich mit dem lauter summenden Vibrator ihren Kitzler. Sie wurde immer geiler, neugieriger und feuchter. „Ich kooomme, guuut Peeeeter!" hörte sieLinda rufen, dann kurz darauf ein „AAAAhhhh!Jaaaah!" von einer männlichen Stimme. „Das muss wohl mein Peter sein!" dachte sie und schrubbte mit dem Vibrator weiter rein und raus. Doch ihr ging es nicht so gut wie Linda und Peter drüben, Kornelia hatte noch etwa Arbeit an ihre Pussy vor sich.

Plötzlich herrschte Ruhe drüben. Frau Gabler holte sich ein Glas Wein aus der Küche, schaltet den größeren schwarzen Vibrator ein, gab erneut Vaseline in ihre Möse und führte den schwarzen Kerl langsam in ihre nasse Lustgrotte ein. Oh wie tat das gut. Sie dachte an Peter und seinen großen

Schwanz, der sie vorige Woche schon zweimal durchgefickt hatte. Sie stellte den Knopf des Vibrators zwei Stufen höher, es brummte vernehmlich lauter, doch Kornelia hörte das nicht mehr. Mit einem „Jaaa OOOOOHH!" kam sie alleine in ihrem Doppelbett liegend, allerdings von einem zuverlässigen Hilfsmittel unterstützt. Im Schlafzimmer der Familie Springer wurde man auf die Geräusche aus dem Zimmer hinter der Wand aufmerksam. Ein stärker werdendes verdächtiges Brummen und ein leiser „AAaahhh"-Ton war dort deutlich zu vernehmen.

„Hat deine Wirtin einen Stecher?" fragte Linda den neben ihr zufrieden im Bett liegenden Peter belustigt. Der schüttelte lächelnd und etwas verunsichert den Kopf: „Hört sich eindeutig nach Vibrator an", steuerte Michael sehr sachlich zur Diskussion des eben mit Bumsen fertig gewordenen Liebespaares bei. „Naja, vielleicht holt sie sich einen runter, warum nicht?" warf der im Ehebett neben Linda liegende Peter in die Runde. „Das mit dem Brummen ist aber neu!" sagte Linda kritisch. „Das ist eindeutig ein Dildo mit verstellbarer Vibrationsfrequenz," sagte Michael. Dann war es eine viertel Stunde ruhig". Das mit der verstellbaren Vibrationsfrequenz musst du mir nochmal erklären und zeigen, komm doch rüber zu mir", sagte Linda anzüglich zu ihrem Gatten. Der schnellte erfreut hoch. Für Peter war klar, was da bedeutete. Ohne ein weiteres Wort zu sagen verschwand er müde und leicht gefrustet im Beistell-Bett. Es war noch warm von Michaels Körper. Zehn Minuten später konnte sich Kornelia über eine Neuauflage der hemmungslosen Aktivitäten im Schlafzimmer nebenan freuen. Nur rief keine Frauenstimme mehr „Peeeter", sondern eine Männerstimme: „Jaa Lindaaaa, guut!" Jetzt wusste auch die neugierige Nachbarin Bescheid, zum erneuten Onanieren war es mit dieser Erkenntnis für sie heute Nacht jedenfalls zu spät.

5. Elli will mehr

Michael ist mal wieder bei seiner Schwiegermutter Eleonore, die er kurz Elli nannte, zum üblichen, von Linda für ihn mit ihrer Mutter vereinbarten Wochenenddienst. Er hat am heutigen Samstag einige Stunden gut gearbeitet, geputzt und sogar ein kleines Regal handwerklich gut repariert. Elli war seit einiger Zeit sehr zufrieden mit ihrem anfangs ungeliebten Schwiegersohn. Das hatte sich geändert, als er sie nach einer gründlichen Züchtigung gut geleckt hatte. So auch heute. Nach getaner Arbeit lobte die Schwiegermutter ihren Michael sehr, sie tranken Kaffee und legen sich anschließend ins Bett. Elli zog sich vollständig nackt aus und sagte zu Michael: „Bub, jetzt ran an den Mutterspeck, schön meine Muschi auslecken, danach bist du dran." Michael verstand sich mittlerweile auf dieses „Handwerk", besser Zungenspiel genannt. Nach fünf Minuten Bearbeitung mit Lippen, Zunge und Fingern bekam Elli ihre schöne feuchte Krise, sie jaulte: „OOOHhhhooojaaa!"

Dann zog sich Michael die Hosen runter und bekam von seiner Schwiegermutter den Schwanz sehr liebevoll geblasen. Es war zwischen den beiden vereinbart, dass es beim Blasen und Lecken bleiben sollte. Linda, Ellis Tochter und Michaels Gattin, sollte ebenso nichts von dieser Praxis erfahren. Das war auch einige Monate so geblieben und gut gegangen. Als Michaels bestes Stück wie

36

Schatz!" Linda kuschelte sich wie verliebt an ihn: „Ja schlafen wir, wie gut, dass du hier bist!" Sie konnten allerdings nicht wirklich einschlafen. Nach einer viertel Stunde ging es im Schlafzimmer der Nachbarin wieder los mit Ficken: „Ihr Stecher musste gut drauf sein und sie wirklich sexy finden," dachte Linda. Doch im Grunde wusste sie schon, wer Frau Gabler hier und heute dort drüben bumste: Ihr Peter! Und Michael wusste es natürlich auch.

Den Beleg lieferte das ungleiche Liebespaar im Schlafzimmer der Frau Gabler Michel und Linda nach einer Minute: Frau Gabler stöhnte lautstark: „OHHHoHHH guut, jaaa mach weiter so Peeeter, Ja!" Michael grinste in sich hinein, war das eine Freude für ihn. Linda war sauer: „Ist mir doch egal was die zwei da drüben treiben, ich wundere mich nur, warum wir seit kurzer Zeit jeden Furz hören, den die Alte da drüben lässt!" Michel stand auf, öffnete eine Flasche Blauen Burgunder und schenkte beiden ein Glas ein. Das tranken sie im Bett. Es war als Schlafmittel für Linda gedacht, es wirkte auch fast. Als das Glas leer war legten sich beide zusammengekuschelt wieder hin und schliefen ein. Gegen Mitternacht ging bei Frau Gabler das Rammeln erneut ungehemmt los. Linda wachte schon wieder auf und stellte sich schlafend. Sie war stinksauer auf Peter und wollte mit Michel jetzt nicht mehr darüber sprechen. Der wachte auf, ging auf die Toilette und schenkte sich noch ein halbes

Glas von dem guten Rotwein nach. Genüsslich trank er nicht nur den Wein, sondern ebenso erfreut lauschte Michael den für ihn sehr fröhlichen Klängen aus dem Schlafzimmer der Nachbarswohnung. Er kannte den Takt und die sexuellen Leistungen von Peter sehr gut, er hatte ihn hier in seinem Schlafzimmer oft genug beim bumsen mit seiner Linda stöhnen gehört. Jetzt konnte Michael leicht gedämpft durch die Wand vernehmen: „Ja Kornelia guuuut, ich komme nochmal!" Das Vögeln mit Linda wurde für Michael immer besser: „Eine sehr gute Entwicklung, geil!" dachte er. Zufrieden schlief er ein.

Als Peter zwei Tage später zu Besuch im Wohnzimmer der Familie Springer war, fragte Linda ihn betont nebenbei, wie es denn so mit der Nachbarin läuft: „Mit Kornelia prima, sie ist auch gut zu vögeln, halt etwas anders als mit dir. Ist aber nichts ernstes, Schatz!" Das war natürlich sehr unvorsichtig und nicht gerade feinfühlig gegenüber Linda: „Das ist ja schnell gegangen, bisher hat er Frau Gabler gesiezt!" dachte sich Linda. Sie sagte schnippisch zu Peter: „Nur gut, dass du die Viagra-Pillen von mir bekommen hast, da steht er dir selbst bei der Alten länger!" Peter schüttelte lächelnd den Kopf: „Nicht eifersüchtig sein Linda, nicht auf Kornelia, das hast du nicht nötig!" Doch am selben Tag schlief Peter wieder „drüben bei der notgeilen Tussi", wie Linda sich Michal gegenüber sehr charmant ausdrückte. Der nahm es mit

42

selbstgefälligem Humor: „Schau Linda, du hast ja mich, ist doch auch nicht schlecht." An diesem Abend tranken sie vorsichtshalber den Burgunder im Wohnzimmer, denn pünktlich um halb Neun ging drüben im Schlafzimmer der Nachbarin wieder das Matratzen-Quietschen los.

7. Die Chefin fällt nach oben

Die BA wurde insgesamt umstrukturiert. Michaels Chefin Monika Schnitzler ist ab sofort die Leiterin der örtlichen Dienststelle. Die Abteilungen werden neu strukturiert. Alle Arbeitsplätze in der Behörde werden jetzt mit neuen Computern ausgestattet, sogenannten PCs. Michael ist auch für die Umsetzung dieser heute neuen technischen Arbeitsweise mitverantwortlich. Frau Schnitzler ist von der Arbeit Michaels in den letzten Wochen sehr beeindruckt und natürlich auch von seinen sexuellen Fertigkeiten. Herr Springer wird auf ihren Vorschlag hin zum Leiter der Abteilung „Controlling und Qualitätsmanagement" befördert. Er steigt eine Gehaltsgruppe höher und ist damit direkt Frau Monika Schnitzler unterstellt. Der nächste Chef der BA-Behörde sitzt weit weg in Berlin. Michael muss nun keine einzelnen Fälle mehr bearbeiten und Beratungsgespräche mit renitenten „Kunden" führen. Er hat die Aufsicht, Kontrolle und Weisungsrecht gegenüber fünf Sachbearbeitern und sieben Sachbearbeiterinnen. Er erarbeite Vorschläge zur Verschlankung der Verwaltung und setzt die „Neuen Techniken" in den Büroräumen konsequent ein. Er erteilt Arbeitsaufträge an seine Sachbearbeiter und erstellt Reden ganz konkret für seine neue und alte Vorgesetzte Monika Schnitzler. Sie und er orderten rechtzeitig für sich ein neu auf den Markt gekommenes Siemens-Handy, ein S10D, für den Dienstbereich, die

Nutzung kontrolliert Michael. Die dienstliche Umstrukturierung hatte nur etwa drei Wochen gedauert. Michaels Büro liegt direkt gegenüber dem von Monika. Beide Büros sind mit Sekretariatsräumen durch eine verschließbare Türe verbunden, die jedoch meist geöffnet ist. Monika hat die bisherige Chefsekretärin Frau Gertrude Meister von ihrem Vorgänger übernommen. Michaels Sekretariatsbüro ist derzeit noch unbesetzt.

Monika und Michael haben ein nicht offizielles Verhältnis miteinander begonnen, das natürlich von beruflichen wie erotischen Aspekten geprägt ist. Schon seit mindestens sechs Wochen hatte Michael keine Hosenspanner mehr von Monika erhalten. Die Besprechungstermine am Donnerstag blieben jedoch. Wenn Monikas Sekretärin, Frau Meister, weg war und es die Zeit erlaubte, dann fickte er hinterher abends Monika auf ihrem Schreibtisch kräftig durch. Selbstverständlich leckte er ihr zuvor die Muschi feucht, darauf bestand Monika dann doch, etwas Respekt musste sein! Michael stärkte sich durch sein tägliches Potenzmuskel-Training und eine Stunde vor dem Sex durch die Einnahme einer halben blauen Pille. Das beruflich verbundene Liebespaar hatte sich angewöhnt, während dieser Session dezent Mozarts „Kleine Nachtmusik" auf ihrem in Monikas Büro stehenden Dienst-CD-Player zu hören. Der Zutritt zu ihrem Zimmer war Außenstehenden nicht möglich und der Wunsch, sie nach 18.00 Uhr zu besuchen auch mehr als unwahrscheinlich.

Zuhause erzählte er weder Linda noch Peter etwas von seinem neuen Verhältnis, allerdings natürlich von seiner neuen Aufgabe, seiner Höhergruppierung und seinem an Wichtigkeit zugenommenen Aufgabengebiet. Michael kaufte sich privat eine neue Digitalkamera und zeigte sie Linda, die war echt beeindruckt von Michaels Wissen und technischer Kompetenz. Er konnte wesentlich selbständiger als früher arbeiten, Entscheidungen treffen und über Beginn und Ende seiner Arbeitszeit freizügiger entscheiden. Dies führte allerdings dazu, dass er mehr und nicht weniger Zeit in seinem und Monikas Büro verbrachte wie zuvor. Er vögelte etwa zweimal wöchentlich Linda abends im Ehebett, meist dann, wenn Peter bei der Nachbarin durch die Schlafzimmerwand beim Arbeiten auf der quietschenden Matratze zu hören war. Mit Monika bumste er meist zweimal wöchentlich, abwechselnd mal in seinem und mal in ihrem Büro. Auf dem Schreibtisch war es nicht immer so gemütlich, darum ließen sich beide auf Dienstkosten ein schwarzes Ledersofa in ihre Büros stellen. Ihr Dienstrang ermöglichte das. Linda himmelte Michael seit seiner Gehaltserhöhung noch mehr an, sie verdächtigte ihn zwar der „Untreue" mit irgendeiner Kollegin, nicht jedoch mit seiner Chefin. Zum Vorwurf machen wollte gerade sie ihm „Bumsen

46

mit einer Büromatratze", wie sie sich scherzhaft ausdrückte, sowieso nicht.

8. Michael profitiert

Michal geht nun jeden Morgen etwa eine halbe Stunde später zur Arbeit, das entspannt das Aufstehen ungemein. Abends kommt er jedoch meist eine oder sogar zwei Stunden später nach Hause, das merkt Linda deutlich und sogar auch Peter: „Arbeitest du so hart oder hast du dir im Büro ein neues Flittchen angelacht?" scherzte der mit ihm. Linda schüttelte errötend den Kopf: „Ihm geht es doch sexuell prima hier, warum soll er denn fremd gehen? Für mehr Kohle muss man eben auch mehr arbeiten!" Michael ließ derartige Bemerkungen unkommentiert, er würde Linda früh genug über seine Verbindung mit Monika aufklären, doch den Zeitpunkt und die Gelegenheit wollte er bestimmen. Abwarten, cool bleiben und genießen! Manchmal brachte er Linda sogar Blumen mit und Geschenke zum Geburtstag und Feiertagen wurden teurer als vor einem Jahr. Linda wurde in der Zwischenzeit immer eifersüchtiger auf die Nachbarin, denn fast jedes Bumsen von Kornelia mit „ihrem Peter" konnten sie und Michael gemeinsam im Schlafzimmer anhören. Da half selbst Beethovens Neunte nichts! Zu Peter hingezogen fühlte sich Linda noch immer, nicht nur wegen seines mächtigen Schwanzes.

Peter hatte sich prima eingerichtet in diesem Haus. Eine Nacht blieb er alleine in seinem Zimmer und wollte ausruhen. Drei Nächte verbrachte er in

48

Kornelias Schlafzimmer, er bumste sie meist zwei oder dreimal pro Nacht. Sie war für ihn immer noch etwas Neuland und wesentlich unkomplizierter als drüben die liebende und gierige Linda. An Michael hatte er sich als Zuschauer zwar schon gewöhnt, der war ja auch Zuhörer, wenn er Kornelia vögelte. Die klopfte ihm gerne nach einem guten Fick und Orgasmus mit der flachen Hand auf den Popo, liebevoll und nicht streng. Das war wirklich entspannt und kein Vergleich zu der manchmal hysterischen und tendenziell herrschsüchtigen Linda. Doch auch das Ficken mit Linda machte Peter immer wieder und immer noch große Freude, er fühlte sich nach wie vor zu ihr hingezogen. Darum schlief er gerne zwei oder dreimal nachts „bei den Springers drüben", ja er ging sogar nach wie vor mit beiden gemeinsam in Kneipen oder ins Theater:

So begann gestern Linda mit der Ansage für den Samstagnachmittag: „Übrigens kommt morgen Abend im Stadttheater Mozarts lustige Oper „Die Zauberflöte" ich habe drei Karten besorgt. Wir werden also zu dritt hingehen und uns die Oper reinziehen", überraschte sie ihren Ehemann.

Der wunderte sich: „Zu dritt willst du dir das mit uns beiden Männern anhören?".

„Na klar, Peter ist vorgewarnt und einverstanden, auch diese etwas abgefahrene Oper passt prima doch schon seit Monaten zu unserer Situation, da

49

geht mit mutigen Prinzen, schönen Prinzessinnen und poppigen Kulissen doch die Post ab. Naja, wenn man es so sehen will", entgegnete die immer noch kesse Linda anzüglich lächelnd.

„Und etwas Kultur schadet weder Peter noch dir, nicht immer nur an feuchte Muschis und Ficken denken", meinte Linda und fasste Michael vorsichtig an den Schwanz im Normalzustand und an seine empfindlichen Eier.

„Ob Peter da wirklich so noch dabei ist, bei der Oper und unserem gemeinsamen Schlafzimmer, oder meinst du er will lieber zu Kornelia gehen oder sogar sie mitschleifen?" fragte Michael seine langsam unsicher werdende Gattin: „Auf gar keinen Fall nehmen wir diesen wirklich kulturlosen Trampel mit, Peter ist dabei, er hat es mir bereits versprochen." Und so waren sie eben letzten Sonntag gemeinsam in der Oper. Hinterher gingen sie zu dritt wieder in das Springer'sche Schlafzimmer, erst durfte Peter an Lindas süße Muschi ran. Nach einer Stunde Pause fickte dann Michel gut gelaunt seine mannsgeile Gattin in die von Peter zuvor sehr lustvoll und erfolgreich gestoßene Pussy.

Michael kam am darauffolgenden Montag spät nach Hause, er hatte Monika intensiv auf dem Ledersofa in seinem Büro durchgebumst. Seiner immer noch untreuen Gattin erklärte er nichts, sie

50

hatte ohne Peter mit gut gekochtem Abendessen auf ihn gewartet. Sie ahnte nun doch von einem möglichen Verhältnis von ihrem Gatten zu seiner Chefin, er roch auch irgendwie nach Mösensaft und Parfüm. Ja es war auch ihr „Opium-Women" das sie bei ihm roch, doch sie hatte das heute und gerade jetzt nicht auf der Haut. Michel berichtete von intensivem Arbeiten und dass er in zwei Wochen gemeinsam mit seiner Chefin drei Tage auf eine Arbeitstagung nach Berlin in die Zentrale fahren werde. Wie aus heiterem Himmel fragte Linda ihn: „Fickst du sie eigentlich auch oder arbeitet ihr nur am Abend so lange?" Michael begann zu lachen, erst leise, dann immer lauter. Als er damit fertig war brachte er glucksend heraus: „Du bist eifersüchtig! Du, Linda! Ich fasse es nicht, Hahaha, auf Monika, ja, äähh, auf Frau Schnitzler!" Damit war für heute Abend alles besprochen, natürlich fickte er Linda nach dieser Unterhaltung noch intensiver als in den letzten Tagen, er war schon in der Lage, an einem normalen Montag zwei verschiedene Frauen zu vernaschen: „Er Michael, ja das war er! So gut sieht die Welt heute aus!" Er fühlte sich wie ein Superman und Linda fühlte sich wie eine geile und auch noch betrogene Schlampe, doch auch das konnte sie genießen, sie wusste noch nicht, dass Frau sich auch daran gewöhnen kann. Und gewöhnen wird, und gewöhnen muss, bald!

9. Elli bekommt mehr

Am heutigen Samstag besuchte Michael seine Schwiegermutter Elli wieder alleine, das war auch gut so und ganz im Sinne von Eleonore. Sie wolle es heute wissen! Sehnsüchtig wartete sie darauf endlich Michaels Schwanz in sich zu spüren. Sie hatte sich geduscht, geschminkt und hübsch gemacht, ihr lila Rock ging nicht mal bis zum Knie, ihre Muschi hatte sie berechnend in ein weinrotes Höschen verpackt. Als Michael die Wohnung betrat umschwärmte Elli ihn sehr, küsste ihn sofort und prostete ihrem Schwiegersohn mit einem Glas Sekt zu. Kaum war das ausgetrunken, schenkte sie das zweite Glas nach. Dann erzählte sie sehr freizügig, dass sie schon seit Jahren keinen Schwanz mehr in ihrer Muschi gehabt hatte und ihr das sehr fehlen würde. Auch ihr immer noch runder und hübscher Popo hat seit Jahren keine Striemen mehr gespürt, so wie er es von früher von ihrem verstorbenen Mann her gewohnt war. Ihr Gatte Ralf hatte bei ihren Züchtigungen immer Beethoven-Schallplatten aufgelegt und sie dann mit einem kräftigen und sehr edlen Rohrstock gründlich versohlt. Auch Haushaltsgeräte wie Kochlöffel und Teppichklopfer seien zum Einsatz auf ihrem Hintern gekommen.

Sie tranken nun das dritte Glas Sekt, die Flasche war fast leer. Verschämt zog Elli einen kleinen Teppichklopfer unter dem Tisch hervor und legte ihn auf den Tisch: „Ja die Hiebe mit so einem Teil und das direkt daran anschließende Vögeln fehlt mir seit Jahren, verstehst Du?" flehte sie Michael fast an. Der hatte nun endlich ein Einsehen: „Rock hoch und Slip runter, ich versohle dir jetzt den Hintern, das hast du schon lange verdient, marsch!" Elli hüpfte fast erfreut auf, überreichte Michael mit einer kleinen Verbeugung den Teppichklopfer und schürzte dann ihren Rock schnell hoch. In wenigen Sekunden flog ihr roter Slip in die Ecke und Elli drapierte sich breitbeinig über dem Ledersessel in ihrem Wohnzimmer. „So ist es gut, Mädchen, jetzt gibt es endlich die schon lange verdiente Popowichse für dich!" sagte Michael und tätschelte mit seiner Hand die nackten Arschbacken seiner Schiegermutter. Dann klatschte er kräftig mit dem kleinen Teppichklopfer auf ihre runden Globen.

Nach einer vollen Minute „Pitsch-Patsch" auf Ellis Hintern regte sich in mehrfacher Hinsicht etwas. Die leicht echauffierte Besitzerin des geröteten Popos begann zu stöhnen und leise „AAAhh"- und „OOHHHHOO"-Rufe von sich zu geben, Michael konnte nicht klar unterscheiden ob Schmerz oder Lust der Auslöser für die angenehm klingenden Laute war. Er spürte zusätzlich, dass kleinere Teile des handlichen Teppichklopferst durch das Zimmer flogen, ja das als Züchtigungsinstrument genutzte Haushaltsgerät begann sich durch seinen sachkundigen Gebrauch langsam aufzulösen. Michael juckte das wenig, er schlug weiter kräftig auf

Ellis röter werdende und wackelnde Hinterbacken ein. Die jaulte schrill auf, griff sich unerlaubter Weise mit beiden Händen nach hinten. Michal traf mit dem kläglichen Rest des Klopfers mehrfach ihre Finger, doch das kümmerte die geile Elli wenig. Sie hatte die Hände nicht nach hinten genommen um den gezüchtigten Po zu reiben, nein, sie zog sich die Po-Backen und die Schamlippen soweit es ging auseinander und rief: „Ohh jaaa es brennt es brennt, es ist sooo heiß, stoß da hinein, fick mich bitte, Michael, fick mich endlich!"

Jetzt hatte Michael nur noch den abgerochenen Stil des Teppichklopfers in der Hand, er kam sich etwas lächerlich damit vor. „War das alles?" fragte er sich, denn er hätte seiner früher meist eleganten und jetzt doch sehr demütigen Schwiegermutter eigentlich noch gerne weitere Hiebe verpasst. Allerdings war er auch geil, denn der Anblick war verlockend und die Pussy der 55-jährigen Mutter seiner Linda war noch 1a in Schuss. Er konnte und wollte loslegen. Schnell zog er sich die Hosen aus, Elli blieb so wie sie war in ihrer Züchtigungshaltung über dem Sessel gebückt breitbeinig stehend und zeigte ihm ihre gespreizte Fotze als schöne offene feucht glitzernde Wunde. Michael klatsche ihr noch mit der flachen Hand auf den geröteten Hintern, dann nahm er etwas Spucke und versenkte mühelos seine harten Riemen in der feuchten Pussy seiner Schwiegermutter.

54

Jetzt rammelte er sie richtig durch, seine Geilheit, sein früherer Frust über die „Tante", seine Genugtuung über den Sieg in der Schlacht! Ja er hatte es geschafft! Er fickte seine Schwiegermutter, das geile Stück, die ihn zuvor darum gebettelt hatte. Sein Herz klopfte stark, sein Schwanz war kräftig und hatte Spaß am Rein-Raus-Spiel in Ellis Fotze. Da begann sie zu jammern und zu stöhnen: OOOhhoooo guuuut, ja ich kooommeee, AAAh!" Elli schrie ihre Lust hinaus ins Wohnzimmer. Ihr seit langer Zeit schwanzlos gebliebenes Löchlein wurde feuchter und größer. Erst dachte Michael, dass sein Schwert schrumpfen würde, doch das war keineswegs der Fall, er stieß weiter kräftig zu. Das Lustgeschrei von Elli hatte ihn noch angefeuert, da kam es Michael. Mit einem lauten: „AAAh, Jaaa!" spritzte er seine Saft in die heiße und weit geöffnete Spalte seiner augenblicklichen geliebten Stoßpartnerin.

Beide machten sich frisch und gingen anschließend zusammen im Stadtpark sparzieren. Dabei sicherte Elli ihrem neuen Lover und Schwiegersohn zu, bei der Zähmung und Züchtigung ihrer Tochter gerne helfen zu wollen. Als sie wieder in Ellis Wohnung zurück waren, wurde zusammen eine Flasche Weißwein getrunken und Mozarts „Kleine Nachtmusik" dazu gehört. Sie erzählte Michael, dass sie früher als Jugendliche und auch als volljährige erwachsene Frau hart mit dem schlimmen Rohrstock von ihrem Vater gezüchtigt worden sei. Auch ihre Mutter bekam den Stock in ihrer Gegenwart zu spüren. Als sie ihren Mann heiratete, übergab ihr Vater diesem zur Hochzeit einen sehr kräftigen und einen Meter langen polierten Rohrstock. Mit dem bekam sie bei Ungehorsam und Streitsuch sehr gründlich den Arsch versohlt. Ihr Ralf hatte dazu immer Beethovens Fünfte aufgelegt. Michael hörte den Erzählungen sehr interessiert zu und wurde langsam erregt. Er hatte einen Ständer und Lust auf mehr.

Die in einem cremefarbenen Kostüm gekleidete Elli steigerte sich von den Berichten hinein zu Lobesreden auf die Weiberzucht: „Ja wir Frauen müssen von einem Mann regelmäßig hart geprügelt werden, nicht unkontrolliert geschlagen, sondern auf den Hintern und die Oberschenkel gezüchtigt. Natürlich fehlte mir das in den letzten Jahren und Linda auch, die sollte mal richtig …" Michael dachte an die Demütigungen und die Züchtigung, die Elli ihm zugefügt hatte und konnte nicht mehr an sich halten: „Hast du den polierten Rohrstock noch da?" unterbrach er seine Schwiegermutter in ihrem Redeschwall barsch. Die verstummte augenblicklich und sah ihn ängstlich an: „Ja ich glaube schon, er ist wohl hinten im Schlafzimmerschrank," gab sie brav zur Antwort. „Dann hole ihn jetzt sofort her, auf der Stelle!" Elli stand auf und ging ins Schlafzimmer.

56

Michael stand auf und suchte in der Schallplatten-sammlung, denn das CD-Angebot von Elli war noch recht überschaubar. Er wurde schnell fündig und legte Beethovens Fünfte auf. Es erschallten die ersten Töne: „Dadadad damm, dadada damm" und die sehr ordentlich gekleidete Elli kam mit dem kräftig glänzenden Rohrstock in der Hand in ihr Wohnzimmer. Es war sonnenklar, was jetzt folgen würde: „Rock hoch und Höschen runter, sofort!" sagte er knapp. Die sehr damenhaft gekleidete Elli hob sich gehorsam mit einem Ruck den knielangen Rock bis über den Arsch hoch und zog sich schnell ihren rosa Slip aus. Michael stellte den Ledersessel mit der Lehne vor den Tisch und bedeutet Elli, sich auf den Sitz zu knien. Sie tat dies sofort und fasste mit den Händen die gegenüberliegende Tischkante fest, ihr Popo ragte feist in die Höhe: „Beine etwas breiter und Arsch richtig rausstrecken!" kommandierte Michael. Dann klatschte er ihr dreimal mit der flachen Hand auf jede Pobacke, dass es laut klatschte. „Ich versohle dir jetzt gründlich deinen Arsch, so wie du es brauchst und schon seit Jahren verdient hast!" sprach Michael fast feierlich und begann mit kräftigen Hieben auf Ellis folgsam dargebotene Pobacken zu schlagen.

Eleonore nahm sich sehr zusammen, doch sie war feste Prügel einfach nicht mehr gewöhnt. Etwa alle zehn Sekunden gab es einen kräftigen Einschlag auf ihrem Hintern, es zierten wohl schon gut zwanzig rote Striemen ihren feisten Backen als sie zu jammern begann: „Auau, ohhoo tut das weh, es reicht Michael!" flehte sie. Doch Michael sah keinen Grund zum Beenden der Züchtigung, im Gegenteil: „Mit dem lächerlichen Teppichklopfer hast du mich vorher doch verarscht, du bekommst jetzt eine richtige Tracht Prügel, verlass dich drauf!" Er schlug weiter kräftig Hieb um Hieb auf Ellis immer röter werdenden Arsch-Backen, sie rutschte unruhig hin und her und begleitete dies mit einem erbärmlichen Jaulen: „Ohhhoojjaaauuuuu, jaauuu uhhiiiioooo" sang sie fast die Tonleiter rauf und runter während von Beethovens Fünfte noch deutlicher zu hören war. Der Stock klatsche mit einem Satten „Patsch" auf und gab ein gefährlich klingenden „Huit" beim Sirren durch die Luft von sich. Michel versohlte seine sonst sehr hochmütige Schwiegermutter nach Strich und Faden. Jetzt heulte sie laut und erbärmlich lächerlich: „UUUUhhUUIIIiiuuuuhhhiiiii!" wie ein kleines Mädchen, dann war die Züchtigung vorbei.

Michael hatte nur etwa 10 Sekunden nicht mehr geschlagen und: „So das wars für heute!" sehr lässig gesagt, da sprang Elli wie von einer Tarantel gestochen auf und rieb sich mit beiden Händen sehr intensiv ihre mit tiefroten Striemen gezeichneten Arschbacken. Das sah für Michael sehr lustig aus, denn seine Schwiegermutter trug noch immer ihr Kostüm, nur der Roch war bis über die Hüfte hoch geschürzt. Die früher so hochmütige Elli rieb sich wie wild ihren Arsch, stampfte mit einem Bein auf

58

das andere und führte in ihrem Wohnzimmer einen wahren Veits-Tanz auf. Die Tränen rannen ihr über das Gesicht und sie schluchzte: „Das tut aber sehr weh mein lieber Michel, oh tut das weh, ja...entschuldige bitte alles was ich dir Böses getan habe...bitte, bitte!"

„Ist schon gut, beruhige dich und leg dich mit dem Rücken auf den Tisch, ich ficke dich jetzt nochmals durch!" Elli strahlte: „Oh ja, Ficken, gerne!" stammelte sie nur und eine Minute später lag sie auf dem Tisch, die Beine nach hinten genommen. Elli trug noch immer ihr nun etwas ramponiertes Kostüm, das gab der ganzen Szenerie einen etwas morbiden Charme. Michael hatte sich schnell seiner Hosen entledigt und stand nun mit hartem Speer heute zum zweiten Mal vor der nass schimmernden Fotze seiner Schwiegermutter. Die öffnete sogar noch mit den Fingern ihre Pussy, damit der Schwiegersohn ungehindert in sie eindringen konnte. Michel genoss den Blick auf sein ein- und ausfahrendes steifes Glied und auf die gestriemten Oberschenkel von Elli. Er konnte sie sehr gut sehen, da Elli brav ihre Beine nach oben an die Brust drückte. Nach gut drei Minuten stoßen kam Eleonore mit einem Grunz-Laut „AAAAOOOIOI!" und kurz darauf spritzt Michael ihr seinen Saft mit einem lauten „Jaaaahh!" in die feuchte Pussy.

Als das ungleiche Paar nach einer Viertelstunde wieder frisch am Tisch saß, entschuldigte sich Elli erneut und glaubhaft bei ihrem Schwiegersohn für ihr früheres arrogantes Verhalten: Es tut mir nachträglich sehr leid, aber ich werde es wiedergutmachen, versprochen!" sagte sie mit treuem Augenaufschlag zu Michael. Sie bat ihn, sie auch künftig so streng zu züchtigen wie heute, trotzdem es „sehr, sehr weh getan hat, aber ich habe es verdient und bauche das". Michael sagte ihr so alle zwei bis drei Monate eine gründliche Popo-Züchtigung mit genau dem gleichen Stock zu. Daraufhin umarmte Eleonore ihren Schwiegersohn sehr herzlich und sie vereinbarten, wie sie Linda demnächst gemeinsam stellen wollten. Sie planten einen ungefähren Termin in zwei Monaten und suchten einen Anlass, um Linda mit Rute und Rohrstock zu züchtigen. Ein Zweckbündnis zwischen Schwiegermutter und Schwiegersohn einer besonderen Art war geschmiedet worden.

10. Linda verliebt sich neu

Zwei Wochen vergehen wie im Flug. Michael kennt nun von Elli einige Vorlieben und Geheimnisse von Linda besser als vor dem Intermezzo mit Peter. Dieser ist zwar noch Hausfreund, jedoch verbringt er nur jeden Mittwoch und teilweise das Wochenende bei der Familie Springer im Schlafzimmer. Meistens weilt er in seinem Zimmer oder er arbeitet im Bett von der Nachbarin Frau Gabler. Peter bumst seine neue Geliebte Kornelia gut hörbar für Linda und Michael mehrmals pro Nacht, auch Viagra sei Dank. Linda entdeckt die guten Eigenschaften von Michel neu, seine Zuverlässigkeit, sein beruflicher Erfolg, seine Einfühlsamkeit und Treue, ja auch seine Leidensfähigkeit. In letzter Zeit spürte sie eine gewisse Selbstgefälligkeit, ja Dominanz in seinen Handlungen und sogar in seiner Stimme. Irgendwie hatte sie das Gefühl, sich neu in ihren Mann Michael zu verlieben.

Michael und Linda hatten wieder einmal für einen Freitag-Abend ein Date zuhause vereinbart, an dem sie zu zweit ihre „Wiederfindung als Ehepaar" feiern wollten. Ja die Freitagnachmittage waren in ihrer Beziehung zu einem richtungsweisenden Tag geworden! Michael war etwas früher vom Büro heimgegangen und hatte seiner Chefin und Freundin Monika Schnitzler für heute einen Korb gegeben, die gute Beziehung zu Linda war im doch sehr wichtig. Er war wie vereinbart um 15.00 Uhr

61

zuhause, eine Flasche Sekt war kaltgestellt. Er wartete und wartete, Linda kam nicht. Leicht frustriert öffnete er die Flasche Sekt und trank ein Glas ... warten. Er versuchte Linda telefonisch im Büro zu erreichen, niemand hob ab. Wo war sie nur? Hatte sie den Termin vergessen? Das kann doch nicht sein!

Um Viertel nach Vier kam eine leicht abgehetzte Linda nach Hause, sie sah Michael und entschuldigte sich sofort bei ihm: „Tut mir leid mein Lieber im Büro kam noch was dazwischen, dann hat noch meine Mutter angerufen und..." Michael stoppte sie: „Ja ist schon klar, alles war wichtiger als ich! Was kann ich denn von deinen Versprechungen wirklich halten?" Linda wurde ärgerlich: „Okay, ich habe einen Fehler gemacht und das Date versemmelt, aber es war ein absolutes Versehen, wir können doch noch feiern, jetzt auf der Stelle!" Michael hatte eine Idee, wie er die Situation gut nutzen könnte: „Linda, so funktioniert das jetzt nicht mehr, verstehst Du? Wenn du zuhause ab jetzt etwas grundfalsch machst, dann setzt es was hinten drauf, klar!"

Linda schaute ihn entsetzt, überrascht und gleichzeitig begeistert an. Sie lächelte und sage schnell: „Das ist jetzt nicht dein Ernst, Michael". Der saß ernst schauend auf dem Sofa und zog die vor ihm stehende und unsicher wirkende Linda einfach über seine Knie und begann ihr mit der Hand den

62

hübschen Popo aus zu klatschen. Die war so überrascht, dass sie sich nicht wehrte, erst nach zehn oder zwölf Hieben begann sie mit den Beinen zu strampeln und „Ohohoo, nein nicht Michael" zu rufen. Der hörte mit dem Verhauen seiner untreuen und auch unpünktlichen Gattin nicht auf und versohlte sie mit kräftigen Hieben weiter. Er zog ihr die dunkelblaue, sehr eng sitzende Büro-Hose noch etwas tiefer in den Schritt, ihr Arsch lag wunderbar zappelnd vor ihm. Linda versuchte nicht ernsthaft sich zu befreien, denn sie war sich ihres Patzers bewusst, also strampelte sie einfach ein bisschen weiter, denn so schlimm waren die Hiebe mit der flachen Hand nun wieder auch nicht.

Als Michaels recht Hand etwas brannte ließ er von seiner Gattin ab, die sprang schnell auf und rieb sich mit den Händen sehr engagiert ihre versohlte Kehrseite, ihr Gesicht war rot angelaufen, die Hände fuhren schnell die Po-Bäckchen rauf und runter, so hatte sie gut eine Minute zu tun. Dann kam Michael auf Linda zu um armte sie heftig und sagte: „Wenn du künftig etwa so verbockst wie heute unser Date, dann setzt es was mit dem Rohrstock auf den Nackten, klar!" Jetzt umarmte ihn Linda ganz fest, schmiegte sich an ihren Mann und flüsterte ihm ins Ohr: „Ja Mein Lieber, du hast recht, ich habe verstanden. Bitte lass uns jetzt ficken, ich brauch dich!" Es dauerte keine fünf Minuten, da feierten die beiden ihr neues Eheglück im Schlafzimmer. Michael rammelte genüsslich seine Linda erst von hinten und eine Stunde später in der Missionarsstellung. Sie hörten nicht auf die Geräusche in der Nachbarswohnung, es war ihnen egal.

Es war jetzt zu spät um das Abendessen zuhause einzunehmen. Dummerweise hatte Linda leider nichts eingekauft wie es vereinbart war. Das wiederum machte Michael erneut scharf. Er befahl der noch nackten Linda sich über den kleinen Bock im Schlafzimmer zu legen und sie seiner Anordnung umständlich nachgekommen war rannen ihr noch einige Spermatropfen aus der Muschi auf das schwarze Leder. Michael gab seiner Frau jetzt noch fünfundzwanzig Rohrstockhiebe auf den nackten Arsch für das Vergessen des Einkaufes für das Abendessen. Linda nahm die Hiebe sehr tapfer entgegen, der Bann war gebrochen, jetzt erhielt sie in dieser Wohnung die Hiebe, nicht mehr ihr Mann! Der Spieß war umgedreht. Sie zogen sich an und besuchten zum gemeinsamen Abendessen ein nahegelegenes sehr gutes, italienisches Restaurant. Michael bestellt erst zwei Gläser Sekt, dann wurde in drei Gängen getafelt. Michael war sehr glücklich, er hatte sein Ziel erreicht. Seine Linda liebte ihn wieder und er konnte sie sogar züchtigen, wenn er dies für nötig hielt. Auch Linda war happy, denn sie hatte jetzt einen starken liebenden Mann. Errötend sagte sie zu ihm: „Jetzt gehöre ich wieder ganz dir, ich fand es so geil, dass du mich endlich versohlt hast, das war überfällig, du bist wirklich wieder ein starker erotischer Mann für mich!"

In den nächsten zwei Wochen blieb dies keine Theorie, sondern wurde Alltag. Michael lies keine Gelegenheit verstreichen seine Frau überzulegen und ihr den Hintern zu verhauen. War am Abendessen etwas nicht okay, setzte es Hiebe mit dem Kochlöffel auf den stramm gezogenen Schlüpfer. Das kam jeden zweiten Tag vor, denn Linda war keine gute Köchin, sie hatte als Ehefrau ihre Fähigkeiten woanders, nämlich zwischen den Schenkeln. Das wusste Michael und er bumste sie nun jede Nacht gründlich durch. Peter kam zwar am Mittwoch noch zu Besuch ins Schlafzimmer, das betrachtete Michel aber eher als Aufheiterung und kleinen erotischen Gag. Er beobachtete nun interessiert wie wenn man Fußball in Zeitlupe anschaut, wie Peter seine Linda vor ihm bumste. Er war nicht mehr eifersüchtig, er erkannte Peters Qualitäten an und wolle sich von ihm die Ficktechnik abschauen, denn der war ja auch sein Fitness-Trainer.

Einmal versohlte Michel dann Linda in Anwesenheit Peters, da sie aus Unachtsamkeit beiden Männern am Mittwochabend ein Glas Bier über die Hosen geschüttet hatte, ja, die Arbeit in der Küche und Gläser richtig einschenken war nicht ihre Stärke. Erst zog Michel Linda den Hosenboden stramm und versohlte sie spontan mit dem Kochlöffel. Als sich beide Männer frisch angezogen hatten musste sich Linda über den Strafbock im Schlafzimmer bücken und Michel versohlte ihr nochmals kräftig den Hintern. Dann kniete sich Linda breitbeinig mit rot verstriemten Arsch aufs Bett und Michel zog sie sofort kräftig durch. Er kam volle Kanne, Linda noch nicht. Nun war der etwas verwunderte Peter zur Stelle, der Linda erneut durchbumste und so hatten alle drei ihr erotisches Highlight an diesem denkwürdigen Abend.

Am Tag darauf bekam Linda erneut von Michael den Hintern versohlt, da kein einziges gekühltes Getränk im Haushalt war. Hierfür war eindeutig Linda zuständig, doch die musste jetzt viel lernen und schmerzhaftes Lehrgeld zahlen. Sie beglich Fehler nicht mit Geld, sondern mit versohlt und durchgebumst werden. Vor dem Ficken wurden ihr seid kurzem meist Hiebe auf den hübsch wackelnden Damenpopo aufgezählt. Beides konnten nun Kornelia und Peter wunderbar deutlich in der Nachbarswohnung hören. Peter klärte seine mit ihm gerne fickende Vermieter auf: „Die Linda bekommt drüben jetzt die Hiebe und gebumst wird dann, wenn ihr Ehemann Michel, der neue Chef, das auch will!" Die Nachbarin fand dies völlig normal und war froh, dass Peter sie immer wieder sehr gut bumste.

Als Michael ein paar Tage später wieder zu seinem Urologen ging bekam er von der Arzthelferin mitgeteilt, dass seine Frau für ihn vor etwa sechs

66

Wochen ein Viagra-Rezept abgeholt hatte. Natürlich bekam er ein neues, doch er ärgerte sich sehr über Lindas Lügereien. Er stellte sie daraufhin zuhause zur Rede, sie gab reumütig weinend zu, die Pillen für Peter gekauft und ihm gegeben zu haben. Das war für Michael irgendwie der Gipfel. Er drohte zu gehen und sich, zumindest für einige Zeit, von ihr trennen zu wollen, doch das wollte wiederum Linda keineswegs. Sie habe sich neu verliebt in ihn, sie wolle alles, was sie bisher falsch gemacht hatte, wieder gut machen. Sie bat ihn zu bleiben, Michael blieb. Linda schwor ihm künftig gehorsam sein zu wollen und sie bat um eine sehr gründliche Züchtigung und danach um einen tröstenden Fick.

Beides gewährte Michael. Er legte sie übers Knie und klatschte ihr mit der Hand fünf Minuten lang den nackten Popo aus bis er rot war. Dann musste sich Linda im Schlafzimmer über den kleinen Bock legen: „Das wird künftig neben dem Ehebett dein Aufenthaltsort im Schlafzimmer sein!" kündigte ihr Michael an. Dann erhielt sie darüber gebückt „nur für heute als Vorschuss" fünfzig saftige Rohrstockhiebe. Anschließend fickte sie Michael von hinten gründlich durch und freute sich während des Stoßens an dem schönen Striemenmuster, welches er auf Lindas hübschen Arsch mit dem Stock gezeichnet hatte. Anschließend kuschelten die beiden im Bett und tranken dort ein Glas Sekt. Sie legten dazu Beethovens Neunte auf, das war der kulturelle Background für ihre neue Beziehung. Sie küssten und unterhielten sich, Michael hatte sich beruhigt und abreagiert, Linda hatte ihn doch ganz gut umgarnt. „Und was ist mit Peter?" fragt Michael seine reumütige Gattin: „Ach der ist nur noch mein Bio-Vibrator, wenn du einverstanden bist." Das war der Gatte heute gnädig lächelnd. Nun hatte Michael zuhause das Sagen, den Rohrstock in der Hand und seinen harten Schwanz in Lindas Muschi. Seine bisher untreue Frau Linda wurde jetzt eine gehorsame, seine Züchtigungen demütig empfangende geile Ehefrau. So konnte es ruhig weitergehen!

11. Controlling 1

Michael hat in seiner neuen Position nun Vorgesetztenfunktion gegenüber einem guten Dutzend Sachbearbeitern. Er ist sehr beliebt, aber nicht bei allen. Er ist freundlich, sachlich und leistungsorientiert. Michael möchte den Laden voranbringen aber auch gerecht sein. Darum erstellt er eine wöchentliche Ranking-Liste über „neu vermittelte Fälle" und bespricht diese an jedem Freitag um 14.00 Uhr auf einem Meeting mit den Betroffenen. Die gutaussehende, verheiratete Blondine Doris Hartmann ist ihm bisher mehrfach aufgefallen: Sie belegt seit sechs Wochen den letzten Platz auf der Ranking-Liste, jedoch gefällt sie ihm persönlich wegen ihrer sexuellen Ausstrahlung. Also er steht ganz einfach auf ihren geilen Arsch und ihre großen, wohlgeformten Titten. Michael lädt Doris zu einer Besprechung unter vier Augen für den nächsten Dienstag um 10.00 Uhr ein. Er freut sich auf dieses „dienstliche" Date, Doris hat Bammel davor.

Michael kennt den Mann von Doris Hartmann aus dem Fitness-Studio, er ist sich zumindest fast sicher, dass derjenige Mann, den er meint, ihr Mann ist. Er hat dort im Studio und auch im Umkleideraum ein paarmal mit einem Bernd Hartmann gesprochen, nicht viel, aber doch ein paar Worte. Interessanter war jedoch, was Michael an Gesprächsfetzen so nebenbei mitbekommen hatte. Er konnte sich an Dialoge mit einem anderen Besucher erinnern wie: „Deine Babsi ist gut zu vögeln!" und „Deine Doris aber auch!" Das Gehörte ging noch eindeutig weiter: „Weiber brauchen öfter kräftig was hinten drauf, sonst..." und „genau das kriegen sie!" das war noch konkret in Michaels Hirn gespeichert. Ihm erschien dieser Bernd wie ein dominanter Swinger-Ehemann der nichts anbrennen lässt, aber auch freizügig zu sein scheint. Michael checkte nochmals die Personalakten von Doris, naja, auch von der Adresse her könnte es passen, er wollte es einfach riskieren.

An dem Dienstag war Doris bereits um 10.15 Uhr sehr kleinlaut geworden, Michael hatte ihr den letzten Ranking-Platz vorgehalten und eine ineffektive Arbeitsweise. Die Neuen Techniken würde sie auch nicht oder nur schlecht nutzen. „Wenn das so weiter geht werde ich arbeitsrechtlich gegen Sie vorgehen müssen, als ersten Schritt würde ich Ihnen die Berater-Zulage kürzen oder ganz streichen. Was halten Sie davon?" Doris lief rot an und wurde noch unsicher: „Nein, bitte Herr Springer, ich werde mich bemühen, die Zulage brauchen wir, ich kann mir das alles gar nicht richtig erklären, aber ich verspreche Besserung!" Jetzt riskierte es Michael: „Ihre Vorsätze in Ehren Frau Hartmann, aber ob die auch von Ihnen umgesetzt werden scheint mir doch mehr als fraglich. Vielleicht sollte ich mal ein paar Worte mit ihrem Mann sprechen, was halten sie von dem Vorschlag?" Nun war Doris

70

vollkommen von der Rolle, sie ahnte natürlich gleich, wohin der Hase laufen könnte: „Ohhh, mein Mann, bitte nicht, das mache ich gerne selber. Sie meinen, dass Sie mich?" Doris fasste sich automatisch mit beiden Händen an die Arschbacken und lief rot wie eine Tomate an.

„Genau das meine ich Frau Hartmann, offiziell kann ich das natürlich nicht zu Ihnen sagen, aber Hosenspanner haben schon manche zerstreute Dame zu mehr Fleiß und Kreativität bewegt! Aber vielleicht ist ihnen eine Zulagenkürzung ja lieber, die merkt man nur im Geldbeutel, nicht aber auf dem hübschen Popo!" Doris sah jetzt eine Chance, aber auch eine Gefahr. Michael freute sich, denn er war sicher, den richtigen Bernd Hartmann zu kennen. „Die Zulage brauche ich unbedingt, lieber eine andere Form von Strafe, sicher. Doch wie soll das denn gehen, wollen sich mich züchtigen? Was soll ich machen Herr Springer?" Nun war Michael am Zug, er meinte betont lässig: „Sie rufen jetzt erstmal ihren Mann an und erklären ihm die Situation, ohne ihn anzulügen, verstanden?" Doris kapierte schnell: „Ja Herr Springer, ich rufe Bernd an, sofort?" Michael nickte: „Gehen sie in ihr Büro und sprechen sie mit ihrem Mann, er muss der Bestrafung ja zustimmen, sonst läuft das hier nicht. Und sagen sie ihm noch einen schönen Gruß von mir, wir kennen uns aus dem Fitness-Studio." Da fiel Doris fast ein Stein vom Herzen: „Oh, ist ja toll dann sind sie ja per Du mit ihm, ich rede gleich mit

ihm, er ist sicher mit Popo-Verhauen statt Zula-
genstreichung einverstanden. Sie sind ihm in der
Art auch etwas ähnlich", sagte Doris fast augenzwinkernd, stand auf und verließ das Büro von Michael.

Es dauerte nicht sehr lange, um kurz vor 11.00
Uhr stand Doris mit rotem Gesicht aber lächelnd
bei Michael im Büro: „Ja mein Mann kennt sie, das
ist ja echt irre! Er hat sehr mit mir geschimpft wegen der schlechten Leistung von mir hier im Büro,
ich habe ihm das bisher nicht erzählt, warum
auch?" Michael ging kurz zu seinem Wandschrank,
entnahm dem einen Rohrstock und legte ihn auf
seinen Schreibtisch: „Was sagt er dazu, Frau Hartmann?" Doris redete fast erleichtert weiter: „Ehrlich gesagt, ich bin Schläge auf den Hintern von
zuhause her gewöhnt, Bernd züchtigt mich zwei
oder dreimal die Woche. Er meint, sie sollten mir
den Hintern versohlen und ich mich bei Ihnen entschuldigen. Für heute Abend hat er mir schon eine
sehr gründliche Abreibung angekündigt!" Doris
stand automatisch auf und ging auf Michael zu:
„Ich mache alles wieder gut, sie können mich hier
mit dem Stock züchtigen wann Sie es für richtig
halten, doch bitte keine anderen Strafen!"

Die blonde Doris trug eine rote Bluse mit Ausschnitt, ihr Busen war ansatzweise zu sehen, jetzt
wippte er aufgeregt hin und her. Sie trug eine
dünne, sehr eng sitzende hellblaue Jeans, ihre

72

apfelförmigen Arschbäckchen sahen verführerisch aus. Michael stellte den Besucherstuhl mit der Lehne zum Schreibtisch, griff sich den Rohrstock und kommandierte: „Hier draufknien und über den Schreibtisch legen, dalli Frau Hartmann, es setzt jetzt für Sie die schon lange verdienten Hosenspanner!" Doris gehorchte, kurz darauf kniete sie auf der Sitzfläche des Stuhles und streckte ihre Hände über Michaels Schreibtisch: „Beine etwas auseinander und den Arsch schön rausstrecken"; war Michaels Ansage während er den Bund von Doris Jeans mit seiner linken Hand griff und der attraktiven, aber doch etwas faulen Blondine fest in den Schritt zog. Sie wackelte aufgeregt mit ihrem Hintern.

Dann pfiff es „Huitt-Pitsch" „Huitt-Patsch" im Büro und Michael versohlte Doris kräftig mit dem Rohrstock den hübschen Popo. Sie hielt sich recht gut, musste Michael feststellen, er hatte ihr sicher schon fünfzehn Hiebe aufgezählt als sie „Aua-Aua!" rief. Er wechselte die Seite und hieb weiter kräftig auf Doris nun doch lustig hüpfende Arschbacken ein. Nach weiteren zwanzig Hieben jammerte sie leise: „Ohoo, Auaaaa, neinnn!" Michael unterstrich seine Schläge mit der Ansage: „Ja die Hiebe sollst du spüren, heul nur, denn den Rohrstock gibt es künftig für dich im Büro und hoffentlich auch zuhause" Jetzt verlor Doris doch fast die Zurückhaltung: „Ja du hast recht, Aua-Aua! Bitte aufhören ich will immer…Bitte… Auauaua! Huuuuh!" Beide

73

waren während den saftigen Hosenspannern unbewusst auf das „Du" übergewechselt. Michael beendete seine erste Bürozüchtigung als aktiver Chef, Doris sprang auf und rieb sich wie wild ihren Hintern, ihr großer Busen wippte und eine Titte sprang sogar aus dem Ausschnitt. Sie stopfte sie schnell mit der linken Hand zurück, während die rechte weiter ihren versohlten Popo massierte.

Michael wurde bei diesem Bild langsam geil, er nahm Doris in die Arme und sagte streng: „Du ... ähh Sie bekommen künftig hier in meinem Büro Popo-Wichse, wenn sie faul sind und die letzte auf der Ranking-Liste bleiben sollten, ist das klar?" Jetzt war Doris am Zug: „Ja so ist es ganz im Sinne meines Gatten, sagen Sie ruhig Doris zu mir. Ich war wirklich leider etwas unkonzentriert und entschuldige mich bei Ihnen. Es war richtig, dass sie mich mit dem Stock versohlt haben, ich habe es leider verdient. Ich arbeite einfach besser, wenn ich Schläge bekommen habe. Bernd empfahl mir auch mich bei Ihnen zu bedanken," sagte sie augenzwinkernd und fasste frech Michael an die ausgebeulte Hose. Er hatte einen deutlich sichtbaren Ständer. Er ließ sie erfreut gewähren: „Wenn du meinst, okay, ich bin hier für dich der Michael, wenn es was gesetzt hat. Zwei Minuten später saß Michael auf dem Stuhl, auf dem Doris vorher kniend ihre Hosenspanner erhalten hatte. Nun kniete Doris vor ihm auf dem Boden und blies mit Hingabe seien harten Schwanz, Michel streichelte ihre Haare und

74

ihren üppigen Busen. Sie konnte gut blasen, das merkte Michael sofort. Er dachte: „Schwanz lutschen und Ficken kann sie offensichtlich besser als Stellen an Arbeitssuchende vermitteln. Ihre Qualitäten liegen wo anders. Aber sie müsste beides können!" Doris saugte intensiv an Michaels Schwanz und wichste den Schaft zusätzlich mit der Hand. Da war es um ihn geschehen, Michael spritzte mit einem unterdrückten: „AAAhhh!" seinen Saft in ihren Mund. Brav schluckte Doris sein Sperma. Ein weißlicher Tropfen rann über ihre Wange und tröpfelte in ihren Ausschnitt.

Doris rief am nächsten Tag Michael vormittags an und berichtete, dass Bernd ihr gestern Abend nochmals gründlich den nackten Hintern versohlt hätte: „Es juckt jetzt noch sehr, ich spüre die Hiebe beim Sitzen!" sagte sie fast etwas beleidigt. „Das ist vollkommen richtig, du sollst die Hiebe beim Arbeiten spüren!" Mit einem „Danke Michael!" beendet Doris das Gespräch. Kurz vor Büroschluss bekam sie jedoch noch von Michael einen Anruf. Sie solle sich morgen um 9.00 Uhr melden: „Ich habe leider einen üblen Fehler von dir im letzten Bericht über die Vermittlung entdeckt, tut mir leid, aber es gibt sicher wieder was hinten drauf!" Doris nahm sich vor, erst morgen Abend mit ihrem Mann drüber zu reden.

Um 9.00 Uhr war noch keine Doris in Michels Büro, er war schon eine halbe Stunde früher da.

75

Erst um Viertel nach Neun schlug sie bei ihm auf: „Bernd wollte heute Morgen leider noch was von mir, sie wissen... du weißt schon was, das hat leider gedauert." Entschuldigte sich Doris ungeschickt bei ihrem Chef. Michel war einerseits sauer auf Doris, aber auch geil, Bernd hatte offensichtlich nichts gegen die Züchtigung einer Frau, auch blasen war okay: „Nacktarsch-Züchtigung und Ficken auch?" fragte sich Michael: „Zur Strafe für deinen verhudelten Bericht und die heutige Verspätung setzt es die Hiebe auf den nackten Hintern, zum Glück hast du ja heute einen Rock an, da musst du dich nicht lange ausziehen!" sagte er zu Doris. Er stellte wie gestern den Stuhl an seinen Schreibtisch und holte den Rohrstock aus dem Schrank. Ohne Proteste kniete sich Doris auf den Stuhl und zog ihren kurzen Faltenrock hoch. Ihr Hintern wies deutliche rote Striemen auf, er war fast nackt. Sie trug nur einen winzigen lila String-Body.

Den zog ihr Michael so tief in die Spalte, dass links und rechts die Schamlippen zu sehen waren. Er fasste ihr an die Pflaume. Doris schnurrte hörbar wie eine Katze. „Sie will offensichtlich lieber knutschen und bumsen, als versohlt werden", dachte Michael, doch alles der Reihe nach! Jetzt versohlte er ihr sehr gründlich den nackten Arsch, nach einer Minute begann sie zu jammern: „Aua—auauauaaa, oohhh!" Michael störte das nicht, sie soll was spüren: „Ja schrei nur, ich bin noch nicht

76

fertig mit dir. Unpünktlich, falsche Berichte, aber frech sein!" und bei jedem Wort ein neuer kräftige Schlag auf ihren Hintern. Jetzt heulte Doris fast: „Ooohuuuiiihhh!" und ihr nackter Hintern führte einen furiosen Tanz auf. Nun war es um Michael geschehen. Er beendete die Züchtigung, ließ Doris vom Stuhl steigen, die sich sofort den versohlten Popo rieb. Michael schob den Stuhl weg, zog seine Hosen runter und sagte: „Doris, ich zieh dich jetzt durch, du faules Luder! Du geiles Stück, ab mit dir auf den Schreibtisch! Dort hinlegen!"

Doris legte sich mit dem Rücken flach auf Michaels Schreibtisch, streckte den Popo noch höher und nahm ihre Beine nach hinten. Mit beiden Händen hielt sie ihre Knie fest und öffnete so ihre Fotze etwas. Michael griff ihr an die feuchte Pussy, wollte den String-Body, den sie noch trug, zur Seite schieben, doch „Pling!" er sprang auf. Dieser herrliche Body hatte genau an der richtigen Stelle drei Druckknöpfe: Im Schritt ouvert! „Klar, Doris wollte mit mir Ficken, sie wird jetzt von mir gefickt!" dachte Michael und rammte seinen steifen Schwanz in ihre Muschi. Dankbar und erfreut gab ihm Doris die Stöße zurück. Er konnte das hübsche Striemen-Muster auf Doris Arschansatz und den Oberschenkeln sehen und wie sein Riemen das Rein-Raus-Spiel in ihrem süßen Löchlein vollführte. Es dauerte nur drei Minuten, dann spritzte Michael mit einem „AAAhh Guuut!" seine Ladung Saft in Doris feuchte Fotze. Die sprang lachend

77

auf, wischte sich mit einem Taschentuch die feuchte Muschi ab, rieb den gestreiften Po nochmals und klippte ihren String-Body wieder zu. Das sah sehr professionell aus. Fünf Minuten später standen Michel und Doris lächelnd im Büro: „Dass du mit mir Vögelst war übrigens eine Anregung die mir Bernd gestern gegeben hat, ich muss es ihm heute Abend genau erzählen. Er hat überhaupt nichts dagegen, wenn du mich versohlst und dann durchziehst, er findet das anregend und völlig okay!" Michel war richtig erleichtert und froh, denn er hatte eine zusätzliche hübsche Frau aufgerissen, die er züchtigen und bumsen konnte: „Aufgrund deiner Leistungen bin ich mir sicher, dass du wohl so zweimal die Woche bei mir antreten wirst. Wenn es nötig ist bekommst du kräftige Hosenspanner, dann kannst du mir nächsten Montag gerne wieder einen blasen. Am besten ziehst du zu der nächsten Dienstbesprechung mit mir am Mittwoch einen Rock an, das Höschen kommt dann vor der Wichse und dem Ficken runter, klar?" Doris salutierte: „Jawohl Michael, wird gemacht. Danke für die Hiebe und ebenso Danke für das prima Ficken, es war sehr schön!"

Als Doris sein Büro verlassen hatte überlegte Michael, wie er mit Doris künftig weiter verfahren sollte. Sie war sehr hübsch, offenherzig und die Muschi war für seinen Schwanz gut zu besuchen. Doch das war nicht alles, er arbeitete hier in verantwortlicher Position und durfte nicht nur mit

78

dem Schwanz denken. Vielleicht war Doris ja an einer ganz anderen Stelle besser einzusetzen als an einer Berater-Stelle? Er hatte noch immer keine persönliche Sekretärin!

12. Rigoletto für Linda

Michael hat nun einen gewissen Rhythmus mit seinen Damen gefunden. Im Büro war er am Montag und Mittwoch mit seiner Sekretärin Doris Hartmann aktiv, sie vögelten meistens auf dem neuen Ledersofa. Mit Monika Schnitzler hatte er am Dienstagabend in seinem Büro nach Dienstschluss auf dem Schreibtisch gefickt und am Donnerstag erst um 19.00 Uhr in ihrem Büro. Dort trieben die beiden es auf dem Ledersofa von Monika. Dieser Freitagabend jedoch war für Linda reserviert, er hatte mit ihr zuletzt Mittwochabend gevögelt. Sie hatten sich versöhnt, Linda unterwarf sich fast lustvoll ihrem neu geliebten Gatten. Ihr war klar, dass Michael in seiner Dienststelle nicht nur eine Frau zum Ficken gefunden hatte, zuhause war ihr das aber egal, sie selbst unterhielt ja auch noch eine Fick-Beziehung zu Peter, wenn der sich mal von der Nachbarin loseisen konnte. Am heutigen Freitag war im Stadttheater „Rigoletto" angesagt. Beide schmissen sich in Schale. Linda trug einen sehr eng sitzenden beigen Hosenanzug, der ihren Popo erotisch zur Geltung kommen ließ, sie wollte heute kein Kleid als Opernkostüm tragen, Michael kam im legeren Sakko daher. Sie gaben sich das Melodrama von Francesco Piave in drei Akten, sie hörten den Herzog von Mantua singen: „Questa o quella" und Linda summte auf Deutsch mit: „Freundlich blick ich auf diese und jene". Beide kannten das Stück gut und sahen wie Rigoletto

80

vom Fürsten und seiner Tochter Gilda an der Nase herumgeführt wurde. Dann war nach dem zweiten Akt endlich Pause. Linda nutzte diese um sehr schnell zum Pinkeln auf die Damentoilette zu verschwinden und Michael organisierte an der Theater-Theke zwei Gläser Sekt. Er stand am Tischchen und es dauerte und dauerte, Linda tauchte nicht so schnell auf. Da hörte er von hinten eine überraschte Stimme: „Oh Herr Springer, sie sind auch hier bei Verdis Rigoletto! Schön sie hier zu treffen, wo ist denn ihre Gattin?"

Michael drehte sich verwundert um und sah das ihm leidlich gut bekannte Ehepaar Elisabeth und Ralf Steenbeck, die Arbeitgeber von Linda. Sie sprachen zu dritt kurz über die „wunderbare Opernaufführung und den herrlichen Tenor", dann war das Thema gefrühstückt. Die nachgefragte Linda war wohl noch immer auf dem Töpfchen, oder die Warteschlange vor der Damentoilette war so lang? Jedenfalls hatte Michael sein Sektglas schon fast geleert. Die Konversation mit den Chefs von Linda lief schleppend und stockte. Da ergriff Frau Steenbeck die Gelegenheit am Schopf: „Was ich sie noch unbedingt fragen will, wenn ihre Gattin noch nicht da ist: Hat ihre Frau denn von den Problemen, die sie uns heute im Büro gemacht hat, schon erzählt? Wir mussten ihr leider eine Abmahnung androhen und wahrscheinlich diese auch aussprechen!" Michael schüttelte den Kopf: „Nein, was war denn los? Erzählen Sie bitte!" Elisabeth

81

Steenbeck legte los: „Ihre Frau zeigte in der letzten Zeit ganz einfach nur noch wenig wirkliches Interesse an der Arbeit und in den letzten Tagen gab es einfach Unregelmäßigkeiten bei Arbeitszeit, so nach dem Motto, was ich später komme, das kann ich auch früher gehen. Offen gesagt, sie wurde schlicht stinkfaul und so geht s nicht weiter!" Michael schüttelte genervt und verwundert den Kopf. Der Herr Doktor ergänzte seine Gattin: „Nehmen sie ihre Gattin doch künftig etwas härter an die Kandare, dann könnte es vielleicht auch ohne arbeitsrechtliche Schritte wieder besser mit ihr werden!" Michel trank sein Glas leer und sagte: „Klar, mach ich, gleich geht es hier weiter!" Das Ehepaar Steenbeck ließ Michael alleine stehen und ging nach dem dritten Pausen-Klingeln zurück an ihre Plätze. Michael hatte nun Lindas Sektglas fast ausgetrunken, da kam sie eilig auf ihn zu getrippelt.

Die Vorstellung ging nun im dritten Akt weiter und das Finale nahm seinen Lauf. Der Herzog vergnügte sich inkognito mit Sparafuciles Schwester Maddalena und singt: „La Donna è Mobile" und Michael summt mit: „Oh wie so trügerisch sind Weiberherzen". Dann ging die Oper nach über dreieinhalb Stunden tragisch mit dem Tod der Tochter und Rigolettos zu Ende. Beifall brandete auf und endete nach dem fünften Vorhang. Alles drängte zur Garderobe und dann zum Ausgang. Beide Ehepaare trafen sich wie zufällig vor dem Ausgang wieder, Michael hatte fast den Eindruck, die beiden

82

hätten auf sie gewartet. Das kam ihm sehr gelegen: „Wir wohnen nur ein paar Minuten vom Theater entfernt, kommen sie doch noch auf ein Glas Sekt bei uns mit vorbei!" lud er großzügig Lindas Chef-Ehepaar ein. Linda schaute ihn verärgert mit rotem Kopf an. „Aber gerne, ist ja Freitag und wir können uns noch über Verdis Rigoletto und ihre Frau Linda unterhalten!" sagte Elisabeth fast anzüglich. So sparzierten sie zu viert in Richtung Wohnung der Familie Springer.

Dort ging dann alles schneller als es Linda erwartet hätte und lieb war. Sie köpfte erst eine Flasche Sekt, schenkte vier Gläser ein und man prostete sich zu. Dann kam Michael sofort auf Lindas wunden Punkt zu sprechen, er stauchte sie vor den Steenbecks richtig zusammen: „Du kriegst eine Abmahnung wegen Faulheit und Schummeln bei der Arbeitszeit, ich glaube es nicht. Ich muss in meiner Position verantwortlich die Leistung von über zwanzig Kollegen überwachen und meine eigene Frau hält sich nicht an die Regeln, spinnst du eigentlich?" Linda stotterte nur: „Tschuldigung, das kommt jetzt falsch rüber, ich habe nur, ich war, ja ich..." Da unterbrach sie Michael barsch: „Ich werde dir zeigen was du zu tun hast, du legst dich jetzt hier sofort über die Sessellehne, ich versohle dir nämlich vor deinen Chefs den Hintern, dass es raucht, merk dir das, keine Widerrede!"

Linda blieb unschlüssig im Wohnzimmer stehen und nickte errötend mit dem Kinn in Richtung Steenbecks. Michael holte den Rohrstock aus dem Wohnzimmerschrank und sagte: „Genau vor deinen Arbeitgebern bekommst du jetzt gründliche Hosenspanner, sie sollen wissen, wie ich dich für deine Dummheiten im Büro bestrafe, überlegen dalli!" Langsam ging Linda auf den Sessel zu und tat was Michael vorn ihr wollte. Elisabeth sagte in schnippischen Ton zu ihrem Mann: „Siehst du Ralf wie der Herr Springer seine faule Gattin rannimmt, prima, lobenswert der Mann!" Michael griff wortlos den Hosenbund von Lindas enger Hose, zog ihn ihr fest in den Schritt und lies den Rohrstock mit einem festen „Huitt-Patsch" auf den hübschen Popo-Backen seiner Gattin landen. Er wollte ihr nichts schenken, darum versohlte er seine Linda mit kräftigen Hieben: „Huitt-Pitsch, Huitt-Patsch" tönte es durch das Wohnzimmer der Familie und Elisabeth und Ralf Steenbeck hörten erfreut die ihnen gut bekannte Rohrstockmelodie: „Er vertrimmt sie kräftig, das müssen wir uns merken und im Betrieb weiter fortführen!" sagte die Chefin der gerade gezüchtigten Linda zu ihrem sichtlich erfreuten Mann. Nun begann die versohlte Linda wie ein kleines Zicklein mit ihrem in der engen beigen Kostümhose steckenden Popo aufreizend hin und her zu wackeln und eine rührende Schmerzensarie anzustimmen: „Auaau, OOhhoooo Auauauaaa ‚Bitteeeee Michael aufhören Uiiiiuuiii!" Herr Steenbeck

84

kommentierte das nur mit einem: „Das hört sich ja wirklich gut an, es muss richtig auf ihrem Hintern ziehen, toll wie der das macht". Michael hatte Linda wohl so zwei oder drei Minuten versohlt, dann beendete er das erzieherische Werk an seiner Gattin. Die sprang nach dem letzten Hieb auf und rieb sich wie wild den in ihrer engen Hose steckenden Hintern. Das Ehepaar Elisabeth und Ralf Steenbeck schaute ihr beim Popo-Reibe-Tanz sichtlich amüsiert zu.

Dann verschwand Linda schnell in der Küche und servierte den dreien etwas geknickt den zuvor wohlweislich gekühlten Sekt: „Prost!" stimmte Michel die Runde ein und Elisabeth prostete sehr erfreut ihm und Linda zu: „Na Frau Springer, ihr Popo muss jetzt ganz schön jucken, da hat sie ihr Gatte aber gründlich vorgenommen, alle Achtung!" provozierte sie lächelnd. Linda lief rot an und schüttelte nur trotzig den Kopf, ein paar Tränen rannen ihr noch über das verheulte Gesicht. Die Runde unterhielt sich ein paar Minuten über die heute Abend gemeinsam genossene Oper Rigoletto: Der Tenor des Herzogs war wirklich wunderbar!" warf Frau Steenbeck ein. Ihr Mann ergänzte zustimmend: „Der Mezzosopran von Giovanna kam akustisch sehr eindrucksvoll rüber!" Michael und Linda nickten zustimmend. Dann kam das Gespräch zu Lindas Züchtigung zurück: „Ich finde es gut, dass sie ihre Frau wegen ihrer Fehlleistung bei uns im Betrieb gezüchtigt haben, das sollten alle

Ehemänner so praktiziere, nicht wahr?" sagte Lindas Chef beim zweiten Glas Sekt. Das war nun für Linda zu viel: „Das sehe ich überhaupt nicht so Herr Steenbeck! Wo kommen wir da hin, das ist doch reines blödes Macho-Gequatsche, was sie da abziehen!" Da war Linda zu weit gegangen, doch sie merkte es zu spät. Es herrschte plötzlich betretenes Schweigen im Wohnzimmer.

Fünf Minuten später lag Linda erneut über der Lehne des Wohnzimmersessels, jetzt stand jedoch nicht Michael, sondern Ralf Steenbeck mit dem Rohrstock neben ihr. Er zog ihr ähnlich wie ihr Mann vor ein paar Minuten die beige Opernhose in die Spalte und prüfte mit seinen Fingern das „Zielgebiet". Er schaute kurz zu Michael und als dieser den Daumen nach oben hob tätschelte er dabei auffällig lange die gespreizten Oberschenkel, ihre Pussy dazwischen und die runden Po-Bäckchen. Linda stöhnte dabei „Uiiiaahhaeeii" empört auf, blieb jedoch gehorsam liegen. Zuvor hatte Michael ihr die Leviten gelesen, sie für die Unverschämtheit gegenüber ihrem Chef scharf gerügt. Gerne wolle er ihm und Frau Steenbeck das Züchtigungsrecht an Linda einräumen, wenn sie faul und unzuverlässig bei ihrer Arbeit sei. Er hatte Ralf den Rohrstock in die Hand gedrückt und der bearbeitete nun fleißig die hüpfenden Hinterbacken seiner frechen und unfolgsamen Angestellten. Ralf wichste sie kräftig durch und zog die Hose so fest in die Kerbe, dass die Pussy gut sichtbar wurde. Linda

86

begann an dem Abend nun bereits zum zweiten Mal zu singen: „Auaaahhh, ohhoooohhh iiiiihhhh oioioi!" hörte Michael und Elisabeth erfreut. Die beiden stießen während Lindas Züchtigung lächelnd miteinander an. Linda rieb sich erneut ihre versohlten Po-Backen als die Hosenspanner nach etwa Fünfzig Hieben zu Ende waren.

Linda durfte hinterher zum dritten Mal Sekt servieren und schüttet ungeschickt der erbosten Elisabeth ein halbes Glas über ihr Kleid. Nun erhielt sie passend zum Sekt zum dritten Mal Hosenspanner an diesem Abend: „Auch wenn sie die Hiebe heute auf den Nackten verdient hätte, mache ich das jetzt gerne aufs Höschen", meinte Lindas Chefin erfreut. Als Linda züchtigungsbereit und schuldbewusst über der Sessellehne lag, ließ nun auch Elisabeth ihre Finger über ihren hübschen Popo und auch zwischen ihre Schenkel wandern, sie war von Lindas Muschi offensichtlich genauso angetan wie ihr Mann Ralf. Danach pfiff jedoch der Rohrstock wieder sein schneidiges Lied und klatschte erneut sehr schmerzhaft auf Lindas wild hüpfende Arschbacken. Die strenge und schmerzhafte Züchtigung wurde von ihrem Chef mit Kommentaren, wie „eine sehr gute Methode, der Dame Fleiß und Gehorsam bei zu bringen" zynisch begleitet. Erneut jammerte Linda unter den strengen Hieben von Elisabeth, und wieder rieb sie sich nach dieser Züchtigung sehr engagiert ihre heiß glühenden Po-Backen. Der Abend endete mit der

Frage von Michel an das Chef-Ehepaar, ob „es denn nicht möglich sei, seiner Gattin auch im Büro Hosenspanner zu geben?" Elisabeth sagte erfreut über diesen Vorschlag weitere Überlegungen zu: „Warum soll das nicht möglich sein, für Ihre Frau Linda ist ein versohlter Hintern offensichtlich wirkungsvoller als eine Abmahnung denke ich, so etwas in der Richtung könnte ich mir gut vorstellen. Wir bleiben in der Sache in Verbindung, ja?" Beide tauschten noch schnell ihre Visitenkarten aus. Als die Steenbecks alleine die Straße runter gingen sagte Ralf zu seiner Frau: „Linda wird bei uns im Betrieb jetzt die Dritte im Bunde, klar!" Die nickte erfreut und hakte sich bei ihm ein. Als die Gäste gegangen waren und das Ehepaar Springer alleine war bumste Michel im Schlafzimmer seine heute dreimal versohlte Linda in der Doggy-Stellung von hinten. Er hatte so einen guten Blick auf ihren hübschen Striemen-Popo und die süße Pussy. Michael kam nach nur zwei Minuten rammeln.

13. Linda versteht

Linda arbeitet in dem kleinen Pharma-Unternehmen „Med-Guide" mit etwa einem Dutzend Beschäftigten. Es herrscht eigentlich ein gutes Betriebsklima, die Bürotätigkeit ist zwar nicht superspannend, doch abwechslungsreich und wird auch vergleichsweise sehr gut bezahlt. Das Chef-Ehepaar Steebeck gilt als streng aber gerecht. Linda sitzt mit der ihr gleichgestellten MTA-Kollegin Helga Jacoby im selben geräumigen Büro, beide haben eigene Schreibtische auf denen seit ein paar Monaten ein neuer PC steht. In drei weiteren Büros sitzen ebenso Damen-Zweiergruppen beim Abarbeiten von Bestellung, den Abrechnungen und Ordern neuer pharmazeutischer Ware. Das Hausmeister-Ehepaar Zangel gilt zwar als freundlich gegenüber den Angestellten, jedoch als etwas verdruckt und sehr unterwürfig gegenüber dem Chef-Ehepaar Steenbeck. Am Montag nach der Rigoletto-Vorstellung zuhause erlebt Linda im Büro ihr blaues Wunder.

Sie konnte sich gut erinnern, dass ihre Kollegin Helga, mit der sie per Du ist, schon mehrfach sehr echofiert mit geröteten Wangen von einer Besprechung mit der Chefin oder auch dem Firmeneigner zurückgekehrt ist. Sie hatten sich nicht weiter darüber unterhalten, Helga war da sehr wortkarg und Linda wollte nicht neugierig sein. Heute Vormittag kam unangemeldet der Hausmeister Alfred Zangel

89

in ihr Büro und brachte einen großen Ledersessel mit. Linda fragte was das denn solle, Helga wurde rot und sagte nur „Pschhht!" zu ihr. Der Hausmeister meinte schulterzucken. „Hat die Chefin angeordnet" und stellte neben den Sessel eine Architektenrolle. Dann machte Alfred eine kleine ironische Verbeugung zu Helga wie auch zu Linda und sprach frech grinsend: „Für sie zum Gebrauch meine verehrten Damen!" Natürlich schwante Linda aufgrund ihrer Erlebnisse vom Freitagabend böses, darum fragte sie Helga: „Weißt du was das wird, wenn es fertig ist?" Helga wurde verlegen und sagte ahnungsvoll: „Das werden wir beide sicher bald erleben, mach dich auf eine Überraschung gefasst!"

Die Chefin Elisabeth Steenbeck rief an dem Vormittag Michael im Büro an, sie hatte jetzt ja seine Telefonnummer. Im Gespräch einigten sich die beiden sehr schnell darauf, dass Linda bei Fehlverhalten mit dem Rohrstock gezüchtigt werden sollte, anstatt Abmahnungen oder andere arbeitsrechtliche Maßnahmen gegen sich zu erhalten. „Kräftige Schläge auf den Hintern wirken bei meiner Frau besser als Ansprachen und irgendwelche Formalien, da bin ich mir sicher!" sagte Michael etwas nassforsch zu Elisabeth. Er wollte keine finanziellen Verluste oder Ärger haben, nur weil seine Frau manchmal zu schlampig und unkonzentriert arbeitete. Elisabeth berichtete Michael, dass die Geschichte insgesamt in ihrer Firma natürlich nicht

90

ruchbar werden sollte „gerade in der heutigen Zeit, doch zwei weitere Damen in der Firma sind bisher schon von uns, also meinem Mann und mir, gezüchtigt worden, da ist jetzt ihre Frau dann eben die dritte Dame die bei Faulheit, Lügen, Verspätungen oder weiteren Verstößen gegen den Arbeitsvertrag etwas auf den Hintern bekommt!" Michael war damit einverstanden, er war sich nämlich sicher, dass auch seine Linda sicher Hiebe vorziehen würde als eine Abmahnung oder gar eine Kündigung zu erhalten. „Natürlich werden sie informiert, wenn ihre Gattin im Betrieb gezüchtigt wird, sie können dann selbständig entscheiden, ob sie ihre Frau dann zuhause gegebenenfalls nochmals für ihr Vergehen bestrafen wollen oder nicht!"

Michael nickte grinsend und legte auf, er dachte an sein erzieherisches und erotisches Arrangement mit der ihm untergebenen Doris Hartmann und war mit dieser Entwicklung sehr zufrieden. Sicher würde Linda bald im Betreib versohlt werden, das war jetzt zum Greifen nahe. Er fand den Gedanken an die Züchtigung seiner Frau im Büro durchaus anregend, er fasste sich an seinen härter werdenden Schwanz in der Hose: „Wer würde sie züchtigen? Die Frau Steenbeck sicher! Vielleicht noch eine Kollegin? Und der Chef, Ralf Steenbeck? Würde der sie den nach der Züchtigung von Linda einen blasen lassen und danach auf seinem Schreibtisch vögeln? So wie er eben die Doris Hartmann durchgezogen hatte und es weitertreiben

91

möchte?" Michael fand die Situation insgesamt sehr spannend und wartete auf einen Anruf aus der Firma über die Bestrafung seiner Frau Linda.

Am Türschild prangte der wenig aussagekräftige Name „Med-Guide. Abteilung 3". Elisabeth kam ohne Vorankündigung in das geräumige aber sehr sachlich eingerichtete Büro von Linda und Helga. Erfreut betrachte sie den großen Ledersessel, den der Hausmeister bereits geliefert hatte. Helga kannte den Sesel nur zu gut, der stand nämlich bisher im Vorzimmer des Chefbüros, in dem sie schon einig Male Rohrstockhiebe bezogen hatte, ihr war der Grund für den Umzug noch unklar, aber sie hatte eine vollkommen einleuchtende Ahnung. Frau Steenbeck nahm einen Rohrstock aus der Architektenrolle, deutet auf die Sessellehne und sagte in strengem Ton zu Lindas Kollegin: „Helga nimm den Rock hoch, dann überlegen, du bekommst jetzt den Hintern voll für die falschen Abrechnungen, die du letzte Woche bei mir abgeliefert hast!" Helga stand auf und ging zum Sessel, blickte jedoch unsicher und abwartend auf Linda, die den hier inszenierten Braten bereits gerochen hatte und rot im Gesicht anlief. „Und Frau Springer, hier?" fragte sie tonlos. „Überlegen und zwar sofort, ich sage es nicht noch einmal, verstanden. Ja die verehrte Frau Kollegin von dir soll heute sehen, wie du hier bestraft wirst, wenn du schlechte Arbeit ablieferst. Ihr wird es nämlich ab morgen voraussichtlich genauso gehen wie dir, kapiert?"

92

Zwei Minuten später lag Helga mit hoch gezogenem Rock und dem fest in die Spalte gezogenen Höschen über der Lehne des Ledersessels und stützte die Hände auf der breiten Sitzfläche ab: „Beine noch etwas breiter!" kommandierte Elisabeth und als Helga schnell gehorchte, griff sie ihr danach ungeniert ans nur durch den String-Zwickel geschützte halb sichtbare Fötzchen. Dann sprach der Rohrstock seine schmerzhafte und deutliche Sprache, sie versohlte Helga kräftig eine Minute lang, die wackelte zwar sichtbar mit ihrem immer röter werdenden, fast nackten Popo, doch sie riss sich zusammen und Linda konnte nur eine leises „A-Auuuhhaauuu" von ihr vernehmen. Jetzt wurde Frau Steenbecks Hiebe etwas langsamer, denn sie hielt, während sie Helgas Hintern mit dem Stock bearbeitete, Linda eine kleine Ansprache: „Ja schauen sie nur gut zu Frau Springer, denn ab morgen werden Sie genauso wie Frau Jacoby hier in der Firma mit dem Rohrstock bestraft, wenn Sie Mist bauen, verstanden?" Linda schaut sie perplex an, schüttelte den Kopf und nickte abwesend.

Natürlich erinnerte sich Linda sehr ungern an den letzten Freitagabend, als es für sie zuhause dreimal Hiebe gesetzt hatte. Wollten das die Steenbecks hier an ihr fortsetzen? Offensichtlich sah es danach aus und sie war wohl nicht die einzige Frau, die in dieser Firma den Hintern voll bekam, das war jetzt klar. Der Stock pfiff weiter: „Huitt-Pitsch- Huitt-Patsch" auf Helgas nackten Po-

Backen wuchs Strieme auf Strieme auf ihrer immer röter werdenden Haut. Nun meldete sich die Besitzerin der Po-Bäckchen doch noch etwas unfreiwillig zu Wort: „Ohhoo Auauaauu! Auaaahh! Auau!" Die Chefin wurde immer besser gelaunt: „Ja jetzt spürt das Dämchen die Hiebe langsam, so ist es gut, schrei nur etwas, die Kollegin Springer hat sicher großes Interesse an deiner Gesangseinlage! Ihr Mann hat mir nämlich gerade am Telefon versichert, dass er es sehr begrüßen würde, wenn auch Sie hier Hiebe als Strafe für Verfehlungen bei der Arbeit erhalten würde, jaja! Ich schätze, nein ich bin mir sicher, das wird ab morgen so sein!" Dann war Helgas Züchtigung zu Ende, die sprang schnell auf und rieb sich ihren versohlten Hintern mit beiden Händen sehr intensiv, Elisabeth schaute ihr belustigt zu, Linda eher ängstlich.

„Ruf deinen Mann an und hample hier nicht so lächerlich herum!" fuhr Elisabeth, die noch immer poporeibende Büro-Dame an. Helga griff zum Telefonhörer, blieb sicherheitshalber stehen und tippte zweimal auf eine Taste. Nach nur zehn Sekunden meldete sich ihr Gesprächspartner, offensichtlich ihr Gatte: „Ja Hallo Schatz, ich bin es. Ich wollte dir nur sagen, dass ich eben im Büro von Frau Steenbeck Schläge bekommen habe wegen der nicht ganz korrekten Abrechnungen von letzter Woche, ich habe dir ja darüber erzählt" konnte Linda und Eleonore hören. Dann sagte eine für die beiden Zuhörerinnen immer undeutlicher zu

94

verstehende Männerstimme einige Sätze. Helga antwortete: „Lieber Udo, genau weiß ich das nicht, es dürften so zwischen fünfzig und sechzig Rohrstockhiebe gewesen sein...Ja sicher, heute Abend, das ist mir schon klar, da setzt es nochmals was. ...Ja mach ich, danke Tschüßi!" Dann legte Helga den Hörer auf und sagte zu Frau Steenbeck: „Mein Mann lässt ihnen einen schönen Grüß ausrichten und ich soll ihnen noch sagen, er befürwortet es sehr, dass sie mich hier wegen meiner Unkonzentriertheit mit dem Stock bestraft haben. Er will heute Abend nochmals kräftig auf meinem Nackten mit dem Rohrstock nachstriemen, das soll ich Ihnen ausrichten!"

Linda schüttelte entgeistert den Kopf, ihr dämmerte was da lief und auch bei ihr zu wachsen begann, das war eine Vorführung, vollkommen klar! Elisabeth lächelte und war direkt nach Beendigung der Züchtigung wieder beim Sie angekommen: „Sehr schön Frau Jacoby, freut mich zu hören. Wenn ihr Mann zuhause nochmals nach der Zahl der Hiebe fragen sollte, so waren es meiner Rechnung nach Fünfundsiebzig, ist das klar?" Helga nickte. „Und nun zu Ihnen Frau Springer: Sie besprechen die ganze Geschichte der Büchzüchtigung in unserer Firma heute Abend mit ihrem Gatten, wir haben vorher telefoniert. Sie sind morgen dran mit der Popo-Wichse für ihre Faulheit von letzter Woche, klar! Und ihr Michael wird hoffentlich dann genauso zuhause nochmals den

Rohrstock sprechen lassen, wie das vereinbart ist und wie es auch Herr Jacoby bei seiner holden Gattin heute sicher tun wird!" Linda wurde rot und nickte verstört aber einsichtig.

Als Frau Steenbeck die beiden Damen in ihrem Büro alleine gelassen hatte fragte Linda: „Sag mal Helga, wie lange geht das denn hier schon so mit dem Hintern verhauen bei dir? Bist du bisher die einzige oder kriegen andere auch was hinten drauf statt einer Abmahnung oder so?" Helga zierte sich etwas, rieb noch kurz ihren gestriemten Popo und setzte sich erst dann: „Also ich bekomme hier seit etwa zwei Jahren Stockschläge für grobe Fehler, entweder von ihr oder auch von ihm oben im Chefbüro, das war bisher jedenfalls so. Außer mir bekommt hier in der Firma, glaube ich, nur die Putzfrau, also die Zangel Rosi den Rohrstock zu spüren. Andere Kolleginnen von uns wissen davon nichts und sind auch, glaube ich, nicht betroffen." Linda setzte nach: „Und du lässt es dir auch so gefallen, hast du dich nicht gewehrt": Helga schüttelte den Kopf: „Warum denn, es ist besser so ein paar Hiebe auf den Arsch zu bekommen, als Gehaltsabzug und rechtliche Probleme. Mein Mann befürwortet das natürlich sehr und er versohlt mir zuhause auch den Hintern, wenn ich Mist gebaut habe. Ich finde, man macht heute viel zu sehr Tamm-Tamm um die Züchtigung von uns Mädels, das ist doch eigentlich ganz normal, dass es für eine Frau mal was hinten draufgibt, finde ich."

96

Linda nickte und begann in ihre Akten zu schauen: „Wenn das so ist, danke für die Info!" Was Helga mit dem Chef trieb, nachdem er ihr den Nackten versohlt hatte, erzählte sie Linda lieber nicht.

Linda kam etwas aufgewühlt nach Hause und wollte eigentlich mit Michael über die Erlebnisse im Büro sprechen. Doch der saß überraschend gemeinsam mit Peter am Tisch und die beiden tranken zusammen ein Glas Weißwein, offensichtlich hatten sie sich gut unterhalten. Linda freute sich doch sehr, dass Peter etwas unerwartet am Montag hier war. Warum sich über ihre Arbeit unterhalten, wenn man zuhause Spaß haben konnte? Nach dem gemeinsamen Abendessen gingen die drei wie bisher üblich zusammen ins Schlafzimmer. Michael steuerte wie selbstverständlich sein Zustellbett an und sagte mit einer einladenden Handbewegung auf Lindas Bettseite zu Peter: „Du hast heute natürlich den Vortritt bei der Dame!"

Zehn Minuten später bumsten Linda und Peter wie bisher üblich mit rhythmischen und eindeutigen Matratzengeräuschen. Michael schaute den beiden genüsslich zu, rieb leicht seinen Schwanz und freute sich bei dem Gedanken, dass seine oftmals arrogante und natürlich untreue Gattin ab morgen im Büro mit dem Rohrstock gezüchtigt werden würde. Die Steenbecks dürften ihr sicher saftige Hosenspanner und auch Schläge auf den nackten Popo geben, schon ab morgen! Jetzt war das fickende Paar fast so weit, Linda stöhnte und Peter begann mit seinem „AAAOOOHHH" den Orgasmus hinauszuposaunen. Michael drehte sich zur Wand um und hörte zu Wichsen auf. Dann wurde das Licht gelöscht.

Kurz vor fünf Uhr erwacht Linda und beide Männer schlafen. Sie steht auf, schleicht sich zu Michaels Bett und kuschelt sich an ihn. Sie flüstert ihm ins Ohr: „Ich liebe dich!" und fasst ihm an den halbsteifen Schwanz. Natürlich ist Michel jetzt wach, Peter schläft im Ehebett weiter. Linda bläst Michaels Schwert sehr hart, dann setzt sie sich auf ihn drauf und reitet ihn. Michael genießt Lindas werbenden sehr angenehmen Hüftschwung und denkt bei sich: „Morgen Abend ficke ich dich von hinten und sehe sicher ein Striemen-Muster auf deinem Arsch!" Dann spritzte er in Lindas Muschi ab. Linda arbeitete noch eine Minute weite, dann hatte sie ihren zweiten Orgasmus in dieser Nacht. Über die Züchtigung von Helga und die telefonische Abmachung von Michael mit ihren Chefs hatten sie weder an dem Abend noch in dieser Nacht gesprochen.

14. Linda wird gezüchtigt

Linda zog sich am Dienstagmorgen eine weit aus-
geschnittene rote Bluse und sehr bewusst eine eng
sitzende, aber vom Stoff her recht kräftige dunkelblaue Jeans an. Sie rechnete nicht ganz unbegrün-
det mit einer Züchtigung durch ihre Chefin und
wollte einerseits etwas vorgesorgt haben, andererseits auch ordentlich gekleidet sein. Ihre Kollegin
Helga begrüßte sie mit den Worten: „Du hast dich
ja sehr fesch für die Rohrstockwichse gemacht, bin
gespannt, ob die Jeans anbehalten darfst?" Linda
erschrak sichtlich und sagte nur: „Paah, so
schlimm wird es schon nicht werden!" Die beiden
Damen arbeiteten sehr konzentriert an ihren Be-
stellungen weiter, als gegen 10.00 Uhr Frau Steenbeck in ihr Büro kam. Sie stolzierte etwas auf und
ab, ging zum Büroschrank, holte den Rohrstock
heraus und lies ihn in die Hand klatschen: „So
Frau Springer, heute sind Sie mit der Rohrstock-
strafe dran. Marsch über die Sessellehne bücken,
so wie Sie es gestern von ihrer Kollegin Helga gese-
hen haben, dalli!" Linda hatte keine andere Wahl,
im Grunde war sie froh, ihre Jeans anbehalten zu
dürfen, gut, dass sie keinen Rock trug wie Helga
gestern. Eine Minute später lag Linda über der
Lehne des Ledersessels und stützte sich mit den
Händen auf der Sitzfläche ab. Frau Steenbeck griff
ihr an den Hosenbund, zog ihn fest in die Spalte
und sagte: „Linda, heut setzt es erstmal fünfzig Hosenspanner für deine Fehler und Faulheit in den

99

letzten Wochen. Beine etwas breiter!" Linda gehorchte, sie kannte das Beine Spreizen ja nun bereits von zuhause recht gut, nicht nur vom Bumsen, sondern auch vom Versohlt werden! „Ja so ist es gut, schön weit auseinander, dass die Hiebe gut ziehen!" kommentierte Elisabeth nun die für Linda hier und heute etwas peinliche, aber doch urweibliche Bemühungen: „Und Helga, du zählst die Hiebe mit klar!" war die Ansage für die leicht überraschte Kollegin. Dann begann die erste von Linda mehr als verdiente Büro-Züchtigung. Es tönte „Huitt- Pitsch- Huitt-Patsch" im Büro der Abteilung 3 und Helga begann die Hiebe mitzuzählen. Linda verkniff sich den Schmerz so gut es ihr möglich war, doch als Helga „Fünfzehn" gezählt hatte begann sie „Aua-Auah ohooo!" zu jammern. Ihre Schmerzensbekundungen wurden immer lauter und ihr mit der Jeans behoste Popo führte einen wilden Tanz auf: „Ja das schmeckt der faulen Linda nicht, wenn sie durchgewichst wird, warte nur mein Täubchen, dir werde ich Fleiß und Gehorsam hier einbläuen, da nutzt dein Arschwackeln gar nichts!" sagte Elisabeth ironisch. Während dessen ließ sie weiter kräftig in gemessenen Abständen den Stock auf Lindas schmerzenden Hintern pfeifen.

Als nun langsam das Ende der Hosenspanner nahte und Helga „Vierundvierzig!" zählte, entfuhr Linda noch ein: „Oh Gottogott—Auauaaah-hUIUIU!" sie wackelte wie wild mit dem Popo und

100

Frau Steenbeck hatte Mühe ihren Hosenbund mit der linken Hand weiter fest zu halten. Nach dem letzten Hieb sprang Linda auf und rieb sich wie wild ihren versohlten Hosenboden, ihr Gesicht war knall rot und ein paar Tränen rannen ihr über das erhitzte Gesicht. Die Züchtigung war beendet und Elisabeth schaltete nun zur Überraschung Lindas wieder auf das dienstliche „Sie" um: „Nun Frau Springer, übertreiben Sie es nicht mit der Hintern Reiberei, so schlimm waren die Hiebe nun wirklich nicht, fragen sie mal ihre Kollegin, was die hier schon an Schlägen eingesteckt hat!" Helga schaute ihre Chefin etwas ängstlich an und nickte schnell. „Also Hände weg vom Popo, rufen sie jetzt ihren Mann an und erzählen sie ihm, dass sie von mir gründliche Hosenspanner wegen ihrer permanenten Faulheit in den letzten Wochen erhalten haben, wird's bald!"

Linda beruhigte sich langsam, ihr Hintern brannte jedoch lichterloh, der Schmerz ließ erst sehr langsam nach. Sie schaute kurz in ihr Notizbuch und rief eine der drei Nummern von Michael an, es war zwar die Richtige, denn er sprach gerade, es war belegt: „Ich hoffe die Betriebsstrafe heute war Ihnen eine Lehre Frau Springer, künftig wird hier besser gearbeitet, klar? Keine unerlaubten Privatgespräche und auch Schminken im Büro und Modezeitschriften lesen ist verboten, da setzt es ab heute kräftig was auf den Hintern, verstanden! Probieren sie es nochmals, vielleicht ist Ihr Mann ja jetzt zu sprechen?" Der zweite Versuch klappte! Linda sagte knapp: „Hi Michal, ich habe eben im Büro von Frau Steenbeck Hosenspanner erhalten, ja Fünfzig waren es und Helga hat mitgezählt!" Michael sprach eine halbe Minute mit ihr, dann sagte Linda: „Ja klar, heute Abend ich verstehe, danke, dir auch." Das Gespräch war beendet.

Elisabeth nickte erfreut: „Ich schätze, es setzt heute Abend zuhause nochmals kräftige Schläge auf den nackten Hintern, so soll es sein, nicht war Frau Jacoby?" Helga nickte eifrig. „Sie werden künftig der Frau Springer genau auf die Finger schauen, verstanden? Wenn sie Fehler macht oder zu spät kommt, so melden sie mir das sofort, dann setzt es was, aufs Höschen oder wenn Schlampigkeit öfter vorkommt auch auf den Nackten, klar!" Helga schaute fragend erst zu Linda, dann zu ihrer Chefin und blickte betreten auf die Platte ihres Schreibtisches. „Soll ich mich klarer ausdrücken? Wenn hier weiterhin Schlendrian praktiziert wird und nicht eindeutig eine von euch dafür verantwortlich gemacht werden kann, dann gibt es eben für euch beide den Hintern voll, und zwar gründlich, verstehen wir uns da Helga?" Nach der Nennung ihres Vornamens hatte Helga endlich verstanden: „Jawohl Frau Steenbeck ich werde auf Linda achten und eventuelle Pflichtverletzungen an Sie melden, sie können sich auf mich verlassen!" Elisabeth lachte: „So ist es gut mein Täubchen, schön brav sein und die Fehler der Kollegin

102

an mich melden. Sollte ich nicht da sein, dann eben meinen Mann oder den Hausmeister informieren!" Helga nickte stumm aber fleißig. Linda wurde es etwas mulmig, sie nahm sich fest vor, künftig etwas gewissenhafter zu arbeiten.

Als Linda nach Hause kam wurde sie von einem sehr gut gelaunten Michael begrüßt. Natürlich wollte er von ihr wissen, wie die Züchtigung genau verlaufen ist, Linda schilderte sie ausführlich und beschwerte sich nicht über die Schläge, jedoch über die angeordnete künftige Bespitzelung durch Helga. Michael jedoch hielt dies für eine tolle Idee ihrer Chefin, garantierte sie doch eine konsequente Kontrolle seiner launischen Gattin, zumindest im Büro. Dann ließ er sich von Linda den gestriemten Popo zeigen: „Gut, da passen noch ein paar Hiebe drauf," sagte er zu ihr, zog sie über seine Knie und verkloppte ihr mit der flachen Hand zwei Minuten lang den hübschen rot gestreiften Po. Im Schlafzimmer setzte es mit dem Rohrstock noch ein Dutzend, da schrie Linda heute zum zweiten Mal: „Aua-Aua!" Dann war die Strafe zuhause vorbei und Michel bumste seine Linda von hinten kräftig durch. Linda streckte ihm gerne ihren Popo entgegen und genoss das Rein-Raus-Spiel seines harten Schwanzes in ihrer feuchten Muschi. Sie kam dabei sogar kurz vor Michel, ja so schön kann eheliche Liebe zuhause im trauten Schlafzimmer zu zweit sein!

15. Controlling 2

Michael machte die Doris Hartmann mit der Zustimmung Monikas zu seiner persönlichen Sekretärin, die Arbeitsplatzbeschreibung wurde so neugestaltet, dass sie für Doris sogar ein kleiner Gewinn wurde. Sie brauchten keinen zusätzlichen Vertrag über Bestrafungen, denn all das war selbstverständlich mündlich zu regeln. Doris und Michael verstehen sich prima. Es ist für beide eine Win-Win-Situation. Linda bekam davon natürlich Wind, doch sie sprach Michael aus guten Gründen nicht darauf an. Sie hat ja immerhin noch ab und zu ihren Lover Peter, wenn der nicht bei und mit der umtriebigen Nachbarin bumst.

Michael und Bernd trafen sich zufällig eine Woche nach dem Stellenwechsel von Doris im Fitness-Studio. In der Umkleidekabine fragte Bernd anzüglich den schwitzenden Michael: „Wie bumst es sich mit meiner Doris?" Der markiert erst den Ahnungslosen und kurz darauf den Überraschten. Sie klopften sich nach fünf Minuten hin und her Geplänkel gegenseitig auf die Schultern und verstanden sich gut. Die beiden dominanten Ehemänner vereinbarten ein „feuchtes Date zusammen mit den beiden Mädels" am nächsten Freitag bei den Hartmanns zuhause. Dort sollte auch der Wechsel von Doris von der Stellenvermittlung zu Michaels persönlicher Sekretärin ordentlich und lustvoll gefeiert werden.

104

Linda zog sich ein kurzes schwarzes Kleid an, sie sah sehr anständig aber auch sexy aus. Michael hingegen war in einer lässigen beigen Sommerkombination gekleidet. Sie wurden von der Familie Hartmann sehr herzlich empfangen, Doris hatte sich einen karierten Faltenrock und eine hellblaue Bluse angezogen, sie wirkte fast so ähnlich wie ein braves aber bürotaugliches Schulmädchen. Bernd trug eine schwarze Jens uns ein knallrotes T-Shirt. Man trank zur Begrüßung natürlich ein Gläschen Prosecco und unterhielt sich gemeinsam über „Zucht und Ordnung" im Büro und über die notwendigen Züchtigungen der Gattinnen Zuhause: „Meine Doris bekam schon kurz nach unserer Hochzeit vor sieben Jahren den Hintern voll, wenn sie Mist baute, das ist bei uns so und ich finde, es schadet keiner Frau, wenn sie zuhause von ihrem Mann und im Büro von ihrem Chef den Rohrstock auf dem Popo zu spüren bekomm!" meinte Bernd gelassen. Die blonde Doris nickte fleißig: „Wie recht du hast Schatz, ich merke ja selbst, dass ich nur dann richtig zuhöre und gut Arbeite, wenn ich den Stock zu spüren bekommen habe!"

Man prostete sich erneut zu. Michel grinste über das ganze Gesicht, doch bevor er Doris zustimmen konnte, sagte Linda zu ihr in leicht aggressivem Ton: „Und hinterher vom Chef auf dem Schreibtisch durchgebumst werden, wie sich das für eine gute Büromatratze eben gehört!" Michael und Bernd schauten sich empört und gleichzeitig überrascht an und jetzt kam Doris ihnen zuvor: „Oh ja, die verheiratete Dame ist gleich beleidigt, wenn ihr Mann im Büro mal einen Stich macht, hab dich doch nicht so, du konservative Ehe-Pussy!" Jetzt hatten beide Männer von der Zicken-Zänkerei genug:" Es reicht Doris, du bekommst jetzt den Hintern voll, auf der Stelle!" sagte Bernd und Michael fauchte zu Linda: „Höschen runter und überlegen, es gibt jetzt den Arsch voll!" Beide Mädel motzten kurz, hatten jedoch sehr schnell gemerkt, dass sie den Bogen weit überspannt hatten und jetzt wohl gemeinsam versohlt werden würden. Aus guten Gründen stand im Wohnzimmer der Familie Hartmann eine große Vase mit dünnen und kräftigen Rohrstöcken.

Zwei Minuten nach der gegenseitigen Beschimpfung von Doris und Linda knieten sowohl die „Ehe-Pussy", wie die „Büromatratze" mit hoch geschlagenem Kleid und heruntergezogenem Slip auf dem Ledersofa und streckten ihren Gatten den nackten Arsch hin. Beide Männer hatten einen Rohrstock in der Hand und ließen diesen schwungvoll auf die Pobacken ihrer Gattinnen klatschen. Die „Huitt-Pitsch" und „Huitt-Patsch" Laute der pfeifenden und auf den Damenärschen aufschlagenden Rohrstöcke überschnitten sich wunderbar, es klang wie ein Rohrstock-Kanon. Nach einer Minute Hintern versohlen begann erst Linda, dann Doris zu jammern: „Ohhooo Auauau aufhören" und „Neiiiin, Auaaah-Aauooooo, halt stop!" war von beiden

106

gezüchtigten Mädels übereinstimmend zu hören. Michael und Bernd schauten sich kurz an, dann sagte der Hausherr: „Gut, wenn die Damen eine Abwechslung wünschen, warum nicht!"

Die beiden Männer behielten ihre Rohrstöcke in der Hand, wechselten jedoch die zu züchtigende Dame. Die streckten jetzt weiterhin brav ihre gestriemten Nackt-Popos ins Wohnzimmer und so bekam Doris von ihrem Chef und Linda von Bernd den Hintern versohlt. Eine Minute nach dem „Damenwechsel" war die Züchtigung zu Ende und beide Mädels rieben sich sofort wie wild ihre roten Hinterteile. Kurz darauf umarmten sich die beiden gezüchtigten Frauen sogar und tauschten fast liebevoll ein Wangenküsschen aus. Die Versöhnung der Damen war durch deren gemeinsame Bestrafung mit dem Rohrstock perfekt gemacht! Nun wurde erst mal getafelt. Doris servierte Lachsfilet mit gerösteten Kartoffeln und Spinat. Dazu tranken die vier Grünen Veltliner aus dem Burgenland, er schmeckte vorzüglich. Nach dem Essen kam das Gespräch wieder zu erotischeren und erzieherischen Themen, man sprach über „Frauentausch" nicht nur beim Erziehen und über Sex im Büro und diverse GV-Stellungen im Ehebett.

Bernd fordert Michael und seine Gattin auf: „Nun zeigt uns doch mal wie die Hiebe und die Liebe bei euch im Büro denn so abgehen, wir zwei sind dankbare Zuschauer" und so nebenbei streichelt

107

er Lindas Arschbacken unter ihrem kurzen Röckchen. Die lässt sich das widerspruchslos gefallen und streckt die kräftig geröteten Pobacken gerne schön apfelrundgemacht seiner Hand entgegen. Michael meinte lässig zu Bernd: „Die Variante Hosenspanner und Schwanzblasen können wir uns hier zur Vorführung sicher sparen, du bist wohl eher an der Schreibtisch-Bums-Variante interessiert, ja?" Er wartete Bernds Kopfnicken kurz ab, dann ließen Michael und seine Sekretärin sofort Taten folgen. Doris war sehr flink und geübt. Sie zog ihr Höschen heute Abend zum zweiten Mal aus und Michael legte Doris wie im Büro üblich bäuchlings über den Wohnzimmertisch der hier den Schreibtisch ersetzte. Dann verpasste er seiner Sekretärin mit dem zuvor bei Linda und ihr bereits auf dem Arsch benutzen Rohrstock etwa ein Dutzend Hiebe auf die Po-Bäckchen. Doris hielt still und jammerte nur gespielt: „Aua-Aua, tut das weh!" Dann drehte sie sich um, setzte sich auf den Tisch und nahm wie selbstverständlich die Beine weit gespreizt nach hinten. Beide hatten ihre Zuschauer aus den Augen verloren und waren mit sich selbst lustvoll beschäftigt. Michael feuchtete Doris Pussy mit Spucke kurz an, dann rammte er ihr den steifen Schwanz zwischen die nass schimmernden Schamlippen, das angenehme Rein-Raus-Spiel fand fast genauso wie im Büro, nur eben hier zu erotischen Demonstrationszwecken in der guten Stube der Familie Hartmann statt.

108

Michael stieß seine Sekretärin vor seiner Frau und ihrem Mann zuhause auf dem Wohnzimmertisch kräftig und genussvoll durch!

Bernd war zwischenzeitlich auch fleißig, denn er zog Linda ihr rosa Höschen flugs über die Po-Backen herunter, was sie gerne und ohne zu protestieren geschehen ließ. Beide sagten kein Wort, standen hinter einem Sessel und schauten dem fickenden Paar zu. Linda nahm die Beine etwas auseinander, machte ein Hohlkreuz und stützte sich an der Sessellehne ab. Bernds Finger fanden zielorientiert die feuchte Öffnung und rubbelte Lindas Kitzler, die schnurrte und wurde sehr feucht. Bernd öffnete seinen Hosenschlitz, holte sein steifes Gerät heraus und stieß es kraftvoll und sehr schnell Linda von hinten in die nasse Fotze. Mit einem Ruck war der Schwanz zwischen ihren Schamlippen vollständig verschwunden: „Er hat etwa die Größe von Michaels Pimmel!" dachte Linda noch, da rammelte Bernd erfreut und schnell in ihrer Pussy los. Linda streckte ihm erfreut und verschwörerisch, aber unbemerkt für Doris und Michael, ihre Pussy zum Gebrauch von hinten hin. Eben begann Linda leicht zu stöhnen, riss sich aber zusammen, denn der Fick mit Bernd war so nicht vereinbart. Doch er fand statt und er war auch schon zu Ende. Mit einem leicht unterdrückten „AAAhh" kam Bernd in Lindas Pussy, zog flugs seinen Schwanz heraus, wischte ihn kurz mit seinem Taschentuch ab und verstaute ihn, so als sei nichts gewesen, schnell wieder in seine Hose. Linda war leicht enttäuscht, fasste sich aber schnell, drückte sich ein frisches Tempo in die feuchte Muschi und zog flugs ihr Höschen wieder an. Michael und Doris hatten von dem Intermezzo hinter ihnen nichts bemerkt. Michael ergötzte sich genauso wie in seinem Büro an Doris süßer Pussy, schaute seinem eigenen Rein-Raus-Spiel zu und kam nach drei Minuten harter aber lustvoller Arbeit in Doris Fötzchen zum Abspritzen. Zehn Sekunden später war die Dame dran. Mit einem lauten „EIIIIIUUUH GUUUT!" kam Doris auf dem Wohnzimmertisch, noch immer den Schwanz von Michael in ihrer feuchten Grotte.

Nach fünf Minuten hatten sich die „Büromatratze" und der „Chef" voneinander getrennt und Bernd sagte betont anerkennend: „Eine reife Leistung, Michael, das kann sich sehen lassen. Du hast die Doris sogar so gut gestoßen, dass sie gekommen ist, keine Wunder, dass sie im Büro gerne bei dir arbeitet und mit dir fickt!" Linda lobte ihren Mann: „Ja gelernt ist gelernt, er hat zuhause ja viel geile Gelegenheiten zum Üben, damit er auch im Büro als Chef die Leistung bringen kann die von ihm erwartet wird!" Doris und Michael freuten sich, dass ihre jeweils „bessere Hälfte" die Fick-Demonstration so erfreut und gelassen zur Kenntnis genommen hatten, keine Sticheleien und keine Eifersucht, so stellten sich das beide vor. Linda und

110

Bernd freuten sich natürlich auch, doch hatten die zwei jetzt ein kleines Geheimnis.

Kurz bevor die Familie Springer ihre Gäste um Mitternacht verlassen wollten, nahm Bernd seinen neuen Kumpel Michael zur Seite: „Kannst du mir nicht eine kleine Gegenleistung für die Benutzung der Muschi von Doris in deinem Büro verschaffen. Linda wäre da doch echt prima geeignet, was meinst du? Du versohlst deine Sekretärin und meine Frau ja nicht nur, sie bläst dir einen und du bumst sie, okay, ich würde aber auch mal gerne mit deiner Linda... verstehst du?" Michael nickte: „Ja das kann ich mir vom Prinzip her schon vorstellen, ich überlege mir etwas, wie wir das für uns Männer und für die Mädels praktikabel hinkriegen." Bernd bedankte sich fast unterwürfig: „Oh danke Michel, das ist sehr großzügig von dir, es muss ja auch nicht eins zu eins sein, aber vielleicht so jedes dritte Mal oder so ähnlich, verstehst du?" Michael nickte: „Alles klar, du hörst von mir und Linda wirst du sicher bald zu sehen und zu bumsen bekommen!" So fand der Abend ein sehr anregendes und einvernehmliches Ende.

Am Montag darauf rief Michael, wie am Freitag-Abend versprochen, den Mann seiner Sekretärin und Büromatratze an. Bernd klang sehr erfreut und ein Stück weit erleichtert, dass Michael sein Versprechen einhielt. Nach etwa zehn Minuten

111

Herummackern und Verhandlungen über Status, Bürostrafen wie Hosenspannern und Blasen, Nackt-Popo-Züchtigungen und Bumsen und last not least zwei rasierte Gattinnen-Muschis, kam man zu folgender Vereinbarung:

Für Hosenspanner und anschließendes Schwanzblasen gibt es jeweils einen Punkt, für Nackt-Popo-Züchtigungen und Ficken danach gibt es zwei. Andere Varianten hatten weder Bernd noch Michael auf ihrer Festplatte. Doris hatte Bernd bei den bisher stattgefundenen Hosenspannern immer nur von Blasen berichtet, der ging auch davon aus, dass es wirklich so war. Wenn dann fünf Punkte zum Einlösen des „Guthabens" zusammengekommen sind, so wurde von den zwei Männern beschlossen, kann Bernd die Linda einmal bei sich zuhause bumsen. Will er sie jedoch für eine ganze Nacht haben, müssen zehn Punkte erreicht sein. Doris wird Bernd jeden Abend auf dem aktuellen Punktestand halten. Um die Zeit bis zum ersten Schäferstündchen von Linda mit Bernd nicht allzu lange werden zu lassen, schloss Michael die Verabredung mit der großzügigen Bemerkung: „Und der letzte Fick auf dem Wohnzimmertisch bei euch zählt natürlich mit, also zwei Punkte hast du schon!" Bernd sagte aus gutem Grund nur: „Danke Michael!"

Bereits am Donnerstag-Abend konnte Doris ihrem Gatten vom Erreichen der magischen fünf Punkte-

Marke berichten. Sie war am Dienstag von Michael nach einer Nackt-Popo-Züchtigung auf seinem Schreibtisch wie üblich gebumst worden und schon zwei Tage später hatte sie von ihm Hosenspanner auf ihre hellblaue Jeans erhalten. Dass sie diese nach der Züchtigung ausgezogen und mit ihm auf dem Schreibtisch gefickt hatte, erzählte sie nicht, sie log glaubhaft: „Und hinterher wie üblich Schwanzblasen, da steht der Chef drauf!" Das spielte jedoch keine große Rolle mehr. Bernd rief Michael zuhause an und erreichte ihn auch, nachdem ihm Linda den Hörer gereicht hatte. Ohne die um ihre Meinung zu fragen vereinbarten die beiden Männer, dass Linda morgen nach Büroschluss so gegen 16.00 Uhr Bernd zuhause besuchen soll, mit ihm einmal Bumsen und dann nach Hause zu Michael zu kommen hat.

Michael vögelte daraufhin sehr erregt seine Linda im ehelichen Schlafzimmer. Er teilte ihr nach seinem intensiven Orgasmus strahlend mit, dass sie morgen bei Bernd Hartmann zuhause zum mit ihm vereinbarten fünf Punkte „Abbumsen" zu erscheinen habe. Er wunderte sich etwas über Lindas gelassene, ja fast erfreute Reaktion. Zufrieden schlief das vereinte Ehepaar Springer in ihrem heute Nacht nicht mehr quietschenden Bett ein. Das Zusatzbett war leer.

Linda hatte in dieser Woche bereits einmal von ihrer Chefin Hosenspanner erhalten, es hatte

113

fünfundzwanzig fürs morgendliche Zuspätkommen am Mittwoch gesetzt. Das war zu ertragen, was solls auch, sie würde sich an Schläge im Büro und Zuhause einfach gewöhnen. An diesem Freitag hatte sie sich besonders hübsch gemacht, mit einem roten Minirock bekleidet im Büro angekommen, leider zehn Minuten zu spät. Sofort hatte ihre Kollegin Helga Jacoby die Freu Steenbeck angerufen. Schon fünf Minuten später bekam sie von der nun fünfzig Rohrstockhiebe auf den nur mit einem knapp sitzenden Brasil-Höschen geschützten Popo aufgezählt, da sie sich in dieser Woche bereits zweimal verspätet hatte. Natürlich musste sie dann Michael anrufen und ihm die Bürozüchtigung mitteilen. Der nahm die Nachricht sehr erfreut zur Kenntnis und ermahne sie, den „Abbums"-Termin mit Bernd darüber nicht zu vergessen: „Ganz sicher nicht!" antwortete Linda gewissenhaft.

Als Linda dann sogar eine viertel Stunde vor dem vereinbarten 16.00 Uhr bei den Hartmanns klingelte war Bernd alleine zuhause: „Doris ist noch im Büro und dann einkaufen!" erklärte er der adretten Linda fast entschuldigend: „Das passt ja prima, wie abgesprochen!" lachte Linda. Schnell umarmten sich die beiden, dann küsste Bernd Linda sehr wild. Die beiden verstanden sich sofort, es kam keine Peinlichkeit über das vermeintlich zwanghafte „Abbumsen" auf, wie es Michael gerne aber unausgesprochen gehabt hätte. Linda fühlte sich

114

nicht als Nutte, die den Sex ihres Gatten im Büro mit der Frau von Bernd abzuarbeiten hatte, auch wenn es so vereinbart war. Ihr hatte der heimliche Fick mit Bernd an dem letzten Freitag gut gefallen und sie wollte gerne nochmals richtig von ihm gestoßen werden. Das bekam sie an diesem Freitagnachmittag!

Zehn Minuten nach Betreten der Wohnung durch Linda lagen sie und Bernd bereits nackt im Ehebett im Schlafzimmer. Bernd fand die roten Striemen auf Lindas Arsch „richtig anregend und sehr süß". Er leckte ihre Pussy in aller Ruhe aus, während Linda seinen harten Schwanz mit den Lippen vorsichtig bearbeitete, sie wollte ja nichts vor dem eigentlichen Fick vergeuden. Bernd war so scharf, dass er Linda schnell auf den Rücken drehte und sie ohne lange zu fackeln in der Missionarsstellung durchzog. Kurz darauf kam die scharfe Linda, dann spritzte Bernd in ihrer feuchten Pussy ab: „Zum Gehen ist es noch zu früh glaube ich!" sagte Linda lächelnd. Ihr gefiel Bernds Schwanz sehr gut, er war eine bisschen größer als der von Michael, aber deutlich kleiner als der von Peter. Die zwei Nackten tranken ein Glas Sekt im Bett und eine halbe Stunde später bumste Bernd die Frau vom Chef seiner Gattin nochmals kräftig von hinten durch. So hatte er auch einen guten Blick auf die roten Striemen auf ihrem apfelförmigen Popo, die der Rohrstock von Frau Steenbeck heute Morgen dort hinterlassen hatte.

Beide finden es nun schade, dass Linda jetzt nach nur einem GV gehen muss. Gut es waren zwei, aber sie versprachen sich, dass es offiziell nur ein kurzer Fick gewesen war, „für die Ehepartner", so zu sagen. Bernd und Linda vereinbaren, dass er für das nächsten Date mit ihr verspricht zu warten, bis demnächst zehn und nicht nur fünf Punkte zusammen sind. Dann wollen sie in Ruhe eine Nacht gemeinsam und ohne Zeitdruck und ohne Doris hier im Schlafzimmer verbringen. „Ich schätze es wird höchstens zwei oder drei Wochen dauern, dann sind wir so weit", sagte Bernd zu Linda, als er sie verabschiedete. „Das hoffe ich, danke du guter Stecher!" meinte Linda zum Abschied. Bernd hatte schon eine gute Idee, wie er etwas Druck in der Sache machen konnte. Er fand es prima, wenn seine Doris so oft wie möglich von ihrem Chef im Büro erst versohlt und dann genagelt wird. So konnte er eben dann mit Linda sehr lustvoll den Ausgleich genießen. Das würde er mit Sicherheit! Er freute sich schon auf das nächste Date mit Linda. Die hatte es zuhause bei Michel erstmal nicht so einfach: „Er hat mich einmal gebumst, wie vereinbart!" erzählte Linda trocken ihrem Ehemann. Da sie jedoch zuvor im Büro von ihrer Chefin mit dem Rohrstock bestraft worden war, bekam sie von Michael zuhause nochmals den Hintern voll. Allerdings wurde sie von ihm zwei Stunden später auch gevögelt: „Nicht schlecht, an einem

116

Tag drei Ficks mit zwei verschiedenen Schwänzen",
dachte Linda kurz vor dem Einschlafen.

16. Strenge Mutter Elli

Michael und Linda besuchten nun endlich Elli in ihrer Wohnung, der letzte gemeinsame Besuch war schon einige Zeit her, bisher war meist Michal alleine bei seiner Schwiegermutter aufgeschlagen. Zuletzt hatte er ihr dort ja vor sechs Wochen eine nachhaltige Doppelzüchtigung erteilt. Das wusste Linda jedoch nicht. Elli erzählt von früher, dass sie als Frau Eleonore Glockner gemeinsam mit ihrem Mann Ralf ihre Tochter Linda mit siebzehn Jahren ins Schweizer Internat geben musste und dass sie erst fünf Jahre später mit zweiundzwanzig wieder bei ihr wohnte als der Vater tot war. Als junges Mädchen hat sie damals von ihrem Vater ein paarmal Hiebe auf den Po bekommen, von der Mutter wohl nur ein oder zweimal bei Besuchen aus der Internatszeit. Danach hatte Elli die 22-jährige Linda trotz vieler Meinungsverschiedenheiten als gelichberechtigte Dame akzeptiert, nicht als die Tochter, die ihr gehorchen musste.

Nach einigen Minuten Rückblick von Elli warf Linda ihrer Mutter Versagen in der Erziehung vor: „Du hast mich vor dem Internat nicht wirklich geliebt, und vom Vater verprügeln lassen. Im Internat war ich für euch weg, ich war Luft für euch!" Elli schüttelt den Kopf: „Also Linda das kannst du so nicht sagen, das stimmt überhaupt nicht!" Linda zog unbeirrt weiter über ihre Mutter her: „Ja, und als ich aus dem Internat als Volljährige zu dir kam,

118

hast du mich absolut verhätschelt, anstatt mich zu erziehen, dein schlechtes Gewissen hat dich getrieben mir alles zu erlauben, anstatt mir sinnvolle Grenzen aufzuzeigen. Deine Erziehung hat vollkommen versagt!" So ging es gut zehn Minuten zwischen Elli und Linda hin und her bis es Michal zu dumm wurde: „Linda es reicht jetzt, deine Mutter hatte es wirklich nicht leicht, deine pauschalen Vorwürfe sind eine echte Beleidigung für sie. Du entschuldigst dich jetzt auf der Stelle bei ihr!" Erst jetzt merkte Linda, dass sie etwas zu weit gegangen war und sagte nach kurzem Überlegen und ängstlichen Blicken auf Michael: „Tut mir leid Mutti, so war das nicht gemeint, entschuldige bitte!"

Elli war stocksauer, die Entschuldigung nahm sie jedoch erfreut an: „Gut Linda, dass du deine ungerechten Vorwürfe einsiehst, so billig kommst du mir heute jedoch nicht weg, mein Töchterlein, auch wenn du eine verheiratete Dame bist, verstanden!" Da kam die Gelegenheit für Michael: „Genauso ist es Elli, deine Tochter, meine Frau, muss für ihre Unverschämtheiten heute bestraft werden. In einem Punkt hat Linda aber allerdings leider recht. Du hast sie früher offensichtlich zu milde und nachsichtig behandelt, das können wir beide heute sehen. Hole jetzt endlich das nach was du an ihrer Erziehung früher versäumt hast. Versohle ihr gründlich den Arsch, dass sie nicht mehr darauf sitzen kann, verdient hat sie es längst!"

Linda lief knallrot im Gesicht an und schüttelte den Kopf, diese Entwicklung hatte sie nicht erwartet. Sie war von der erst zu spät bemerkten Übereinkunft von Michael und ihrer Mutter überrascht, ja überrumpelt worden. Linda war klar, dass sie Michel gehorchen musste, das hatten sie so vereinbart. Ihrer Mutter hatte sie mangelnde Strenge bei ihrer Erziehung als junge Erwachsene vorgeworfen, das hatte sie nun davon! „Es wird schon nicht so krass kommen, meine Mutter war doch immer nachsichtig", dachte Linda unvorsichtig und stand verunsichert auf. Elli war nur kurz in ihr Schlafzimmer verschwunden um dort etwas Wichtiges zu holen, das sie dort versteckt hatte. Sie kam mit einem kleinen Teppichklopfer und dem kräftigen lackierten Rohrstock zurück in ihr Wohnzimmer. „Hier überlegen, dalli!" kommandierte Michael: „Zieh deine Jeans und deinen Slip aus, es setzt jetzt Hiebe auf deinen nackten Po!" herrschte Elli die etwas ungläubig dreinblickende Linda an. Doch die verstand endlich, gehorchte und lag zwei Minuten später mit nackigem Popo über der Sessellehne.

Eleonore Glockner hatte sich vorgenommen ihre Tochter sehr gründlich zu züchtigen, sie war sauer über ihre unverschämten Vorwürfe. Darum schlug Elli mit dem Teppichklopfer gute zwei Minuten auf Lindas nackte Arschbacken ein, die wild hin und her hüpften, Linda versuchte jedoch ruhig zu bleiben. Nach einer weiteren Minute fing Linda jedoch

120

vorsichtig: „Aua-aua, bitte aufhören" zu winseln. In dem Augenblick begann der Teppichklopfer in seine Einzelteile zu zerfallen, die flogen nun durch das bisher ordentliche Wohnzimmer. Linda wollte ihre Chance am Schopf packen, sprang auf und rieb sich schnell den rot gestreiften Popo. Da hatte sie aber die Rechnung ohne den polierten Rohrstock gemacht!

Michel griff seine Frau an den Händen und zog sie erneut über den Sessel, ihren Kopf klemmte er sich zwischen die Beine. Elli schrie ihre Tochter an: „So billig kommst du mir heute nicht davon, du verzogenes Früchtchen, du sollst dich nicht über zu große Nachsicht von mir beschweren können!" Sofort knallte der kräftige Rohrstock auf Lindas immer röter werdende Arschbacken, ihr Becken führte jetzt einen furiosen Freudentanz auf. Sie jaulte weinerlich: „Auaaaa- IIIHHHH Oooioioioi Neiiin!" Michael feuerte Elli an: „Ja versohle deine Tochter nur gründlich, du hast an ihrer Erziehung viel nachzuholen, sie soll heute und künftig den Rohrstock von dir auf dem Arsch spüren, gib es ihr nur feste!" Seine Schwiegermutter schlug nun noch kräftiger und weiter ausholender auf Lindas tiefrot versohlten Arsch ein, sie zappelte wild, jammerte herzzerreißend: „AAAAuuuiiiioioi Bitteeeeee Uiuiuiu!" Elli hatte ihr sicher weit über hundert Hiebe mit dem Rohrstock verabreichet. Nachdem von seiner Schwiegermutter zu hören war: „So das ist für heute der letzte!" lies Michel seine bestrafte

121

Gattin los, Linda sprang sofort auf und rieb sich wie ein kleines Kind ihren versohlten Hintern. „Die Strafe war streng, aber gerecht und sollte ab und zu wiederholt werden!" kommentierte Michel das Erziehungswerk seiner Schwiegermutter an seiner Frau Linda.

Elli und Michel umarmen sich, dann knutschen sie. Michel greift seiner Schwiegermutter unter den Rock und streichelt ihre fleischige Pflaume. Elli küsst ihren Schwiegersohn intensiv. Erst bekam Linda davon nichts mit, da sie so sehr mit ihrem schmerzenden Popo beschäftigt war. Dann hatte sie es endlich kapiert: Ihr Mann und ihre Mutter sind ein spontanes oder gar planvoll vorgehendes Liebespaar geworden. Die beiden turteln miteinander, ohne Scheu vor Linda zu haben. Linda kapierte langsam, sie hatte heute bereits zweimal verloren und war gründlich bestraft worden. Nach dem gemeinsamen Abendessen wurde das Wohnzimmersofa als Schlafstätte hergerichtet. Linda ging natürlich davon aus, dass sie zusammen mit ihrem Mann Michel im Schlafzimmer der Mutter übernachten würde und ihre Mutter eben im Wohnzimmer, doch da hatte sie sich gründlich verrechnet, wieder einmal!

Linda musste alleine im Wohnzimmer übernachten, in dem sie früher mit ihrem Lover Peter so gut gebumst hatte, während Michael dort von Eleonore Schläge mit dem Teppichklopfer erhalten hatte.

122

Michael erinnerte Eleonore an seine Tante aus der Jugendzeit, die ihn zwar mal gezüchtigt hatte, für die er jedoch in seiner Pubertät geschwärmt hatte. Elli erinnerte ihn noch mehr an die Tante als früher Linda, so profitierte Elli von Michaels Gedankenwelt aus seiner Vergangenheit. Er legte seiner gut gelaunten und attraktiven Schwiegermutter Elli anzüglich den Arm um die Hüfte und sagte zu Linda: „Als zusätzliche Strafe für deine Unverschämtheiten deiner Mutter gegenüber werde ich mich heute Nacht um ihr Wohlergehen und nicht um deine Muschi kümmern. Du verstehst das sicher und ich hoffe es wird dir eine Lehre sein!"

Linda legte sich auf das Ledersofa und heulte leise. Sie ärgerte sich über ihre verdammte Mutter, die sich nicht fürsorglich um ihre gezüchtigte Tochter kümmerte, sondern wie eine Nutte ihren Mann angelte. Linda dachte: „Na gut, sie hat es einfach nötig, so lange keinen Schwanz in der Muschi, da kommt natürlich der des Schwiegersohnes gerade recht. Du Fotze du!" Sie legte sich auf den Bauch, massierte nochmals vorsichtig ihren geschundenen Hintern und wollte einschlafen. Kurz davor, schon im Halbschlaf, hörte sie leise ein rhythmisches Matratzenquietschen aus dem gegenüberliegenden Schlafzimmer. Es hörte sich eindeutig so an, ja es war so: Michael bumse ihre Mutter in deren Schlafzimmer gründlich durch. Linda fand sich damit für heute ab, ihr Michael war einfach ein guter Stecher, er konnte sogar ältere Damen

123

befriedigend bumsen. Sie hörte die beiden noch zweimal in dieser Nacht die Matratze quietschen lassen. Stöhnen konnte sie im Wohnzimmer nur einmal leise hören, denn um jeden Ton zu hören war die Entfernung zum Schlafzimmer zu weit. Doch es wurde dort laut gestöhnt, natürlich von Elli, die ihre drei Orgasmen mit Michael in dieser Nach sehr genoss!

Am nächsten Tag wurde beim Frühstück vereinbart, dass künftig Linda, statt wie bisher Michael, ihre Mutter Eleonore besuchen soll, um ihr beim Putzen der Wohnung zu helfen. Linda war einerseits froh, dass ihr Michael diese Putztermine nicht zum Vögeln mit ihrer Mutter nutzen konnte. Anderseits war sie von Reinigungsarbeiten generell nicht sehr begeistert, doch sie stimmte dem Plan zu. „Deine Mutter wird diese Besuche sicher gerne nutzen, um die Nacherziehung der unverschämten und faulen Tochter nachzuholen, nicht wahr Elli?" Die Schwiegermutter nickte fleißig: „Ich freue mich schon auf ihren Besuch und der Rohrstock sicher auch. Für den Teppichklopfer finde ich sicher sehr gut ziehenden Ersatz, ich habe da eine Idee," kündigte Elli grinsend an. „Ich schätze, dass dich Linda sicher gerne ein- oder zweimal monatlich besuchen kommt, da lernt sie sauber machen und bekommt bei Bedarf den Arsch versohlt, so wird es gemacht". Mit den Worten schloss Michel den Besuch bei seiner Schwiegermutter ab.

124

Eine Woche später war Michael am Dienstag-Nachmittag mit seiner Chefin und Freundin Monika Schnitzler beruflich im Büro zusammen. Er lud sie zu sich nach Hause ein und Monika stimmte gerne zu. Es gab nur ein kleines Problem, denn Michaels Gattin Linda hatte auch gleich Dienstschluss und Michael wollte derzeit die beiden Frauen noch nicht zusammenbringen. Darum beordert er seine Linda zum Besuch bei ihrer Mutter. Er telefonierte erst mit Elli, dann rief er Linda im Büro an und teilte ihr mit, dass er einen beruflichen Termin mit Frau Schnitzler habe und sie heute ihre Mutter besuchen soll. Wie vereinbart soll sie der beim Saubermachen helfen und auch bei ihr übernachten. Linda ist davon wenig begeistert, doch als sie von Michel zu hören bekommt: „Wir haben es Eleonore letzte Woche versprochen und so machen wir es auch, basta!" resigniert sie und stimmt zu. Sie fährt zu ihrer Mutter und hilft ihr Putzen, klar ist, dass sie auch von ihr Hiebe erhalten wird.

Michael und Monika sind prima Fisch-Essen gewesen und landeten dann zuhause in der Wohnung der Familie Springer. Michel zeigte Monika erst das Wohn-, dann das Schlafzimmer. Sie tranken zusammen ein Glas Sekt, dann vögelten sie auf dem Ledersofa im Wohnzimmer. Danach tranken sie noch zwei weitere Gläschen Sekt, das brachte Michael auf eine Idee: „Warte mal Monika, ich rufe kurz meine Schwiegermutter an, mal hören wie es meiner Linda geht, du darfst mithören!" Monika war begeistert und freute sich auf das Gespräch. Erst dauerte es eine ganze Minute bis Elli etwas abgehetzt ans Telefon ging. Dann telefonierte Michael mit Elli und sie berichtet von Lindas Besuch und ihren Putzversuchen in ihrer Wohnung: „Weißt du, das ist auch der Grund, warum ich länger gebraucht habe um an den Apparat zu kommen, ich versohle nämlich Linda gerade den Popo mit dem kräftigen Rohrstock, sie ist beim Putzen faul und ungeschickt, sie muss noch viel lernen!"

Michael zu Elli: „Versohle sie doch ruhig weiter und lass den Hörer liegen, dann kann ich mithören, was sie dazu zu sagen oder besser zu singen hat!"

Elli: „Prima Idee, das mach ich gerne, ich bin sicher, dass sie Dir gleich ein sehr unmelodisches Gute-Nacht-Lied vorsingen wird!"

Monika und Michael lauschten, eine Minute lang hörten sie nichts, dann Gemurmel und Kratzen. Dann hörten sie deutlich wie ein Rohrstock durch die Luft pfiff und auf nackter Haut aufschlug: „Huitt-Pitsch, Huitt-Patsch" konnten sie vernehmen, erst einmal, dann öfter, immer öfter.

Jetzt versuchte eine Damenstimme krächzend und jämmerlich eine Gesangseinlage: „Aua-Auaaaa- Oiopioi Uiuiuiu!" war zu hören, das Stimmlein gehörte zweifelsohne Linda, der

126

liebeshungrigen und untreuen Gattin von Michael. Monika hörte den Telefongeräuschen belustigt zu, öffnete Michel die Hose und holte seinen halbsteifen Schwanz heraus.

Und erneut hörten die beiden aus dem Telefonhörer ein: „Uiuiuiu-Auauauaha, OhohoooOioioioii, tut das weeeeh, bitteee aufhöööreeeen", während deutlich vernehmbar der Rohrstock weiter kräftig auf nackte Haut traf. Monika nahm schnell Michaels steifen Schwanz in den Mund und saugte fest daran. In einer halben Minute hatte Michael in ihrem Mund abgespritzt, das Zuhören von der kräftigen Züchtigung seiner Linda durch ihre Mutter und das gemeinsame akustische Miterleben der Züchtigung zusammen mit Monika hatten ihn sehr erregt. Monika war begeistert über die Entwicklung: „Du musst mir deine Frau irgendwann mal vorstellen, ich würde sie auch mal gerne so versohlen, wie sie eben von ihrer Mutter bestraft worden ist." Sagte sie grinsend zu Michael, während ihr ein Tropfen seines Spermas aus dem Mund lief.

Als nun Elli wieder ans Telefon kam lobte Michel sie für die Züchtigung: „Das hat ja wirklich sehr gut geklungen, wie du Linda versohlt hast, ich glaube wir sollten das fortsetzen!" Elli freute sich: „Oh gerne, wenn es für euch passt, kann mich meine Tochter sicher alle 14 Tage besuchen kommen, die verpasste Erziehung wird dann nachgeholt." Und so wurde es beschlossen, denn Michael hatte ab heute jeden 2. Dienstag einen wichtigen beruflichen Termin abends. Daher vereinbaren Elli und er, dass Linda an jedem 2. Dienstag nach dem Büro ihre unterstützende Tätigkeit bei ihrer Mutter erledigt und dort bei Fehlern versohlt wird. Dafür fährt sie mit dem PKW 60 km zu ihr, muss fleißig arbeiten und soll bei Bedarf gründlich bestraft werden. Ob sie dann mit glühendem Arsch Nachhause fährt oder bei Eleonore übernachten soll wird von Michel und Elli zuvor abgesprochen.

Monika bekam die Vereinbarung erfreut lächelnd mit. Sie kuschelte sich an Michael und sie gingen gemeinsam ins eheliche Schlafzimmer der Familie Springer. Zwei Stunden später ritt sie Michel zum Orgasmus, sie hatte ihm eine Pause eingeräumt.

17. Zehn Punkte für Linda

Bernd Hartmann wollte Linda unbedingt eine Nacht für sich haben. Er war dafür gerne bereit zwei oder auch drei Wochen zu warten, bis die mit Michael zusammen vereinbarten „10 Punkte" von diesem mit seiner Frau Doris zusammengebumst worden waren. Das war seiner Frau und Michaels Sekretärin vollkommen klar, sie wollte ihren Mann jedoch etwas zappeln lassen. Am ersten Montag, nach dem letzten Treffen von Linda mit Bernd, kam die mit einer Jeans bekleidete Doris nach Hause und berichtete ihrem erwartungsvoll wartenden Gatten, dass sie heute von ihrem Chef schmerzhafte Hosenspanner bekommen habe: „Natürlich bekam er danach seinen harten Schwanz von mir geblasen bis er abspritzte, also einen Punkt habe ich für dich heute schon erarbeitet." Sagte sie kalt lächelnd, denn sie hatte Ralf auch bisher schon mit treuem Augenaufschlag erklärt, dass es nach Hosenspannern natürlich keinen Fick, sondern eben Blow-Job gäbe.

Doris hatte heute weiterhin fies geschummelt. Sie bekam von Michael zwar wirklich Hosenspanner, doch danach zog sie sofort ihre Jeans und ihren Slip aus und ließ sich von Michael auf dem Schreibtisch genüsslich bumsen. Zuvor hatte sie ihm angeboten, wenn er dies wünsche, immer dann für einen Büro-Fick mit ihm bereit zu sein, unabhängig davon ob sie zuvor Schläge auf die

129

Hose, den nackten Po oder überhaupt keine erhalten habe. Michael hat dieses frivole Angebot seiner Sekretärin gerne angenommen und sofort gehandelt. Das wusste nur Bernd nicht, er war zwar etwas misstrauisch, wollte aber sicher gehen. So verbot er seiner Frau Doris ab sofort, im Büro lange Hosen zu tragen. Sie sollte jeden Tag ein kurzes Kleid oder einen Rock anziehen: „Wenn dir Michael dann den nackten, nur mit einem Slip bekleideten Arsch versohlt, will er dich sicher gleich ficken, warum auch nicht!" sagte er zu seiner erfreut grinsenden Gattin. Er gab ihr danach noch zwei Dutzend mit dem Rohrstock auf den leicht mit Striemen verzierten Popo und vögelte sie hinterher im Ehebett. So bekam Doris an einem Tag zwei Schwänze in die meist feuchte Pussy und durfte auch zweimal den Stock auf ihrem hübschen Popo spüren.

Es vergingen dann trotzdem zweieinhalb Wochen, bis nun die magischen 10 Punkte zusammengekommen waren. Die gehorsame, Röcke tragende Doris meldete Bernd zuhause vier Ficks auf dem Schreibtisch ihres Chefs und schob ihrem Gatten doch noch einen weiteren Blowjob unter, „da Michael nach der Popowichse heute wenig Zeit hatte, da er zu seiner Chefin gerufen wurde." Bernd glaubte auch das, jedenfalls war nun heute am Mittwoch der dritten Woche des Wartens und Chefbumsens seiner Frau die Zeit reif für eine ganze Nacht mit Linda. Das durfte Doris am Donnerstag-

130

Vormittag mit ihrem Chef konkret im Auftrag ihres Mannes vereinbaren, die Sache war ja auch ihm klar. Auch Bernd rief Michael deswegen erfreut und erwartungsvoll an. Michael stimmte ohne Rücksprache mit Linda zu, dass diese „natürlich den Ab-Bums-Termin mit dir morgen wahrnimmt:" Er drückte sich bewusst so despektierlich aus und setzte gönnerhaft drauf: „Ja von mir aus kann sie auch gerne bis Samstagvormittag bei euch bleiben, dann könnt ihr ausschlafen und gemeinsam frühstücken!"

Michael verbrachte die Nacht von Freitag auf Samstag gemeinsam mit Monika in deren Wohnung. Linda hatte sich von zuhause eine sog. „BUKO" mit in die Arbeit genommen und sparzierte direkt nach Büroschluss zur Wohnung der Familie Hartmann. Zu ihrer Überraschung wurde sie von Bernd und Doris gemeinsam empfangen, mit einer weiblichen Konkurrentin und der Büromatratze ihres Mannes hatte sie eigentlich nicht gerechnet. Sie tranken friedlich zusammen Kaffee und aßen Kuchen, es wurde nicht gestritten, sondern gemeinsam gelacht und von den beiden Damen die Vorzüge und Größe der Schwänze von Bernd und Michael erörtert. Dann verschwanden Bernd und Linda schnell ins Schlafzimmer und blieben dort eine gute Stunde. Sie bumsten dort zweimal so gut und lautstark, dass Doris die Orgasmus-Schreie von ihrem Bernd „AAAJaaa!" und kurz danach von Linda „Jaaaa-OOOHHHOOO Guuuut!" bis in die

Küche und später nochmals im Wohnzimmer hörte. Selbstbewusst planend hatte Bernd zuvor eine kleine blaue Pille genommen, er wollte die Nacht über durchhallten und seinen Mann stehen.

Doris hatte drei Lachsfilets mit Spinat und gedünsteten Kartoffeln zubereitet, die man sich zu dritt bei einem Glas Weißburgunder schmecken ließ. Nach dem gemeinsamen Abendessen trennte sich dasTrio: „Du bleibst heute Nacht hier im Wohnzimmer und schläfst auf der Couch, ich will mit Linda ungestört sein!" war Ralfs Ansage an seine Frau Doris. Linda verabschiedete sich anzüglicher von seiner Frau: „Gute Nacht Doris, nicht zu viel wichsen, das soll einen schlechten Teint machen!" Die heute Nacht von ihrem Mann vernachlässigte Doris ließ sich das unwidersprochen und demütig gefallen, sie hatte eine Nacht ihren Frieden, las erst Modezeitschriften und schaute danach im Fernsehen einen Krimi an: „Dafür bumse ich nächste Woche dreimal mit deinem Michael und die Woche drauf auch, bis du wieder hierher zu Ralf darfst!" dachte sie und grinste zufrieden.

Linda und Ralf probierten im Bett die verschiedenen GV-Stellungen aus und hatten die gesamte Nacht über Spaß miteinander. Erst kam die Doggy-Stellung dran, denn Linda hatte noch ein paar rote Streifen auf dem Po und die wollte Bernd beim Bumsen von hinten gerne sehen. Am besten kam er jedoch in der Missionarsstellung de Luxe, wo

132

Linda ihre Beine weit gespreizt ganz nach hinten nahm und er sie tief bis zum Muttermund durchbumste. Morgens um vier waren beide müde und glücklich, denn nach dem Abendessen hatten sie noch dreimal zusammen gefickt. Linda schob Bernds sexuelle Leistungsfähigkeit auch dem Lachsessen zu, über blaue Pillen hatten sie jedenfalls nicht gesprochen. Über rot-blaue Flecken von Damen auf dem Popo jedoch schon, denn Bernd war natürlich ein konsequenter Verfechter der Züchtigung von allen Ehefrauen und weiblichen Büroangestellten.

Zum wirklich Arschverhauen kam es jedoch nicht, Linda bekam von ihm nur ein Dutzend symbolische Klatscher mit der flachen Hand auf den Hintern, bevor er sie das letzte Mal in dieser Nacht durchgezogen hatte. Linda war froh, endlich mal wieder mehrfach in einer Nacht gebumst worden zu sein, denn zuhause ließ sich ihr Lover Peter immer seltener sehen und Michael hatte meist nach einmal Kurz-Fick genug. Müde und glücklich schliefen Bernd und Linda dann vier Stunden tief und fest. Um neun Uhr frühstickten sie zu dritt in der Küche, Doris hatte als brave Hausfrau ein ordentliches und kräftiges Mal bereitet. Ralf war glücklich und sehr zufrieden, denn mit dieser „Pauschal"-Regelung die ihm Michael vorgeschlagen hatte, zog er, was die GV-Anzahl anging, mit seinem Freund gleich. Beide hatten die Gattin des anderen fünfmal gevögelt, der eine in zwei Wochen, der andere in einer Nacht: „So geht Gerechtigkeit!" dachte Ralf und fasste seiner Doris vergnügt an die Pussy.

Zwei Wochen später waren schon wieder 10 Punkte erreicht, Doris hatte ihre Vorahnung vom letzten Freitagabend lustvoll im Büro mit ihrem Chef in die Tat umgesetzt, sie hatten in der ersten Woche dreimal und in der zweiten zweimal auf dem Schreibtisch gebumst. Michael und Bernd telefonierten daraufhin etwas länger miteinander: „Das mit den Punkten war ja okay, doch es ist irgendwie etwas zu bürokratisch!" meinte Bernd. „Okay, dann vereinfachen wir es halt, warum nicht?" meinte Michael kulant: „Wir machen es so wie bei der Berechnung einer Erschwerniszulage für die gewerblichen Arbeiter, wir pauschalieren, das kommt meist einer Einzelabrechnung gleich." meinte der Bereichsleiter der Arbeitsvermittlung mit seinen Controlling-Erfahrungen. Diese arbeitsrechtlichen Vertrags-Kenntnisse konnte er jetzt bei der Bewertung des Bumsens mit seiner Sekretärin und des Durchbumsen-Lassens seiner Gattin durch Bernd in die Tat umsetzten, wie praktisch!

So vereinbarten Michael und Bernd, dass Linda jeden zweiten Freitag bei der Familie Hartmann übernachten wird und bumsbereit Bernd bis Samstag-Vormittag zur Verfügung zu stehen hat. Im Gegenzug kann Michael seine Sekretärin Doris so oft versohlen, sich einen blasen lassen und

134

bumsen wie er eben möchte und es beruflich an-fällt. Beide Männer waren zufrieden, die Mädels eigentlich auch, oder? Klar doch, denn Doris ließ sich gerne auf dem Schreibtisch von ihrem Chef durchziehen, und Linda freute sich über einen adäquaten und fickfreudigen Peter-Ersatz. Die beiden Damen wurden allerdings vorher nicht gefragt, sie mussten parieren und die Beine breit machen, wenn dies von Bernd oder Michael gewünscht wurde. Doch besonders zum Ficken die Beine spreizen machten sie gerne und voller Hingabe!

18. Nachbarschaftliches Liebespaar

Peter hatte es sich in den letzten Wochen angewöhnt, etwa an fünf von sieben Wochentagen in seiner Wohnung zu übernachten. Er bumste dort regelmäßig mit seiner Vermieterin und neuen festen Freundin Kornelia Gabler. Es war ein fast mütterliches Verhältnis, was die beiden zusammen hatten. Erst vögelte Peter seine Vermieterin fast aus Mitleid, dann jedoch bekam er wirklich Lust auf ihre gestandene und kräftig hausfrauliche Art. Wenn er nach dem ersten GV zu schnell ans Einschlafen dachte, durfte er sich unter der spielerisch-strengen Anweisung von Kornelia auf den Bauch drehen und sie klatschte ihm lautstark, aber fast schmerzfrei, seinen frechen Buben-Hintern. Das angenehm warme Gefühl am Hintern regte seine Männlichkeit sichtbar an und so war meist nach kurzer mütterlicher Aufmunterung ein weiter Fick mit Kornelia drinnen. Sie waren beide glücklich, machten jedoch mit Matratzenquietschen, Stöhnen und Klatschen relativ viel Lärm.

Linda hört die Aktivitäten mit Peter bei ihrer Nachbarin oft und leider auch sehr genau. Es gab einige Nächte, da schlief sie alleine im ehelichen Schlafzimmer, da ihr Mann „dienstlich" unterwegs war. Schon das war für sie ätzend, einmal zog sie freiwillig ins Wohnzimmer um, damit sie ihren Lover Peter gemeinsam mit Kornelia nicht so deutlich beim Stöhnen wie: „Ohhh Jaaa ich Koooommeeee!"

136

und beim rhythmischen Matratzenquietschen zuhören musste. Einmal schaffte sie es andererseits beim Zuhören zu onanieren, ja sie konnte sich mit den Fingern einen kleinen feuchten Abgang verschaffen, während sie von nebenan ihre Nachbarin: „Jaaa guuut mach so weiter Peeeeteeer!" schreien hörte.

Wenn sie mit Michael zusammen war vögelten sie meist einmal in der Nacht, er war dann zärtlich und achtete darauf, dass auch sie etwas vom Bumsen hatte. Meist kam sie kurz vor ihm, das war echt prima. Allerdings empfand sie die Nebengeräusche aus der Nachbarswohnung eher störend, ganz anders Michael. Der lief zur Höchstform auf, wenn er von nebenan Peters oder auch Kornelias Stöhnen hörte und besonders die Matratzen-Quietsch-Geräusche spornten seine sexuelle Leistungsfähigkeit geradezu an. Wenn er dann zuvor am Abend noch Linda den Hintern gründlich versohlt hatte, konnte es passieren, dass zu der akustischen Untermalung aus der Nachbarswohnung noch ein zweiter GV in der Doggy-Stellung möglich wurde. Linda war dann zwar eifersüchtig, ließ sich jedoch trotzdem währenddessen von ihrem Gatten von hinten durchbumsen, denn so bekam sie wenigstens nochmals seinen harten Ständer in ihre feuchte Pussy gerammt. Und das brauchte sie mehr als alles andere auf der Welt!

Die ein oder doch meist zwei Nächte, an denen Peter im Schlafzimmer der Familie Springer übernachtete, liefen dann für Linda sehr befriedigend und für Michael bekannt erholsam ab. Peter bumste Linda im Ehebett sicher ein- oder zweimal die Nacht, erst nach dem zu Bett gehen, dann kurz nach Mitternacht. Wenn es ganz gut lief, war mit Linda sogar noch ein Morgenritt drinnen, denn sobald Linda Peters Morgenlatte mitbekam ließ sie nichts anbrennen und setzte sich schnell und ungefragt auf Peters hartes Prachtexemplar. Dann bewegte Linda ihr Becken so lange auf und ab, ja massierte Peters Schwanz in ihrer Muschi so gekonnt, dass er schnell in ihr abspritzte.

Michael lag in diesen Nächten, es war meist ein Montag oder Mittwoch, in seinem „Gästebett" im ehelichen Schlafzimmer und hörte dem Noch-Liebespaar amüsiert und angeregt zu. Er holte sich dabei keinen mehr runter, wie das früher einmal der Fall sein konnte, aber nicht durfte. Er genoss Lindas lustvolles Stöhnen, wenn sie ihren Orgasmus hinausschrie: „Jaaa Peteeeer, guuut!" und Peters. „AAAhhh Jaaaahhh!". Er dachte: „Es geht und kommt den beiden gut, wie schön für sie." Und seine Matratze quietschte noch immer ihren schrägen Rhythmus. Hatte Peter wenig Lust oder war zu müde, dann bat Linda ihren Gatten, doch seiner von ihr bisher verordneten Rolle als quasi „zweiter Liebhaber" heute gerecht zu werden. Das tat er

138

gerne, er zog sie kräftig durch bis sie und er kamen.

Linda schlich dafür in sein Beistellbett und flüsterte ihm ins Ohr: „Komm, bums mich heute noch Michael, ich liebe dich sehr!" So geschah es dann eben, klare Sache! An manchem Tagesanbruch am Mittwoch fand der „Morgenritt" im Gästebett mit Michael statt, da Peter dann schon aufgestanden und im Bad war. So nutzte Linda geschickt die frühe Abwesenheit ihres Lovers, um auch noch den harten Schwanz ihres Gatten in ihre meist feuchte Pussy zu bekommen. Zugegeben, ein bisschen scharf hatte es Micheal doch noch immer gemacht, seiner Linda beim Bumsen zuzusehen und zu hören. Michael umfasste während dieses scharfen Ritts, denn das beherrschte seine Frau ja nun nach wie vor prima, die Po-Backen Lindas und freute sich dann besonders sehr, wenn er sie am Abend zuvor mit dem Rohrstock gründlich versohlt hatte. Es regte ihn dabei auch sehr an zu wissen, dass Linda heute im Büro wieder etwas auf ihren hübschen Popo bekam, denn gerade an Morgenritt-Tagen war eine Verspätung im Büro und eben ein Verstoß gegen die Arbeitszeitordnung relativ wahrscheinlich.

Peter erzählt Karoline nebenbei zwischen zwei GVs von den „blauen Pillen", die er ab und zu einnehme, um ihren Anforderungen gerecht zu

139

werden: „Natürlich kann ich dich auch ohne die Tabletten gut bumsen, aber sehr wirksam sind sie doch und unterstützen eben seine Standfestigkeit!" Dabei zeigte er lächelnd auf seinen großen Schwengel. Karoline war nun doch leicht verwundert, jedoch nicht geschockt. Ihr war vollkommen klar, dass sie nicht die einzige Frau war, mit der ihr Untermieter Peter vögelte. Denn natürlich hörte auch sie Linda im Schlafzimmer nebenan stöhnen, einmal mit Peters Schwanz in der Fotze und ein andermal mit dem Pimmel ihres Gatten Michael zwischen den Beinen. Was tun? Sie hatte keinen wirklichen Grund, eifersüchtig zu sein, sie hatte der um gut zehn Jahre jüngeren Linda nur zeitweise ihren Lover ausgespannt und so den von ihr praktizierten, permanenten Ehebruch etwas eingeschränkt. Dazu ist der fesche Untermieter Peter nun wirklich gut geeignet und auch anstandslos bereit.

Peter erklärte seiner Vermieterin und Bettgenossen jedoch: „Tja aber die blauen Pillen sind leider nicht nur wirksam, sondern auch teuer! Mein Verdienst als Fitness-Trainer, du weißt...ist leider nicht so üppig". Die fesche und auf ihren Peter stehende Karoline verstand das selbstverständlich. Sie ist gut situiert und kann sich etwas leisten, auch einen jungen und kräftigen Lover. Sie sagte zu Peter, er solle ihr ein Rezept besorgen, sie kümmere sich dann um den Rest: „Das kriegen wir hin mein Peter, glaub mir, hab Vertrauen, keine Sorge!" Peter

140

ließ sich die 24er Packung Viagra von seinem Urologen verschreiben und gab seiner Vermieterin das Rezept. Karoline senkt die Zimmermiete auf einen kleinen symbolischen Betrag ab und kauft die Pillen. Über den relativ hohen Betrag ist sie nun nicht mehr überrascht. „Die Kohle ist gut angelegt!" dachte Karoline bei sich und freute sich sehr über ihren klugen Schachzug.

Sie nahm sich allerdings vor, Peter sicherheitshalber nicht die gesamte Packung mit 24 Tabletten zu geben, sondern ihm künftig vor jedem Fick eine Tablette feierlich zu einem Glas Sekt zu überreichen. Das führt sie noch am selben Abend so aus, als Peter zu ihr nach Hause kommt. Der ist zwar überrascht, aber einverstanden. Karoline ist stolz auf ihre „feste Beziehung" zu Peter. Der bumst sie an vier oder fünf Tagen in der Woche und das zwei oder dreimal pro Nacht. Sie ist glücklich! Peter ist sehr zufrieden, Linda ist eifersüchtig. Michael lacht sich ins Fäustchen und züchtigt seine Frau Linda, wenn sie im Büro mit dem Stock bestraft wurde oder abends zuhause zu zickig ist. Er bumst seine Gattin dann, wenn er es will! Ja, so ändern sich die Zeiten!

19. Linda lernt Fleiß und Gehorsam

Zwei Tage später setzte es für die etwas überrumpelte Linda nochmals fünfzig Hosenspanner von der Chefin, da sie während der Arbeitszeit Privatgespräche geführt hatte. Linda wurde von Peter angerufen, er wollte ihr offensichtlich etwas Wichtiges mitteilen, natürlich konnte da Linda nicht einfach den Hörer auflegen. Doch das Gespräch zog sich weit über fünf Minuten hin. So griff Helga Jacoby nach Minutenlangem interessierten Zuhören selbst zum Telefon und informierte Frau Steenbeck über den Vorfall. Diese hatte der Kollegin von Helga diese Spitzeldienst vorgestern aufgetragen. Also hatte Helga folgsam Lindas Privatgespräch gemeldet. Linda trug an dem Tag eine sehr dünne und körperbetont sitzende rote Leinenhose, die ihr Elisabeth fest in den Schritt zog, als sie auf dem „Strafsessel" kniete. Helga zählte die Schläge sehr sachlich mit, Linda jammerte ab dem dreißigsten Schlag leise „Aua-Aua!" Frau Steenbeck freute sich: „Ja wie sie mit dem roten Popo wackeln kann und uns ein keines Liedchen vorsingt, du wirst deinen Mann heute Abend sicher nochmal etwas Schönes Vorjammern, dafür sorgen wir jetzt! Und damit du dir das mit dem privaten Telefonieren auch richtig merkst bleibst du heute Abend eine Stunde länger da, dann sind die Privatgespräche und die Popo-Wichse eingearbeitet!"

Zum Ärger von Helga stellte dann die Chefin fest, dass künftig alle Bürozüchtigungen von Linda und auch von Helga nachgearbeitet werden müssen: „Die im Zusammenhang mit eurer Bestrafung verlorene Arbeitszeit wird pro Hinternvoll mit mindestens einer halben Stunde länger Hierbleiben gerechnet. Mindestens, sage ich, es kann auch eine Stunde oder länger werden, wenn so wie heute Arbeitszeitverlust der Grund für die Züchtigung war. Das gilt genauso für längere Verspätungen am Morgen, verstanden?" Helga fragte etwas schüchtern aber doch sehr interessiert nach, denn es betraf auch sie elementar: „Gilt das denn wirklich auch für mich, bisher war das nicht so?" Elisabeth stellte klar: „Wenn du von mir oder meinem Mann künftig Hiebe erhältst, dann arbeitest du die Zeit genauso nach wie Linda, wenn du Linda Hosenspanner gibst, bleibt sie für jede Züchtigung mindestens eine halbe Stunde länger hier, du dann natürlich nicht, das ist klar. Die Bestrafung von Linda gehört ab heute zu deinen beruflichen Aufgaben hier, das haben mein Mann und ich ja so angeordnet. Wer hier jedoch versohlt wird, der arbeitet pauschal die Züchtigung mit einer halben oder einer Stunde herein. Alles verstanden, alles klar die Damen?" Helga und Linda nickten schnell und willigten ein, sie nickten fleißig und Elisabeth hörte von beiden Büromietzen: „Ja sicher, verstehe, die Zeit muss nachgearbeitet werden, danke Frau Steenbeck für ihr Vertrauen" von Helga und

„Ich habe verstanden, natürlich muss ich verlorene Zeit nacharbeiten, ich werde mich künftig anstrengen!" Beide Mädels waren hier sehr scheinheilig, sie wollten einfach heute keine weitere Büro-Wichse riskieren.

Linda musste nach den Hosenspannern Michael anrufen und die Züchtigung mitteilen, das klappte jedoch nicht. Elisabeth beauftragt dann Helga darauf zu achten, dass Linda ihrem Mann telefonisch erreicht, das klappte nach zwei weiteren ergebnislosen Versuchen. Es war klar, Elisabeth traute Linda nicht, Helga soll sie konsequent beaufsichtigen! Sie will keine „Frauensolidarität" sondern Aufsicht und Konkurrenz. Die Ansage an Helga war klar: „Achte auf die Linda genau, sie muss ihren Mann informieren, du musst mitbekommen, dass er über ihre Züchtigung informiert ist. Du kannst ihn auch selber anrufen, wenn du meinst Linda will ihn nicht erreichen, klar? Machst du das nicht richtig, dann setzt es auch für dich was auf den Hintern!" Linda war froh, endlich Michael erreicht zu haben. Sie sagte nur: „Du, ich habe wieder Schläge im Büro erhalten, ich muss darum heute auch länger hierbleiben, das sollst du wissen." Nach einem kurzen: „Ja danke für die Info, es setzt zuhause was, Gruß an die Chefin!" wurde das Gespräch von Michael beendet. Linda nahm sich ernsthaft vor, künftig keine privaten Gespräche mehr vor ihrer Kollegin zu führen. Sollte ein Anruf kommen, so wollte sie später zurückrufen,

wenn sie alleine war. Wegen so einer Kleinigkeit gezüchtigt zu werden wollte sie ab jetzt ernsthaft ver-
meiden. Das war natürlich auch ein Ziel ihrer Chefin, denn der gingen die Privatgespräche ihrer Angestellten schon lange auf den Keks. Helga und
Linda konnte sie mit einfachen aber offensichtlich
wirksamen Methoden zur besseren Einhaltung der
Pflichten der Arbeitnehmerinnen animieren. Helga
war völlig klar, welche üble und unkollegiale Rolle
sie da mitspielte, aber sie hatte dadurch einen kleinen oder vielleicht auch größeren Vorteil.

Helga wollte jedoch gegenüber ihrer Kollegin keine
Spielverderberin sein und als dumme Petze daste-
hen. Darum erzählte sie der gezüchtigten Linda,
nachdem sich die den schmerzenden Popo gerieben und sich etwas beruhigt hatte, was sie über
die Firmenchefs und deren Beziehungen und
Züchtigungspraxis wusste: „Das Hausmeister-
Ehepaar Zangel, also der Alfred und die Putze Rosi
sind neben uns zweien als einzige in der Firma
auch in die Züchtigungen hier verwickelt." Linda
schüttelte etwas ungläubig den Kopf: „Echt jetzt,
irre!" Helge beteuerte: „Ich habe es dir doch bereits
erzählt: Der Chef fickt die Putzfrau und der Hausmeister darf Elisabeth bumsen. Er hat in Abwesenheit der der Steenbecks mich bereits zweimal gezüchtigt und hinterher gebumst, verstehst du?"
Helga verschwieg die Züchtigungen und den GV
mit dem Hausmeister zwar zuhause, doch sie redete sich jetzt in Rage und Linda dämmerte es

145

langsam: „Du meinst das kann mir später auch noch blühen?" Helga kicherte leise und nickte eifrig: „Warte es ab Linda, das blüht dir schneller als du arbeiten kannst."

In der darauffolgenden Woche wurde Linda von Herrn Steenbeck persönlich wegen falscher Abrechnungen ins Chefbüro nach oben gerufen. Ralf machte ihr erst Angst und Bange indem er arbeitsrechtliche Schritte bis hin zur Kündigung bei Wiederholung der Fehlleistungen androhte. Dann vollführte er jovial eine kleine Kehrtwende und kündigte Linda stattdessen nur eine angemessene Rohrstockzüchtigung an. Diese willigt natürlich sofort in die Körperstrafe ein, sie war Hosenspanner im Büro hier ja nun schon gewöhnt. Heute trug Linda eine dunkelblaue Jeans, die aus einem etwas festeren Stoff bestand. Ralf stiemt seine Angestellte nun doch gründlich durch, es zählte niemand mit, doch es waren sicher weit über fünfzig Hiebe, Linda jammerte zwei Minuten lang: „Ohooo, Herr Steeeenbeeeeck! Aua-Auaaa!" Ralf fand diese Meinungsäußerungen von Linda belustigend und einladend für mehr! Also fasste er ihr lange an den Popo und knutschte die Muschi durch den Hosenstoff.

Linda ließ sich dies lieber gefallen, als weiter gezüchtigt zu werden, sie dachte einfach so wie viele gehorsamen Frauen: „Besser Sex als Hiebe, warum nicht?" Linda zeigte sich wirklich für Ralf

146

nachvollziehbar reumütig und als er daraufhin gönnerhaft ihren Popo streichelte öffnete sie flugs den Reisverschluss seiner Hose, holte unaufgefordert seinen fast vollständig steifen Schwanz aus seinem Gefängnis und blies ihm einen. Nach drei Minuten Schwanzlutschen und Saugen spritzte ihr der Firmeneigner eine volle Ladung Sperma in den Mund. Brav schluckte Linda den weißen Saft und leckte sich danach die Lippen ab. „Gelernt ist gelernt, besser dem Chef den Pimmel lutschen als gekündigt oder gezüchtigt zu werden," dachte Linda. Ralf lobte sie nun für ihre guten Blaskenntnisse: „Gut gemacht Mädchen, das kannst du wirklich prima. Aber beim nächsten Fehler setzt es was auf den Nackten, verstanden?" Linda nickte und Ralf nahm sich vor, die Tussi dann endlich gründlich durchzuziehen.

Eine Woche später war das Chef-Paar verreist, sie haben Helga und Linda gegenüber klar gemacht, dass der Hausmeister von ihnen „bei Bedarf" mit Erziehungsaufgaben betraut worden ist und sie seinen Anweisungen strikt Folge zu leisten hätten. Es kam wie von Helga und Linda letzte Woche vorhergesehen: Beiden Damen versohlte Alfred Zangel nach dem Anruf seiner Frau Rosi aufgrund eines von ihr so eingeschätzten „absichtlich verschmutzten Büros" den Hintern. Zuvor hatte die Putze Rosi den Bürodamen Helga und Linda vorgehalten, dass ihr Zimmer das mit Abstand schmutzigste in der Firma sei und sie doch bitte schön

147

etwas mehr auf die Sauberkeit achten sollten. Helga war vorsichtig still, Linda motzte jedoch und meinte sie seien schließlich keine Putzfrauen, sondern MTAs. „Genauso ist es!" pflichtete die mutig gewordene Helga spontan ihrer Kollegin bei. Da hatte Rosi sofort ihren Mann um Hilfe gebeten. Der machte dann kurzen Prozess mit den beiden aufmüpfigen Damen.

Er erklärte den zwei Büro-Mädels, dass er von der Familie Steenbeck das Züchtigungsrecht über sie erhalten habe und von dem machte er nun Gebrauch. Helga versohlte er den nackten Arsch mit etwa drei Dutzend Rohrstockhieben. Über der Sessellehne gebeugt quittiert die Dame diese maßvolle Züchtigung mit Popo-Wackeln und zwei Aua-Aua-Rufen. Dann rieb sie sich keck den nackten Hintern. Der Hausmeister erteilte dann Linda mindestens fünf Dutzend Hosenspanner, sie sollte etwas durch ihre Jeans spüren, den Nackten durfte er ihr heute noch nicht versohlen, so war es mit den Chefs vereinbart worden. Linda jammerte bei den sehr kräftigen Hieben wieder sehr, sie schrie: „Auaaaaa- ohhooo Herr Zaaaaangeeeel, biitteee, es tut sooo weeeehhh!" Lindas Züchtigung hatte gute drei Minuten gedauert, genauso lange rieb sie sich danach ihren vorsohlten Arsch. Beide gezüchtigten Damen versprachen danach dem Hausmeisterehepaar, besser auf die Sauberkeit in ihrem gemeinsamen Büro zu achten. Vom Hiebe-Nacharbeiten wusste der Hausmeister offensichtlich nichts,

148

darum blieben Helga und Linda auch nicht länger im Büro als üblich. Auch ihren strafenden Ehemännern teilten sie die Hausmeister-Wichse nicht mit, warum auch?

Linda lernte jedoch durch die schmerzhaften Züchtigungen von Elisabeth, Helga, Ralf und Alfred wirklich Fleiß und Gehorsam. Das wurde auch Zeit, denn sie war bisher alles andere als eine ordentliche und pflichtbewusste Arbeitnehmerin gewesen. Wenn es nur irgendwie möglich war, hatte sie private Angelegenheiten in die Arbeitszeit gelegt, kam oft morgens später zur Arbeit und ging abends früher. Wie das eben so üblich ist bei vielen arroganten Büromietzen. Damit war nun wohl Schluss, ihr brannte der Arsch nach den Züchtigungen sehr, Linda nahm sich fest vor, sich zu bessern. Dumm an den Züchtigungen war auch, sie waren nicht nur schmerzhaft, sie musste nun pro Züchtigung immer eine halbe Stunde länger im Büro bleiben. Das erzielte eine doppelte, nachhaltige Wirkung bei Linda. Zum Glück für Linda, hatte der Hausmeister nicht auf eine Benachrichtigung an Michael gedrungen: „Sonst würde ich heute Abend nochmals den Hintern voll bekommen!" dachte sie erleichtert.

20. Wo ist Peter?

Peter kam einfach nicht zu einem mit Linda für Montag abgesprochenen Date im Schlafzimmer in der Wohnung der Familie Springer. Das hatte er ohne eine Entschuldigung bisher nicht gebracht. Michael lästerte etwas darüber, Linda ärgerte sich. Das Ergebnis war an diesem Abend: Michel gab seiner Frau kräftig den Rohrstock zu spüren, da sie zickig war. Dann bumsten die beiden zweimal in einer Nacht. Am Mittwoch kam Peter auch nicht zu Linda und meldete sich auch nicht bei Michael, ein ungewöhnliches Verhalten.

Linda war abends alleine zuhause und wurde wegen Peters Nicht-Melden unruhig. Sie klingelte nebenan und befragte einfach die Nachbarin, bei der wohnte ihr Teilzeit-Lover doch und verbrachte auch einige Nächte bei Kornelia Gabler. Die war etwas hochnäsig und wollte erst nichts sagen. Erst als Linda ernsthafte Sorgen um Peters Gesundheit oder gar Leben äußerte, teilte sie Linda mit, dass sich Peter für eine Woche einen Kurzurlaub in Südtirol gönne. Linda merkte ihr deutlich an, dass sie von der Tatsache wenig erbaut war, denn ihr fehlte ja für diese Zeit ihr jugendlicher Liebhaber, doch sie stellte das als die normalste Sache der Welt dar: „Warum soll er denn nicht in Urlaub fahren? Er arbeitet im Studio oft bis in die Nacht und muss früh raus." Als sich Linda etwas verwundert über die nicht bei ihr eingegangene Urlaubsmeldung von Peter mokierte, bekam sie von Kornelia zu hören: „Was geht das denn Sie überhaupt an, wo mein Peter ist und sich erholt?" Linda wurde wütend, machte Kornelia im Hausflur an: „Haha, ihr Peter, dass ich nicht lache. Er wohnt bei Ihnen und verschafft ihnen manchmal nachts wie einer kleinen Hausfrauen-Nutte einen kurzen Abgang, aber er ist immer noch mein Freund, verstanden!" Die beiden Frauen stritten sich noch fünf Minuten vor der Türe, dann kehrten beide unzufrieden und ohne Peter in ihre jeweilige Wohnung zurück.

Kornelia traf Michael zwei Tag später im Hausflur und beschwerte sich bei ihm über Linda: „Eines muss ich ihnen sagen Herr Springer, ich kann nichts dafür, dass unser Peter im Urlaub ist, aber als „Hausfrauen-Nutte" muss ich mich von ihrer Gattin noch lange nicht bezeichne lassen. Ihr fehlte der Liebhaber, das war klar. Ich könnte sie wegen Beleidigung anzeigen, will ich aber nicht! Rufen sie ihre Gattin doch etwas zur Ordnung, bitte!" Michael sagte der Nachbarin die Prüfung des von ihr geschilderten Sachverhaltes zu und gegebenenfalls auch eine Bestrafung Lindas: „Wenn Linda sie beleidigt hat bestrafe ich sie, dann versohle ich ihr gründlich den Hintern, versprochen!"

Am Abend dieses arbeitsreichen Donnerstags kam Michael irgendwie geschafft nach Hause. Es gab Stress, trotzdem hatte er um 10.00 seine

151

Sekretärin Doris nach deren fälliger Nacktarsch-züchtigung auf dem Schreibtisch gebumst. Nach-mittags sprach er länger mit seiner Chefin und Freundin Monika Schnitzler, die musste abends dringend nach Berlin fliegen. Also nahm er sich für heute Abend seine Gattin vor. Michael sprach Linda auf die Peter-Nachfrage und die Beschimp-fung der Nachbarin an: „Was hast du denn Blödes zu der gesagt, warum fragst du nach Peter, der kann doch machen was er will, ich dachte er ist nur dein Bio-Vibrator?" Linda war irgendwie bo-ckig, sie stritt alles ab: „War ganz freundliches Ge-spräch mir Frau Gabler, ich glaube sie ist einfach UV, weil sie ein paar Tage Peters Schwanz nicht zwischen ihre krummen Beine bekommt. Auf Peter hat sie mich angesprochen, nicht ich sie!" Darauf-hin holte Michael Kornelia in ihre Wohnung, gab ihr ein Glas Wein zu trinken und bat sie, die Vor-würfe gegen Linda in ihrer und seiner Anwesenheit nochmals zu wiederholen. Das tat sie ungeniert, Linda widersprach anfangs, wurde dann immer kleinlauter und musste am Ende der zehnminüti-gen Unterhaltung zugeben was wirklich war: Sie hatte nach Peter gefragt und die Nachbarin eine „Hausfrauen-Nutte" genannt. Das reichte volle Kanne für einen Hinternvoll, den bekam sie auch in Anwesenheit von Kornelia:

„Hosen runter und über den Sessel, keine Scheu, unsere Nachbarin bleibt hier, die soll deine Züch-tigung mit ansehen!", hörte Linda entsetzt von

152

Michael. Kornelia freute sich wie eine Schneekönigin: „Ja danke Herr Springer, dass ich hierbleiben darf, bestrafen Sie ihre Frau bitte sehr gründlich, unsere Nachbarschaft wird dann wieder okay sein!" Als Linda mit blankem Popo über der Sessel-Lehne lag verdrosch sie Michael munter, es tönte „Huiitt-Pitsch, Huiitt-Patsch" und Strieme auf Strieme sammelte sich auf Lindas hübschen Arsch, der erfreulich schnell zu tanzen begann. Sie hielt noch zwei Minuten stand, dann begann sie zu jammern und zu klagen, dann heulte und sang sie: „Oioioi, UUUUHHuuuuuAuauaaa!" Kornelia war so angeregt von der Szene, dass sie sich mit der Hand zwischen die Beine fuhr und dort vorsichtig auf und ab rieb. Als Michal nun Lindas Züchtigung beendet hatte, sprang die von einem Bein aufs andere und rieb sich den versohlten Nackt-Popo. Dann musste sie sich bei Frau Gabler entschuldigen, was sie zwar ungern, aber durch den Rohrstock geläutert, doch zufriedenstellend getan hat. Das war jedoch nicht zufriedenstellend für die Nachbarin! Kornelia bat darum Michael um den Rohrstock, den der ihr lächelnd überreichte: „Bitte Frau Gabler, Linda hat sie beleidigt, also bestrafen Sie meine Frau nochmals!" Linda musste sich nochmals bücken, sofort begann der Rohrstock zu pfeifen und Lindas Popo zu tanzen. Kräftig hieb Kornelia auf den Hintern ihrer Peter-Konkurrentin ein, da begann Linda zu Singen: „Auaaauuaaaa OIOioihh!" Für Kornelia war es ein Fest, für Linda eine krasse

Demütigung. Besonders die von ihr künftig alleine und sauber zu erledigende unerotische Hausfrauenarbeit in ihrer Wohnung sowie die Treppenreinigung, also die sogenannte „Hausordnung", bereitete Linda zu Recht große Sorgen.

Am Ende vereinbarte Michael mit der Nachbarin zu allem Überfluss noch, dass Kornelia die Haus-Arbeiten von Linda überwachen darf: „Meine Linda ist nicht die geborene Sauber-Frau, da kann sie sicher viel von Ihnen lernen. Helfen Sie ihr, zeigen sie ihr, wie sie was machen muss und, ja das gehört auch dazu, züchtigen sie meine Gattin mit dem Stock auf den nackten Popo, wenn sie faul und unaufmerksam sein sollte!" Linda lief knallrot an, Kornelia jubilierte innerlich. Schon drei Tage später war für Linda die Hausordnung fällig und natürlich auch die nächste Züchtigung durch Frau Gabler. Anfangs lief es gut, beide Frauen duzten sich ab sofort. Doch nach zwanzig Minuten Wischen, Kehren und Putzen fand Kornelia, dass Linda zu schlampig gearbeitet hatte und beorderte sie in ihr Wohnzimmer. Dort musste sie sich mit nacktem Hintern über die Sesel-Lehne bücken und erhielt von Kornelia wegen schlecht erledigter Hausordnung den hübschen Popo versohlt. Es waren wohl zwei oder auch drei Dutzend Hiebe gefallen, Kornelia war mit ihrem erzieherischen Werk noch nicht fertig, da hörten sie einen Schlüssel im Schloss und Geräusche in der Wohnung. Es war nicht zu Glauben, Peter war zurück!

Der stand mit einer Reisetasche in der Hand da und staunte nicht schlecht, als er die Wohnzimmertüre in der Gabler-Wohnung öffnete und Linda mit nacktem Arsch über dem Sessel gebeugt liegen sah und Kornelia offensichtlich kräftig den Rohrstock schwang! Sein Mund blieb offen, er war total perplex. Nicht jedoch die Frauen. Linda wollte hochschnellen, doch Kornelia drückte sie wieder in die Straflage: „Liegen bleiben mein Früchtchen, dir versohle ich weiter den nackten Hintern für dein schlampiges arbeiten bei der Hausordnung. Ja unser „Herr Peter" soll ruhig mitbekommen, wie sich die Situation in seiner Urlaubszeit gewandelt hat. Linda bekommt hier und drüben in der Wohnung den Arsch versohlt, so ist das!" Als nun die Züchtigung doch beendet war zog sich Linda sehr schnell Hose und T-Shirt. Das obligatorische Popo-Reiben fiel heute sehr kurz aus.

Zehn Minuten später saßen Peter, Kornelia und Linda im Wohnzimmer der Frau Gabler zusammen, nachdem Peter seine Reisetasche ausgeräumt in seinem Zimmer verstaut hatte. Er stellte zwei Flaschen Südtiroler Rotwein „Edelvernatsch" auf den Tisch und Schüttelbrot mit Käse, das waren die Reisemitbringsel. Man unterhielt sich über die Neuigkeiten hier, eine sehr wichtige und für Linda demütigende hatte er ja hautnah und überraschend mitbekommen. Linda machte ihm schöne Augen und fragte, ob denn die Bergwanderungen in Südtirol für ihn erholsam oder eher kräftezehrend gewesen waren. Er lachte und freute sich über die tolle Landschaft dort, ein echt prima Wetter und das gute Essen: „Ja gewohnt habe ich bei der Familie Staudner, die ich ja durch euch kennengelernt habe. Erika hat mich angerufen und eingeladen, es ging alles ganz schnell, darum habe ich keinem hier lange Bescheid gegeben. Die beiden sind schwer in Ordnung, Herbert hat sogar sein Bett im Schlafzimmer geräumt, damit ich dort übernachten konnte. Klar, ich habe dann natürlich wie gewünscht seine Frau Erika jede Nacht gut gevögelt!" Kornelia und Linda schauten sich entsetzt aber auch wissend an, hier waren sie nun eher doch Verbündete gegen einen äußeren Feind, oder besser gesagt, eine Südtiroler Konkurrentin: „Und wo hat dann der Mann von der Erika geschlafen, ist dem das recht?" fragte Kornelia etwas ungeschickt. Linda wusste Bescheid und schwieg. Peter war in seinem Element, er nahm sich kein Blatt vor den Mund: „Herbert ist ein toller Kumpel, er hat leider etwas Probleme mit der Standhaftigkeit seines besten Stückes. So freute er sich über mich als zuverlässigen Stecher seiner Gattin, es ist damit beiden geholfen und ich habe auch mein Vergnügen. Und wichtig. Herbert hat da unten Beziehungen und will sich für mich auch wegen dem Sportbetrieb umsehen und mich unterstützen. Er freut sich, wenn Erika befriedigt wird, er kann ihr sehr selten einen Orgasmus bescheren, und die Erika ist ja so ein süßes Stück Mensch, ihre

156

Muschi kann gar nicht genug von meinem Schwanz bekommen. Ich habe sie, glaube ich, jede Nacht dreimal gebumst. So war ich also tagsüber und nachts schwer beschäftigt, aber es hat wirklich Spaß gemacht!" Peter hatte dort in Südtirol also offensichtlich sechs lustvolle Sex-Nächte verbracht, hatte eine weitere Einladung zu den Staudners erhalten und dem Ehepaar auch eine Wiederkehr nach Südtirol zugesagt. Leicht gefrustet folgten die zwei Mädels im Gabler-Wohnzimmer den Urlaubsberichten Peters. Jede von ihnen wollte ihn in der nächsten verbleibenden Zeit an sich binden und mit ihm ficken, so gut und so oft es eben ging.

21. Linda lügt!

So vergingen zwei Wochen, Linda erhielt in der Zeit im Büro zweimal Hiebe, einmal von Helga fünfzig mit dem Rohrstock in ihrem gemeinsamen Büro und einmal von Elisabeth fünfundsiebzig Schläge ebenfalls in ihrem Büro vor ihrer Kollegin Helga. Beide Züchtigungen musste sie natürlich wieder nacharbeiten, die von Elisabeth mit einer Stunde, die von Helga mit einer halben. Die streng gezüchtigte Linda musste direkt nach jeder der zwei Züchtigungen mit frisch gestriemten Popo ihren Mann Michael anrufen und ihm über die Bestrafung und den Grund berichten. Zuhause gab es dann von ihm immer genau so viele Schläge auf den Nackten wie sie im Büro von ihrer Kollegin oder Chefin erhalten hatte. Michael bumste sie dann auch gut von hinten durch, was für Linda doch ein sehr willkommener Trost und Erholung war, denn Peter hatte sich in diesen zwei Wochen leider nur einmal bei ihr blicken lassen. Sie hatten zwar zusammen gevögelt, aber auch etwas über Südtirol gestritten. Michael hatte den beiden von seinem Beistellbett aus amüsiert zugehört und beim Ficken zugesehen. Er war sehr entspannt.

Andere weibliche Angestellte in Lindas Firma Med-Scout hatten, mit Ausnahme von ihrer Kollegin Helga, bisher keine Züchtigung erhalten. Jedenfalls hatte Linda keine körperliche Bestrafung mitbekommen, auch wenn es manchmal Knatsch gab.

158

Die Chefin fragte nach den beiden Betriebsbestrafungen bei Linda am nächsten Tag nach, ob ihr Mann zuhause auch gut „nachgestriemt" habe. Linda bestätigte dies natürlich etwas ungern aber wahrheitsgemäß, es war ihr schon etwas peinlich. Jedenfalls erzählte sie zuhause Michel von der „blöden Nachfragerei der Chefin". Der rief prompt am Tag darauf Elisabeth an und bestätigt gerne und sehr anschaulich die häusliche Nachbestrafung seiner Frau. Also war doch alles gut?

Da passierte dann doch ein Unglück. Einen Tag später, es war Dienstag, hatte sich Linda für drei Tage telefonisch krankgemeldet. Eine schriftliche AUB-Krankschreibung des Arztes benötigte sie erst ab dem 4. Tag, darum war ihr Vorgehen erstmal formal für ihren Arbeitgeber in Ordnung und fiel nicht weiter auf. Allerdings hatte Linda die drei Tage nicht zuhause im Bett oder gar im Krankenhaus gelegen. Nein, sie hatte die drei Tage mit Peter verbracht, sie wollte ihn als „Teil-Lover" gerade nach seinem Südtirol-Trip wieder an sich binden und zurückerobern. Sie hatte zwei Tage im Fitness-Studio trainiert und bumste dort in einem abschließbaren kleinen Trainingsraum mit Peter. Der fand die Abwechslung mit Linda tagsüber zu vögeln ganz lustig, denn der Sex mit seiner Vermieterin Kornelia oder auch der mit Linda beschränkte sich eigentlich immer auf das Wochenende oder die Abend- und Nachtstunden. An einem der drei Tage verließ Linda die eheliche Wohnung und fuhr gemeinsam mit ihrem Lover-Peter mit ihrem Auto weg. Die beiden sparzierten etwas durch den Park und nahmen sich an einem kleinen Ort außerhalb ein Hotel-Zimmer. Dort verbrachten sie die Zeit vom späten Vormittag bis zum Abend. Für Linda hatte sich dies wirklich erstmal gelohnt. Sie wurde in diesen fünf Stunden immerhin dreimal gut durchgebumst, ohne dass die Nachbarin dabei ein rhythmisches Matratzen-Gequietsche oder ihr gemeinsames Luststöhnen hören konnte. Gut gelaunt und sexuell befriedigt kehrte Linda am Donnerstag-Abend heim. Michal kam erst eine Stunde später, sie kochte etwas und dann ging es zusammen in die Heia zum regulären Ehe-Fick mit Michael.

Die Chefin hatte jedoch irgendeinen seltsamen Verdacht. So rief Elisabeth am Freitag-Mittag Michael in seinem Büro an. Sie fragt ihn am Telefon nach Lindas „Krankheit", der wusste von nichts und sagte, sie sei gesund und zur Arbeit gegangen. Elisabeth berichtete ihm aber von der telefonischen Krankmeldung seiner Frau, am heutigen Freitag sei sie nach drei Tagen Abwesenheit etwas „verschnupft" wieder im Büro erschienen. Michael stellt Elisabeth eine umgehende Klärung in Aussicht und sagte ihr die Bestrafung Lindas zu, sollte sie geschummelt haben.

Als Linda drei Stunden später ahnungslos und fröhlich nachhause kam, stellte sie Michael zur

160

Rede. Erst log sie und stritt alle Vorwürfe ab. Daraufhin erhielt sie von Michael erstmal zwei Dutzend Hosenspanner, das trug bei ihr offensichtlich wirklich zur Wahrheitsfindung bei. Unter Tränen und Versprechungen gab sie bei dem fünfzehnminütigen „Verhör-Gespräch" mit Michael ihr Krankfeiern und den „Seitensprung" mit ihrem offiziellen „Noch-Lover" Peter zu.

Michael machte Linda schwere Vorhaltungen und züchtigte sie anschließend gründlich aber nicht zu heftig. Er gab ihr erstmal als quasi „Abschlagszahlung" Hundert mit dem Rohrstock auf den nackten Arsch. Dann Bumste er sie zur Versöhnung von hinten im Ehebett, Linda kam dabei sogar und war zufrieden, aber doch auch verängstigt. Michael kündigte ihr nicht für das kommende Wochenende, sondern für das darauffolgende „ein Straf-Weekend das sie sich merken wird" an. An dem jetzigen Wochenende bumste er am Samstag und am Sonntag nur je einmal mit ihr, züchtigt sie nicht, da er sich sicher war, was sie ab Montag im Büro erwartete. Er beunruhigt Linda jedoch zusätzlich mit Andeutungen und bereitete sie mit kleinen Drohungen auf „eine sich auf die Ehe von ihnen einschneidende Bestrafung" an, die „eine neue Rolle von Linda möglich machen wird". Linda ist sehr verunsichert. Michael hatte Elisabeth zuhause telefonisch über die Sachlage informiert. Elisabeth sagte zu, keine arbeitsrechtlichen Schritte gegen Linda einzuleiten, „sie jedoch so körperlich zu bestrafen, dass ihr ein weiterer künftiger Krankschreibe-Betrug sicher nicht mehr in den Sinn kommen wird". Michel zeigte sich sehr erfreut und sagte die häusliche Unterstützung der betrieblichen Züchtigung seiner Frau gerne zu.

22. Linda wird hart bestraft

Am nächsten Montag erhielt Linda sehr gründliche Hosenspanner von Elisabeth und auch von der zur Aufsicht von Linda bestellten Helga in ihrem Büro. Jede der zwei Frauen verpassten ihr hintereinander so um die fünfzig kräftige Rohrstockhiebe auf den nur mit einem Stringtanga und einer dünnen Jeans bekleideten Popo: „Das war noch nicht die gesamte Strafe für unsere Betrügerin, warte es ab, du wirst dein blaues Wunder erleben!" schloss Elisabeth diese erste Bestrafung Lindas. Die musste direkt nach den beiden Züchtigungen Michel telefonisch informieren, zum Glück erreichte sie ihn auch. Die zwei Züchtigungen musste sie natürlich auch nacharbeiten, eine Stunde heute länger im Büro arbeiten! Daher kam Linda an diesem Montag verspätet und heftig versohlt nach Hause, Michael war gut drauf und freute sich schon auf die Nachbehandlung Lindas, er züchtigte sie zuhause erneut. Von ihm bekam sie so in etwa Fünfundsiebzig Hiebe auf die schon sehr rot gestreiften Po-Backen. Linda jammerte und heulte, sie gelobte Besserung. Michael tröstet sie mit einem guten Fick im Ehebett. Sie waren dort allein, denn Peter war, für beide gut hörbar, bei der Nachbarin Karoline am „Arbeiten". Am nächsten Morgen rief Michael sehr aufgeräumt Elisabeth an und sie vereinbarten eine weitere sehr strenge und auch nachhaltige Züchtigung von Linda für ihre Lügereien. Michael erklärt sich auch mit einem „erotischen Trösten hinterher

163

durch uns", wie Elisabeth dies diplomatisch ausgedrückt hatte, voll und ganz einverstanden.

Direkt nach dem Telefonat suchte Elisabeth ihre Angestellte Linda Springer in ihrem Büro auf und fordert sie mit barschen Worten auf, sich sofort die Jeans auszuziehen und sich über den Ledersessel zu beugen, was Linda umgehend befolge: „Die Hiebe gestern waren die Vorspeise der Strafe für den AUB-Betrug, heute kommt der Hauptgang. Es setz gleich die nächste Ration! Heute gibt es nochmals Fünfzig mit dem Rohrstock auf deinen Slip, also den fast nackten Hintern". Sagte die Chefin anzüglich und sehr von oben herab. Als Linda schuldbewusst über der Sessellehne lag, musste ihr Helga den Slip mit Beinansatz fest in den Schritt ziehen und das Höschen festhalten. Dann trat der gefürchtete Rohrstock in ihrem Büro in Aktion. Linda jammerte und wackelte sehr mit der Hüfte hin und her. Helga versuchte sie fest zu halten, damit die Chefin auch sicher ihr Zielgebiet mit dem fitzenden Stöckchen treffen konnte. Als die Züchtigung vorbei war rubbelte sich die gezüchtigte Linda sehr engagiert ihren Popo, was ihr von Elisabeth die Bemerkung einbrachte: „Wenn Sie so fleißig bei der Arbeit wie beim Popo-Reiben gewesen wären, dann hätten sie sich die Strafe vielleicht sparen können. Jetzt geht es aber ab in mein Büro. Mitkommen!"

164

Dann kam der unerwartete Umzug von Linda gemeinsam mit Elisabeth ins Chefinnen-Büro: „Hosen und Bluse runter, ganz ausziehen, du kriegst jetzt richtige Nackt-Popo-Wichse, damit dir Lügen über Krankheiten ein für alle Mal vergehen!" herrschte Elisabeth ihre bereits gezüchtigte und eingeschüchterte Angestellte an. Linda hatte Angst, eventuell doch noch entlassen zu werden, denn betrügerisches Krankmachen wurde juristisch als Kündigungsgrund anerkannt. Darum beugte sie sich Elisabeth und tat was die ihr befohlen hatte. Zwei Minuten später hatte sie nur noch ihre Strümpfe an, sonst war sie nackt. Elisabeth tätschelte erst leicht ihre Brüste, dann gab sie ihr auf jede Wange zwei Ohrfeigen. Dann knetete sie erneut Lindas Titten sehr kräftig, Linda verzog dabei ihr Gesicht zu einer Grimasse. Die Chefin schnaubte sie an: „Knie dich auf das Ledersofa und mach die Beine breit, dir versohle ich jetzt den Arsch so gründlich wie bisher keiner unserer Damen hier!"

Linda tat wie befohlen und dort setzt es etwa fünf Minuten lang Hiebe auf den nackten Popo. Linda jammerte bald laut: „Ohhooo, Auaaaa-Auaaahhh" was Elisabeth allerdings wenig beeindruckte, munter schlug sie weiterhin kräftig auf Lindas nackten und immer röter werdenden Arsch ein: „Auauoioioioi, Bitteeeee aufhööööreeeeehn!" jammerte Linda weinerlich. Dann war die Züchtigung plötzlich zu Ende. Linda sprang von einem Bein auf das andere und rieb sich erneut sehr fleißig ihr schmerzendes Hinterteil. Während Lindas köstlichem Popo-Reibetanz rief Elisabeth kurz ihren Gatten Ralf an. Es war nur ein kurzes Gespräch. Als Elisabeth von ihrem Ralf das Wort „Ja", hörte, bedankte sie sich und legte den Hörer schnell auf. Sie setzte sich breitbeinig auf das Sofa auf dem Linda eben noch ihre Hiebe erhalten hatte, raffte sich den Roch hoch und fragte Linda etwas scheinheilig: „Du weißt schon wie Frau sich bei ihrer Chefin für erhaltenen Popo-Wichse richtig bedankt?" Es dauerte nur drei Sekunden, bis Linda wusste, was Elisabeth von ihr wollte. Dann leckte Linda die Pussy von Elisabeth sehr liebevoll aus, ihre Chefin kam sogar mit einem kleinen Springbrunnen. Linda hatte sich sehr zu ihrer Zufriedenheit bei Elisabeth bedankt. Trotz der Befriedigung, die sie ihrer Chefin verschafft hatte, musste sie wegen den Züchtigungen und dem anschließende Muschi-Lecken auch heute wieder eine Stunde länger im Büro bleiben.

23. Linda kommt zu spät

Michael erinnerte Linda am Freitag-Morgen nochmals an das ihr angedrohte Straf-Weekend, welches nun ansteht. Er kündigte ihr für dieses Wochenende zwar keine „Überraschung" an, wie er dies seinerzeit sehr folgenreich getan hatte, jedoch forderte er von ihr: „pünktlich um 15.00 Uhr zum Strafantritt zuhause zu sein." Linda nickte errötend und fasste sich reaktionsschnell schon mal an den Popo. Sie hatte im Büro heute einiges zu erledigen und wollte weder dort schlampen, um keine zusätzlichen Hiebe und Ärger zu bekommen. Sie nahm sich ernsthaft vor, sehr ordentlich und brav zu sein!

Michael und Monika verbrachten den gesamten Freitag-Vormittag mit Sitzungen und Besprechungen mit ihren Sachbearbeitern. Es war leicht stressig, doch Michael hatte alles im Griff und war eine sehr wichtige Stütze für die Amts-Chefin Monika Schnitzler. Sie aßen zusammen in der Kantine Mittag und gingen vom Büro aus gemeinsam zur Wohnung der Familie Springer nach Hause. Michael hatte Monika für dieses Weekend zu sich zuhause eingeladen: „gemeinsam mit meiner schlampigen und verlogenen Frau", wie er sich ausdrückte. Dort warten sie nun zu zweit auf Linda, die allerdings noch nicht zur angesagten Uhrzeit zuhause war. Michael erlebte dieses Szenario nun zeitversetzt und spiegelverkehrt erneut. Heute gefiel ihm das sehr gut. Sie warteten und tranken derweil schnell einen Piccolo. Linda hatte im Büro überraschend Hosenspanner von ihrer Kollegin Helga Jacoby für einen kleinen Fehler erhalten und musste dummerweise diese halbe Stunde nacharbeiten, so kam die heute wirklich sehr unpassende Verspätung zustande. Linda wollte sich entschuldigen und rief Michael erst im Büro, dann zuhause an, sie erreichte ihn natürlich nicht.

Warum wohl? Als Linda um Viertel nach Drei noch immer nicht da war und Monika und Michael ihr Gläschen ausgetrunken hatten, gingen sie schnurstracks ins Schlafzimmer und bumsten dort im Ehebett. Monika hatte sich sofort vollkommen nackt ausgezogen und schnell Michaels halbsteifen Schwanz geblasen. Dann legte Sie sich breitbeinig auf den Rücken und sagte lächelnd: Bitte fick mich jetzt da durch, wo du sonst deine Linda bumst, ich will deinen Schwanz spüren, komm schnell zu mir!" Gerne kam Michel ihrem Wunsch schnell nach. So gab es natürlich wieder die rhythmisch quietschenden Matratzengeräusche im Schlafzimmer und im Flur, als Linda etwas verspätet ihre Wohnung betrat. Natürlich hört Linda die Fick-Geräusche aus „ihrem Schlafzimmer" und ärgerte sich sehr. Doch auch sie betrat das Zimmer nicht, um die sich dort Liebenden nur ja nicht zu stören. Rücksichtsvoll,wie in solchen oder ähnlichen Situationen auch ihr Mann Michael sich bisher verhalten hatte, öffnete sie eine Flasche leichten Weißwein und trank ein Gläschen in der Küche.

Erst zwanzig Minuten später kamen ihr Mann und Monika völlig nackt aus dem Schlafzimmer zu ihr. Der Schwanz von Michel glänzte feucht verschmiert im Licht der einfallenden Sonne. Michel freute sich und begrüßte Linda entsprechend: „Das ist Monika, die Amtsleiterin und meine beste Freundin, wir fickten bisher nur im Büro zusammen, ich habe sie für dieses Weekend zu uns nach Hause eingeladen, in unserem Bett ist es wesentlich gemütlicher!" Linda nickte leicht geschockt und sagte nur: „Tag Monika, schön dich hier zu sehen." Die angesprochene grinste breit und wollte gleich klarstellen, wer hier das Sagen hat: „Hi Linda, Michael ist ein sehr guter Kollege und Chef, zum Glück für mich ist er auch ein ausgezeichneter Stecher, wir werden sicher viel Spaß zu dritt haben. Du hast uns allerdings die Pointe versaut, du bist zu spät gekommen, warum kannst du nicht pünktlich sein, selbst wenn es dir Michael deutlich sagt?" Linda begann zu stottern: „Oh tut mir leid Monika, ich habe leider im Büro noch kurz vor Dienstschluss einen kleinen Fehler in meiner Wochenabrechnung gehabt und von meiner Kollegin Helga deshalb Hosenspanner bekommen, das macht diese Matz gerne so kurz vor Feierabend. Darum ist eigentlich sie schuld an meiner Verspätung, aber ich musste wegen der Rohrstockhiebe von Helga die halbe Stunde leider

169

nacharbeiten. So hat es unsere Chefin angeordnet, tut mir echt leid. Ich versuchte natürlich Michel telefonisch zu erreichen, ich muss ihm ja jede Büro-züchtigung melden. Aber es klappte nicht, ich habe ihn leider nicht erreicht, weder auf seinem Festnetz, noch auf seinem neumodischen Handy, sorry!" (*)

Michel holte den Rohrstock vom Küchenschrank, klatschte ihn in seine Hand und sagte: „Das Nacharbeiten der Betriebswichse-Zeiten ist eine prima Sache, da hat dein Arbeitgeber eine gerechte Regelung getroffen. Nur gut, dass ihr in eurer kleinen Firma keinen Betriebsrat habt, sonst wäre das nicht so unbürokratisch mit dem Direktionsrecht durchsetzbar gewesen. Aber Verspätung ist Verspätung meine liebe Linda, besonders dann, wenn man sie so wie du heute, durch eine eigene Nachlässigkeit selbst zu verantworten hat. Du kannst nicht die Schuld für die Bürostrafe auf Helga schieben, nur weil sie dich zurecht bestraft hat, das hast du dir selber eingebrockt und darum wollen wir doch gleich zuhause da weiter machen, wo deine Kollegin im Büro aufgehört hat. Es gibt jetzt nochmals saftige Hosenspanner für dich, nicht nur wegen deiner vermeidbaren Verspätung, sondern auch wegen deiner dummen und uneinsichtigen Begründung. Sofort überlegen, dalli!" Linda gehorchte und beugte sich gehorsam über den Küchentisch. Michael zog ihr den Hosenboden straff in die Kerbe und versohlte sie kräftig mit Fünfzig

170

Schlägen fürs Zuspätkommen und mit weiteren fünfzig für die dreiste Begründung.

Linda heulte vor Wut und Schmerz, der Rohrstock indes pfiff fleißig mit seinen unverkennbaren „Huitt-Pitsch, Huitt-Patsch"-Lauten auf ihren mehr und mehr sehr hübsch hin und her wackelnden Hintern. Während der Züchtigung kündigte Michael seiner Linda an, dass er Helga über ihre Verspätungsbegründung gleich nach ihrer Züchtigung informieren werde. Linda johlte: „OOOOHHH, Neiiin, Auuuahh, bitteee niiicht!" Ja jetzt wackelte Linda wie wild mit ihrem Arsch, doch sie musste die Hundert Hosenspanner von Michael einstecken, er hat seine Frau jetzt gut im Griff. Monika gab ihre süffisanten Kommentare dazu ab: „Ja die Popo-Wichse tut der unzuverlässigen Lügnerin gut, versohle sie gründlich Michael, es macht mir großen Spaß, dir zuzusehen, wie du deiner untreuen und arroganten Gattin den Arsch versohlst!" Jetzt wurde Linda immer unruhiger, ihr Hintern führte einen wilden Tanz auf, Michael beeindruckte das Popo-Wackeln und Jammern seiner Frau wenig, er versohlte sie einfach kräftig weiter. Der Rohrstock klatschte satt auf Lindas stramm gezogenen Hosenboden. Doch Monika hatte während dessen weiteren Gesprächsbedarf: „Wie sie mich vor Monaten falsch über eure Ehe informiert hat, ja gelogen hat das Weibsstück am Telefon. Sie hatte mich gebeten, dich länger im Büro arbeiten zu lassen damit sie noch länger und

171

ungestört mit ihrem Freund bumsen konnte, so war es! Die unzuverlässige Lügnerin bekommt den Popo voll wie ein kleines Mädchen, der Wind hat sich jetzt gedreht, die Zeiten sind endgültig vorbei, nicht war, Frau Springer? " Dann war die Züchtigung zu Ende und Linda wurde zum Kochen in die Küche geschickt.

(*) Heute in den zwanziger Jahren des zweiten Jahrtausends mag dieses Gespräch unwirklich anmuten. In den Jahren 2000 – 2001, in der unser Roman spielt, gab es zwar bereits Handys, wie das S10D von Siemens für einen kleinen aber feinen Nutzerkreis. Richtig in der Masse der deutschen Bevölkerung kam das Handy und später Smartphon aber erst nach 2004 an, als in Deutschland auch kommerziell die UMTS-Lizenzen vergeben wurden.

24. Wer liebt verliert?

In der Küche rieb sich Linda erstmal ausgiebig ihr versohltes Hinterteil, es brannte fürchterlich. Über die anmaßende Monika ärgerte sie sich sehr, doch sie kochte brav das gemeinsame Abendessen. Es gab Zander-Filet mit gekochten Kartoffeln und Spinat. Nichts Besonderes, aber gesund und liegt nicht schwer im Magen. Derweil hatten es sich Michael und Monika auf dem Ledersofa im Wohnzimmer gemütlich gemacht. Während Linda mit glühendem Popo in der Küche kochte, knutschen Monika und Michael sehr intensiv. Linda kam kurz zu den beiden ins Zimmer und bekam mit, als Monika eben Michaels Jeans-Reißverschluss öffnen wollte während sich das Liebespaar intensiv küsste. Da riss ihr der Geduldsfaden und sie motzte: „Muss denn das Rumfummeln hier noch vor dem Essen sein, nehmen Sie sich doch etwas zusammen Frau Schnitzler, sie sind hier nicht bei sich zuhause!"

Das war natürlich ein großer Fehler, doch Linda merkte es zu spät: „Sag mal, spinnst du jetzt ganz!" herrschte sie Michael an. Monika lies von Michaels Hosenschlitz ab, ging erhobenen Hauptes auf Linda zu und sprach: „Du hast wohl noch gar nichts kapiert Linda, schau mich mal an!" Das tat Linda und „Pitsch-Patsch, Pitsch-Patsch" hatte sie sich auf jeder Backe zwei saftige Ohrfeigen von Monika gefangen. Dann stauchte Monika ihre

„Gastgeberin" Linda richtig zusammen, Michael unterstützte sie dabei: „Ja, Monika, bring ihr hier Manieren bei, jetzt!" Nach einer Chefinnen-Standpauke von gut zwei Minuten, in der Wörter wie „Lügnerin" und „untreue Schlampe" vorkamen hieß es: „Bevor du in die Küche zurück gehst bückst du dich nochmals hier über die Stuhllehne, marsch, jetzt bekommst du von mir Hosenspanner!" Linda schaute ängstlich zu Michael, doch der nickte nur und zeigte auf den Stuhl. Nun resignierte Linda und bückte sich über die Stuhllehne, jetzt bezog sie sehr gründliche Hosenspanner von Monika. Nach drei Minuten heftigem Popo-Wackeln und „Aua-Aua"-Jammern war die Spontan-Wichse vorbei und Linda rieb sich wieder sehr eifrig den versohlten Arsch.

Während nun Michael und Monika sich ungestört im Wohnzimmer unterhalten und knutschen konnten, kochte Linda in der Küche den Fisch fertig. Sie aßen friedlich zu dritt und tranken eine gute Flasche Riesling dazu. Linda erzählte von ihrer Arbeit und dass sie mit dem neuen PC langsam vertraut wurde. Sie hoffe auch endlich, in ein paar Wochen vielleicht schon eines der ganz neuen Handys vom Chef zu erhalten, doch die sind eben recht teuer. Der Abend hätte fast harmonisch enden können, doch Linda hatte sich einfach noch nicht so ganz mit ihrer neuen Rolle als „Zweitfrau in der eigenen Wohnung" abgefunden. Michaels Bevorzugung von Monika ihr gegenüber ärgerte sie maßlos,

174

darum ließ sie sich zu Angriffen und schnippischen Bemerkungen gegenüber Frau Schnitzler hinreißen. Es gab Wortgefechte der beiden doch sehr unterschiedlichen Damen, die zwischen dem förmlichen „Sie" und dem Duzen bei der gegenseitigen Anrede schwankten. Michel wollte sich von seiner eifersüchtigen Frau nicht den Abend verderben lassen und traf eine klare Entscheidung:

Kurz entschlossen übertrug er Monika das Züchtigungsrecht über seine Gattin. Die bekam von ihm die klare Ansage: „Eines gilt ab jetzt, wenn sie hier bei uns zu Besuch ist, hast du nicht nur mir, sondern auch Monika zu gehorchen, ist das klar?" Linda nickte, sie hatte mal wieder verloren. Michael entscheidet, dass Linda heute „nochmals der nackte Popo von Frau Monika Schnitzler versohlt wird!" Die duzte Linda ab sofort, diese musste sie jedoch siezen und weiterhin „Frau Schnitzler" nennen. Nun waren die Rollen klar verteilt. Linda zog sich nackt aus und kniete sich auf den Wohnzimmersessel. Monika hatte ein Einsehen, nahm jetzt keinen Rohrstock, sondern ein Paddle und klatschte fünf Minuten auf Lindas artig dargebotenen sehr roten Popo ein. Linda jammerte und jodelte zwar, doch die Schläge waren für sie gut erträglich. Monika hatte klar gewonnen, jetzt konnte sie endlich mit Michael in seiner und Lindas Wohnung genüsslich im Schlafzimmer ficken!

Monika blieb übers Wochenende in der Wohnung der Familie Schnitzler, sie ist ledig und ungebunden. Linda wurde am Abend ins Wohnzimmer verbannt, Michael tröstete sie zwar mit liebevollen Worten, doch ging er sehr schnell nackt zu seiner neuen Freundin Monika ins Ehebett. Linda bekam natürlich akustisch mit, was nebenan abging. Sie hörte, genauso wie früher Michael sie und Peter belauschte, wie eben jetzt Michael seine Chefin Monika Schnitzler vögelte. Auch Linda ertrug es! So wie eben Michael vor ein paar Monaten Lindas und Peters Demütigungen ertragen hatte.

Die drei verbrachten den Samstag zusammen. Als kleinere Sticheleien von Linda gegen Monika laut wurden, erhielt sie je einmal von Monika und von Michel Hosenspanner. Im Anschluss daran durfte sie sich, im Unterschied zu früheren Züchtigungen, zur Strafverschärfung den gezüchtigten Po nicht reiben, sondern sie musste zehn Minuten Strafe Stehen und mit ausgestreckten Armen den Rohrstock halten. Oh, das fiel ihr sehr schwer, sie schnitt Grimassen und heulte vor Wut. Michael und Monika schauten ihr belustigt zu und knutschten während dessen sehr intim. Dann fiel nach fünf Minuten der Stock zu Boden und Monika gab Linda je zwei Ohrfeigen und je ein Dutzend Tatzen auf die Hände. Die drastische Erziehungsmaßnahme half wirklich, beim zweiten Versuch konnte die Strafe stehende Linda den Stock nun volle zehn Minuten mit ausgestreckten Händen halten. Monika lobte sie zynisch für ihre Leistungen und ihre „Lernerfolge durch Züchtigung, die unbedingt weiter unterstützt werden müssen".

Auch der Samstag-Abend und die folgende Nacht wurde ein von Michael inszenierter Spiegel der Vergangenheit in seiner Wohnung, nur eben spiegelverkehrt! Er gab Monika freie Hand, sich vor dem gemeinsamen Ficken an Linda schadlos zu halten, das tat sie mit Genuss! Linda musste sich nackt im Schlafzimmer mit dem Gesicht zur Sprossenwand stellen und wurde noch von Michael an diese gefesselt. Monika nahm einen breiten Lederriemen und schlug sie gute fünf Minuten lang, von den Schultern, über den Arsch bis runter zu den Schenkeln. Linda jammerte, hielt aber gut durch. Dann verpasste Monika ihr mit einer Reitgerte gezielt zwei Dutzend scharfe Hiebe auf den roten Popo, Linda jaulte laut auf. Zuletzt umfasste sie Linda heimtückisch von hinten und knetete ihre Brustwarzen erst zärtlich, um ihr dann frech auf jeden Nippel eine Tittenklammern zu setzen: „Oioioioiii!" war Lindas lang gezogene Antwort. Dann war sie still, denn sie durfte jetzt dem bekannten rhythmisch quietschenden Ton eines Liebesaktes lauschen, der sich genau jetzt in ihrem Ehebett vor ihren Augen abspielte. Nicht sie lag im Bett und vögelte gleich mit Michael, sondern seine Freundin Monika wurde von ihm umgehend genüsslich durchgebumst!

177

So geschah es auch! Monika legte sich breitbeinig aufs Bett und schob sich ein Kopfkissen unter den Popo. Michael leckte ihr erst die Pussy aus, dann bestieg er sie wie ein Missionar eine brave Ehefrau, die gerade gebeichtet hatte. Er bumste seine Freundin einfach sauber durch. Die Matratze quietscht rhythmisch, es war der bekannte Ton im Schlafzimmer der Familie Springer. Nur verursachten ihn nicht Linda und Peter, sondern Monika und Michael, ein kleiner Unterschied! So konnte die gezüchtigte und gedemütigte Linda jammernd und eifersüchtig zuhören wie „ihr Michael" die Monika Schnitzler mehrfach in dieser Nacht gut durchgebumst hat. Monika jubelte dreimal hörbar sehr lustvoll und Linda jammerte vor Schmerz an den Titten und Arsch. Aber sie ertrug es, so wie es einige Wochen zuvor Michael ertragen hatte. Man sieht sich immer zweimal im Leben!

25. Bügeln statt Vögeln

Am Sonntag gingen sie zu dritt im Stadtpark sparzieren, eigentlich schien alles friedlich. Bei einer Debatte um Pünktlichkeit am Arbeitsplatz und freiwilliges Eingestehen von Fehlern von Arbeitnehmerinnen gegenüber Vorgesetzten widersprach Linda ihrer Konkurrentin Monika etwas zu heftig: „So ein Unsinn Frau Schnitzler, das ist doch typisches Arbeitgebergehabe, wegen jedem kleinen Missgriff den kleinen Leuten Druck zu machen!" Monika verwahrte sich gegen diese unsachliche Kritik. Sie forderte Linda auf sich zu entschuldigen und als die sich weigerte ohrfeigte sie diese in der Öffentlichkeit. Linda ließ sich das zwar notgedrungen gefallen, bezeichnete Monika in einem Gesprächsduell hinterher wiederum als „gemeine Chefinnen-Fotze". Michael kündige Linda für diese erneute Unverschämtheit eine nachhaltige Bestrafung zuhause an. Sie erhielt nun erst von Michael Hosenspanner im Wohnzimmer und musste direkt danach in der Küche Essen richten. Die drei aßen gemeinsam und recht schweigsam. Dann ging's zu dritt endlich wieder ab ins Schlafzimmer.

Dort bekam Linda von Monika erneut noch heftiger als gestern ziehende Brustklammern an ihre sehr sehenswerten Titten verpasst. Sie jammerte dabei etwas, musste die schmerzhafte Prozedur jedoch geschehen lassen. Danach wurde Linda erneut von Michael an die Sprossenwand gefesselt, heute aber nicht mit dem Gesicht zur Wand, sondern mit Blick ins Schlafzimmer! Linda soll heute dem Liebespaar im Ehebett zuschauen können. Bevor Die jedoch mit ihrem Liebesspiel begannen, hatte Monika noch eine Rechnung mit Linda zu begleichen. Die wehrlos an die Sprossenwand gefesselte Linda wurde nun von Monika mit einer Riemenpeitsche fünf Minuten lang auf Busen und Oberschenkel gezüchtigt, sie stöhnte dabei etwas, doch sie hielt die nicht sehr harten Schläge recht gut durch. Danach durfte die bisherige Hausherrin in diesem Schlafzimmer endlich auch zusehen, wie „ihr Michael" die Frau Schnitzler in ihrem Ehebett gut durchbumste! Dort hatte zu ihren Eheherrinnen-Zeiten noch Peter sie gevögelt und Michael hing an der Sprossenwand oder lag im Beistellbett, ja es hatte sich alles gewendet!

Nach dem erstem GV fragte Monika die gefesselte Linda, ob ihr die Vorführung denn gefallen habe, die sagte trotzig einfach nichts. Monika tuschelte mit Michael und steckte danach der gefesselten Linda ihren Zeigefinger in Anus und Fotze. Linda stöhnte dabei schon fast lustvoll auf und hoffte, in das Liebesspiel der beiden einbezogen zu werden. Doch sie hatte sich etwas geirrt, einbezogen wurde sie, jedoch anders als von Linda gehofft! Jetzt holte Monika Gummihandschuhe und Rheuma-Salbe aus dem Bad und rieb der früheren Ehe-Domina Linda damit das Arschloch und die Pussy ein. Nach nur zehn Sekunden begann Linda sehr schnell zu jammern an und beantwortete sehr brav Monikas Frage: „Ohhh ja, ganz toll habt ihr gevögelt, ich beneide Sie natürlich sehr um so einen guten Stecher, wie es Michael ist, ooohhoooiiiooooohh es brennt wie Feuer! Ja Frau Schnitzler, eine sehr schöne Muschi haben Sie, da freut sich der Kerl, AAAUUUAAA, es breeeennnt seeehr!"

„Schön, dass die Dame wieder mit mir spricht, bei dir muss man immer etwas nachhelfen, was?" sagte Monika trocken. Dann griff sie der leidenden Linda an die Pussy, zog sie etwas auseinander und setzte ihr noch eine Tittenklammer genau auf den Kitzler. Linda johlte erneut laut auf und heulte vor Wut und Schmerz: „AAAhh, OOOhhhOOOOiiiooo, Bitteee nicht Frau Schnitzler, aufhören!". Auch das beeindruckte im Moment Michael und Monika sehr wenig. Frau Schnitzler kniete sich breitbeinig aufs Ehebett der Schnitzlers und Michel machte ihr von hinten den Hengst. Ziel erreicht, sie wollten erneut sichtbar vor der gehörnten Gattin von Michael gründlich durchgebumst werden. Als Michael kräftig am Stoßen war witzelte Monika mit seinem Schwanz in der Muschi in Richtung Sprossenwand zu Linda: „Na, juckt dein Kitzler schön, brennt die Pussy auch gut? Wie glüht dein Arschloch jetzt?" Linda antwortete jammernd: „Es ist wie Hölle, der Teufel ist in meiner Muschi und in meinem Popo, bitte machen Sie das nie mehr, bitte!" Monika lachte und begann zu Stöhnen: „Ohhhhhaaahh,

181

guuut! Jaahh! Mit Michael bumseeen ist da wirklich besseeeehhr!" war der ironisch-wacklige Kommentar der gevögelten Dame. Kurz darauf kamen Michael und Monika gleichzeitig, das Bumsen und auch die Konversation mit Linda hatte beiden sehr angeregt und den Kick gegeben.

In dieser Nacht musste Linda im sogenannten „Dritten Bett" schlafen, in dem bisher Michael genächtigte hatte, wenn Linda dort früher im Ehebett „gepetert" hatte. Linda erhielt von Michael und Monika für diese Nacht striktes Onanier-Verbot, während die beiden hörbar sehr gut noch zweimal in dieser Nacht nebenan im geräumigen Ehebett fickten! Alle drei mussten am Montagmorgen früh aufstehen. Monika nahm sich im Stillen vor, künftig öfter mit Michael alleine zu Bumsen, auch wenn Linda zuhause sein sollte. Sie hat schon eine gute Idee. Dann schlief sie ruhig ein.

Linda kam an diesem Montag ins Büro und wurde erstmal von Helga mit fünfzig Hosenspannern empfangen. Michael hatte sie angerufen und ihr von Lindas Äußerungen über sie und die vermeintlich ungerechtfertigte Züchtigung vom Freitag berichtet. Helga kündigte Linda an, dass sie künftig öfter kurz vor Dienstschluss ihre Arbeit kontrollieren werde. Das tat sie auch, es führte zu weiteren Hosenspannern mit fünfzig Hieben und insgesamt für heute eine Stunde „Nachsitzen", bzw. Nacharbeiten. Zuhause wartete eine Nachbestrafung und leider auch Michaels Freundin Monika auf sie. Eigentlich hätte sie noch einige Einkäufe zu erledigen gehabt, doch sie hatte echt keine Böcke darauf. Mit brennendem Popo und vorsichtig geworden kam Linda nach Hause.

Monika und Michael hatten sich später am Abend über Lindas Nachlässigkeit im Haushalt unterhalten. Die logische Folge: Ungewaschene Wäsche, nicht gebügelte Hemden und Blusen, nicht wirklich sauber gemacht in Küche, Wohn- und Schlafzimmer. Michael machte Linda Vorhaltungen, dass sie sich nicht genügend um den Haushalt hier kümmere, das müsse ab sofort anders werden. Linda motzte etwas herum, da bekam sie von Monika eine herbe Ansage: „Du hast die Pflicht, hier für Ordnung zu sorgen, zu putzen, zu Waschen und zu Bügeln. Bisher hast du wohl hauptsächlich ans Bumsen mit deinem Lover gedacht, aber das ändert sich ab sofort! Überlegen, du bekommst jetzt erstmal die fällige Nachstriemung für die Bürowichse, die du heute schon wieder aufgrund deiner Verspätung dort erhalten hast. dann sehen wir weiter!" Linda bückte sich resigniert über die Lehne des Wohnzimmer-Sessels, Monika zog ihr die Hose stramm und versohlte sie mit etwa fünfzig Hieben, genau so viel, wie sie eben heute im Büro von Helga wegen morgendlichem Zuspätkommen erhalten hatte. Dann wurde von Linda sehr engagiert der rot gestriemte Popo gerieben, es juckte und brannte doch sehr! Dann aß man zu dritt zu Abend.

Michael machte dabei Linda nochmals klar, dass sie zuhause die anstehenden Hausarbeiten alleine und zuverlässig zu erledigen habe, sonst gibt es Strafen mit dem Rohrstock und „das Bumsen mit dir werde ich mir gut einteilen!" meine Michael ironisch gefährlich. Linda verstand noch nicht ganz, Monika schon: „Linda zieh sofort deine Hosen aus, jetzt gibt es nochmals einen Nachschlag auf den Nackten, dann wird hier gearbeitet, dalli!" So geschah es, Linda wurde von Monika nochmals kräftig mit einem Paddle und dem Rohrstock versohlt. Dann holte Michael die ungewaschenen Hemden, Blusen und Handtücher und knallte sie Linda auf den Küchentisch: „Du fängst heute Abend mit Bügeln an, übermorgen wird gewaschen, klar?" Monika zog sich ihre Bluse und Hose aus, stand nur noch mit BH und im Slip vor Linda: „Michael und ich gehen jetzt ins Schlafzimmer und wollen die nächsten zwei Stunden nicht von dir gestört werden, wir haben uns viel zu erzählen und zu planen. Dein oder besser mein Michael wird mich auch sicher wieder gut bumsen, klar. Das läuft bei dir heute Abend nicht, für dich gilt: Bügeln statt Vögeln, verstanden?" Linda nickte und begann zu Bügeln, sie musste aufpassen, sich nicht noch zusätzlich die Finger mit dem Bügeleisen zu verbrennen, ihr Arsch brannte von den Rohrstockhieben noch lichterloh. Währenddessen vergnügten sich

184

ihr Gatte und seine Freundin Monika im Ehebett. Linda durfte um 22.30 Uhr ins Schlafzimmer kommen und im Beistellbett alleine schlafen. Sie war hundemüde und der Po brannte immer noch. Als das Liebespaar endlich im Ehebett eingeschlafen war verschaffte sich Linda noch schnell einen kleinen Abgang mit dem Mittelfinger in der heute von keinem Schwanz gebumsten Pussy. Dann schlief auch sie ein.

Ansonsten verlief die Woche ohne weitere Zwischenfälle. Am Dienstag besuchte Linda ihre Mutter, um ihr beim Putzen und im Haushalt etwas zu helfen. Sie wurde von Elli für kleinere Fehler nur leicht gezüchtigt. In dieser Woche sprach Monika nochmals ernsthaft mit Michael, er solle doch nicht nur für Sauberkeit in der Wohnung sorgen, sondern auch das Schlafzimmer umgestalten! Das beim Bumsen immer quietschende Bett möge doch bitteschön durch ein besseres und geräuschärmeres ersetzt werden. Das sagte Michael gerne zu. Bereits am nächsten Tag bestellte der Hausherr zwei neue modern designte und stabile Betten mit Federkernmatratzen. Das Ehebett hatte die Größe 200 x 200 cm und ein weiteres Zustellbett war nur 200 x 120 cm groß. Diese wurden bereits nach einer Woche geliefert. Zwischenzeitlich hatte Michael das Schlafzimmer saniert und von ihm gut bekannten Handwerkern eine neue Holzverkleidung mit Dämmstoffen einrichten lassen. Es sollte alles geräuschärmer werden, sie wollten beim Sex und beim Spielen keine Geräuschkulisse mehr abgeben.

26. Büroalltag:
Linda gebumst - Chefin gestanzt

Es war eine Woche später: Linda hatte erneut einige Fehler im Büro mit von ihr nicht geschätzten und schwierigen Abrechnungen gemacht, die waren ihr großes Problem. Sie konnte sich einfach nicht richtig auf Zahlen konzentrieren, da sie zu oft an schönere Dinge wie zum Beispiel ans Vögeln dachte. Das sollte sie in doppelter Art und Weise heute einholen! Linda versuchte dummerweise, so wie es leider ihrem Gefühl entsprach, zu handeln, sie versuchte die gemachten Fehler irgendwie zu vertuschen. Darum wurde es jetzt auch im Büro für Linda sehr eng: Erst erhielt sie am Dienstag Hosenspanner für morgendliches Zuspätkommen in ihrem Büro von Helga, dann musste sie zu Elisabeth wegen eben diesen Abrechnungsproblemen. Dort kam es nun endlich zur ersten Nacktarsch-Züchtigung für Linda durch ihre Chefin am Arbeitsplatz. Diese erinnerte Linda kurz nochmals daran, dass sie, wie bereits besprochen, die durch Züchtigungen verlorene Arbeitszeit nacharbeiten muss, egal ob sie, ihr Mann oder auch ihre Kollegin Helga ihr die Hiebe erteilt hatten. Um sich für heute die emotionale Zuneigung Lindas zu sicher, stellte es Elisabeth so dar, als sei das der Einfall ihres Mannes gewesen. Danach durfte die gezüchtigte Linda ihrer Chefin wieder die Muschi lecken, was sie sehr geschickt und auch erfolgreich absolvierte. Elisabeth hatte vor dem Lecken versucht, ihren Mann Ralf telefonisch zu erreichen, um ihn um sein Einverständnis zum lesbischen Sex mit einer ihrer züchtigungsbereiten Angestellten zu bitten, doch sie hatte ihn leider nicht erreicht. Dann eben Muschi-Lecken ohne das „Ja" des Gatten, dachte und handelte Elisabeth.

War die leichte Nacktarschzüchtigung von Elisabeth nur ein Vorwand um sich die Muschi von Linda lecken zu lassen? Das vermutete Herr Dr. Steenbeck, als er unvermittelt ins Chefbüro seiner Gattin kam und Linda kniend zwischen den weit gespreizten Beinen seiner halbnackten Frau vorfand, während sie ihr dort fleißig die Pussy leckte und mit den Fingern ihren sichtbar leicht aufstehenden Kitzler massierte. Er beendete abrupt das lesbische Treiben, schimpfte ernsthaft mit seiner Gattin. Dann versohlte er ihr umgehend den nackten Hintern gründlich mit dem gleichen Rohrstock, mit dem zuvor Elisabet Linda gezüchtigt hatte. Ralf war vor dem Pussy-Lecken durch Linda von seiner Frau nicht, wie vereinbart, zuvor um Erlaubnis gefragt worden, darum war er sauer. Als seine Frau eine ordentliche Abreibung mit über achtzig Rohrstockhieben erhalten hatte, nahm er sich Linda vor und versohlt auch ihr den nackten Arsch. Sie erhielt ebenso um die achtzig Schläge wie seine Frau, beiden sollte der Weiberarsch kräftig glühen! Linda schrie und heulte sehr, es war immerhin schon ihre zweite Züchtigung heute!

Anschließend verpasste Ralf seiner Gattin Elisabeth und auch Linda Titten-Klammern, Linda jammerte sehr beim Anlegen der Klammern, diese waren wohl um einen Grad stärker als die, die sie von der schmerzhaften Schmückung ihres hübschen Busens aus dem heimischen Schlafzimmer her kannte. Ralf verordnete seiner Frau, diese Klammern heute den gesamten Tag über bis abends zum Bumsen und einer erneuten Abstrafung im Schlafzimmer zu tragen. Außerdem darf sie Linda künftig nicht mehr selber züchtigen, sondern diese wird ab heute Helga und er durchführen! Als Elisabeth diese demütigende Entscheidung von Ralf hörte, heult sie vor Schmerz, Wut und Empörung. Sie fügte sich jedoch brav und ohne Widerworte ihrem Gatten. Linda hingegen durfte in einer Stunde beim Chef nachfragen, ob sie die eben verpassten Titten-Klammern abnehmen darf. Sie will und muss sie persönlich zurückgeben, das war Ralfs gut überlegter Plan und Auftrag an Linda. Seine Frau wollte er desavouieren, sie hatte ihm nicht gehorcht, das musste konsequent bestraft werden!

Linda kam pünktlich eine Stunde später in sein Büro und machte ihm sehr demütig das Angebot ihm wieder den Schwanz zu blasen, wenn sie die Tittenklammern jetzt abnehmen darf. Er stimmte dem Vorschlag gelassen wie erfreut zu und nahm Linda eigenhändig den Busen etwas knetend die Klammern ab. Sie öffnete derweil seinen Hosenschlitz und nahm sofort seine halbsteifen Riemen

189

in den Mund. Mit Schwänzen kannte sie sich einfach besser aus als mit Zahlen, denn steife Männerpimmel lutscht sie gerne und verwechselte sie auch nicht. Kurz bevor Ralf jedoch in Lindas Mund abspritzen könnte, stoppte Ralf das Blasen seines besten Stückes und Linda durfte sich mit weit gespreizten Beinen rücklings auf seinen Schreibtisch legen. Ralf bumste so Linda im Stehen gründlich durch, er genoss das erregende Rein-Raus-Spiel seines Schwanzes in der Fotze seiner Angestellten. Die ließ sich offensichtlich sehr gerne von ihm auf seinem Schreibtisch durchnudeln, sie stöhnte schön „OOOhhh, jaaa, guuut!" beim Stoßen. Linda ist vom Fick mit dem Chef angenehm überrascht, sein Schwanz ist etwa so groß wie der von Michael, naja, ein wenig größer! Linda arbeitet mit ihrem Becken mit und kommt kurz vor ihrem Chef. Ralf freut sich sehr über seinen und Lindas Orgasmus, doch er erinnert Linda, nachdem sie sich frisch gemacht hatte, nochmals an die Regelung, dass sie die Züchtigungen, das Muschi-Lecken mit seiner Frau und auch den GV mit ihm heute Abend nacharbeiten muss. Das bedeutet für Linda, dass sie heute eineinhalb Stunden länger arbeiten musste. Was heißt länger arbeiten? „Nacharbeiten, den Arsch Vollbekommen, Lecken und Ficken ist ja für Linda keine „Arbeit" im Wortsinn, sondern nur körperliche „Anwesenheit" im Büro.

Linda musste danach, im Unterschied zu früheren ähnlichen Gelegenheiten, in Anwesenheit von Ralf

190

ihren Mann Michael nicht anrufen, sondern ihm eine E-Mail schreiben und von Züchtigung und dem „Fick-Trost" durch den Chef berichten. Ralf ordnet an, dass sie über künftige Bestrafungen im Büro ihrem Mann nur noch per E-Mail berichten darf. Er ist ein Anhänger des verstärkten Einsatzes der „Neuen Technologien", die bei jedem betrieblichen Vorgang, sei er auch noch so delikat, eingesetzt werden soll, wenn dies praktisch möglich ist. Beim Informieren das Gatten über Popo-Züchtigen, Muschi-Lecken und auch erzieherisches Ficken mit dem Chef ist das selbstverständlich möglich!

Gegenüber seiner Frau Elisabeth verfügte Ralf, dass sie eine am nächsten Freitag sogenannte „Strafstunde beim Hausmeister" zu absolvieren habe, er werde den konkreten Ablauf mit Alfred zuvor besprechen! Sehr gespannt, aber natürlich auch verunsichert, nahm die Co-Firmen-Chefin den demütigenden Termin drei Tage später wie aufgetragen war. Sie erschien mit knielangem Rock und offener Bluse bekleidet im geräumigen Arbeitszimmer von Alfred. Sie musste sich völlig nackt ausziehen, dann legte sich Alfred die Elisabeth übers Knie und verdrosch ihr fünf Minuten lang mit der flachen Hand den Hintern. Anschließend durfte sie seinen Schwanz lutschen. Mit dem Satz: „Treib ihr die Lesben-Spiele mit Linda und Helga ein für alle Mal aus!" hatte Ralf seinen Hausmeister zu seinem lustvollen und erzieherischen

191

Treiben beauftragt. Das tat er nun mit Vergnügen. Kurz bevor Alfred im Mund von Elisabeth abspritzte, musste sie sich rücklings auf die Werkbank legen und Alfred zog sie durch bis erst sie und dann er kamen. Nach einer kleinen Pause musste sich die gezüchtigte und noch immer nackte Miteigentümerin der Firma über zwei Stühle knien und Alfred versohlte ihr langsam aber kräftig volle zehn Minuten lang den Hintern mit dem Rohrstock. Als sie zu sehr mit ihrem Striemen-Popo wackelte, machte sie Ralf mit zwei Riemen an den Stühlen, fest dann versohlte er sie weiter. Als der Hausmeister seine abzustrafende Chefin losband, führte diese einen minutenlangen Popo-Reibetanz auf, er amüsierte sich köstlich.

Dann musste sich Elisabeth erneut über die Werkbank legen, allerdings ihm den Popo hinstrecken und die Po-Backen mit den Händen soweit es ging auseinanderziehen. Eine süße Rosette kam da zum Vorschein! Alfred prüfte, ob die von ihm so bezeichnete „Punze" auch wirklich sauber war, dann nahm er aus einer vorsorglich bereit gelegenen Tube Vaseline und rieb damit erst seinen Schwanz und dann das süße Popo-Löchlein von Elisabeth intensiv ein. Sie stöhnte aufreizend bei dieser vorsorglichen Behandlung durch den Hausmeister. Danach fickte dieser Elisabeth in den Arsch bis er zum zweiten Mal in ihr kam. Geläutert und mit doppelt brennendem Popo berichtete Elisabeth danach zuhause ihrem Mann von ihrer Strafstunde

192

beim Hausmeister. Sie versprach ihm hochheilig, nun keine lesbischen Versuche bei Linda oder Helga mehr zu unternehmen, weder gefragt noch ungefragt!" Ralf nahm die Beteuerungen seiner Frau zufrieden, aber auch kritisch zur Kenntnis: „Gut so, du hast offensichtlich was gelernt. Wenn ich dich aber nochmals mit einem der beiden Mädels beim Muschi-Lecken erwische, dann schicke ich dich jeden Freitag zu Herrn Zangel!" war Ralfs abschließender Kommentar. Elisabeth hielt sich gegenüber Helga und auch Linda sehr zurück. Da sie jedoch nicht in allen Punkten Ralfs Anweisungen und sexuellen Wünschen zu seiner Zufriedenheit nachkam, folgte trotzdem in den nächsten Monaten noch die eine oder andere Strafstunde beim Hausmeister für Elisabeth. Sie litt dort zwar, aber eben nicht nur, sie kam auch manchmal beim Bumsen und beim Arsch-Fick mit Alfred!

27. Helga straft Linda und hat Spaß

Am Morgen danach nahm ihre Kollegin Helga eine kleine morgendliche Verspätung von Linda zum Anlass, ihr Fünfzig Rohrstockhiebe auf den Popo zu geben, und sagt klar zu ihr: „Du bleibst dafür heute eine halbe Stunde länger im Büro, klar!" Helga rief selbst Michael im Büro an und sagt ihm, dass diese Züchtigungs-Mitteilungen von Linda nach Anordnung vom Chef künftig nur noch per E-Mail an ihn rausgehen werden. Wenn sie oder Herr Steenbeck Linda versohlt hat, dann muss seine Frau diese Fehlzeit am gleichen Tag nacharbeiten. Michel kannte diese neue Praxis ja bereits seit gestern und freute sich über die technische Vereinfachung. Er nahm sich vor, künftig seine Schwiegermutter Elli und seine Freundin Monika ins „cc" zu setzen, wenn er sein „gelesen und nachgestriemt" als Rückmeldung an Helga abschickt hat.

Linda hatte in den letzten vier Wochen, im Unterschied zur vergangenen Zeit, statt morgens eher vorwiegend am späten Nachmittag von ihrer Zimmerkollegin Helga Hosenspanner erhalten. Diese hatte mit der Chefin das Verfahren arbeitgeberfreundlich so abgestimmt: Bei Fünfzig Hieben auf den Popo musste Linda eine halbe Stunde länger im Büro bleiben und nacharbeiten. Setzte es von Helga jedoch Hundert Hiebe auf die straff gespannte Hose musste Linda eine Stunde am gleichen Tag abends länger im Büro bleiben und die

194

durch die Züchtigung unerledigt gebliebenen Tätigkeiten erledigen. Das eröffnete für Frau Steenbeck und auch für Helga die unschätzbare Möglichkeit, Lindas etwas wackelige Arbeitsleistung auf Vordermann zu bringen und diese auch konsequenter als bisher möglich auszunutzen. Die gezüchtigte MTA Linda Springer musste daher unbezahlt letztlich einfach länger arbeiten, denn Helgas aufgewandte Arbeitszeit zur Kontrolle und Züchtigung Lindas wurden ihr pauschaliert als „Fehlzeit" mit berechnet.

So gab Helga gerne gegen 15.30 Uhr Linda eine zusätzliche Abrechnung zum Bearbeiten, eine Stunde später kontrollierte sie die Erledigung, die war jedoch meist noch nicht fertig: Die leicht verunsicherte Linda bekam dann von ihrer zur Züchtigung berechtigten Kollegin zu hören: „Da warst du aber heute nicht sehr fleißig, das kann ich dir echt nicht durchgehen lassen!" So hieß es süffisant von Helga: „Ab auf den Sessel, es setzt jetzt für dein langsames Arbeiten fünfzig saftige Hiebe mit dem Rohrstock, laut und deutlich mitzählen!" Linda kniete sich dann murrend aber brav auf die Sitzfläche des Strafsessels, hielt sich mit beiden Händen an der Lehne fest und machte mit leicht gespreizten Beinen ein Hohlkreuz. So wurde ihr hübscher Popo rund nach oben gesteckt, dem pfeifenden Rohrstock entgegen! Fand Helga auch noch Fehler in der nicht abgeschlossenen Abrechnung oder war ganz einfach noch viel zu bearbeiten übrig, hieß es von ihr in der verschärften Variante: „Du warst ganz schön faul heute! Linda, du bückst dich jetzt sofort über die Sessel-Lehne, es setzt Hundert für dich im Stehen!" Linda gehorchte ihrer Kollegin Helga sehr schnell, denn es war klar, dass sie einerseits die Strafe verdient hatte und andererseits Helga vom Arbeitgeber berechtigte wurde, sie zu züchtigen. Sie durfte Linda nur mit „Hosenspannern" bestrafen, entweder mit Fünfzig oder mit Hundert Rohrstockhieben auf die straff in die Spalte gespannte Büro-Hose. Linda wusste genau, warum sie keinen Rock in der Arbeit trug, denn nur mit Slip bekleidet hätten die Hiebe von Helga auf dem Nacktpopo natürlich noch viel besser gezogen!

Helga korrigierte manchmal noch die beiden Strafhaltung Lindas mit den Worten: „Popo schön rausstrecken und Beine weiter auseinander, die Schläge sollen ja auch gut auf deinem Hintern ziehen!" Die Hundert Hiebe zählte Helga selbst mit, das heißt sie schätzte sie grob ab, es konnten real also nur neunzig oder aber auch einhundertzwanzig Hiebe sein, so genau nahm sie das nicht. Nach der Züchtigung war es Linda klar und deutlich von Helga untersagt worden, sich den glühenden Popo mit den Händen zu reiben. Sie musste nach der Bestrafung so lange mit über dem Kopf gefalteten Händen stehen, bis Linda ihre E-Mail an Michael geschrieben hatte: „Lieber Michael, eben hat Linda von mir Fünfzig, oder in der verschärften Variante,

196

Hundert Hiebe wegen mangelndem Fleiß oder eben wegen Faulheit erhalten. Sie muss darum eine halbe Stunde, oder in der härteren Form nun eine Stunde länger im Büro bleiben und nacharbeiten. Bitte zuhause nochmals gründlich nachstriemen, sonst lernt deine Frau das zügige Schaffen bei uns nie!" Helga hatte den Text in diesen zwei Varianten bereits als Vorlage abgespeichert, so verlor sie damit weniger Zeit und konnte früher nach Hause gehen, während Linda zwar unbeaufsichtigt, aber mit klarem Arbeitsauftrag arbeiten musste. Genau diese vermeintliche „Ungerechtigkeit" wurmte Linda natürlich sehr und so schmerzte sie nicht nur der juckende Popo.

Helga wurde nach der Neuregelung der Machtverhältnisse im Büro praktisch nicht mehr oder nur noch einmal von der Chefin kontrolliert. So konnte Helga Jacoby im Büro fast schalten und walten wie sie wollte. Jeden Freitag um 10.00 Uhr hatte sie allerdings eine „Büro-Besprechung" mit dem Chef. Ralf strafte sie nach wenigen Minuten Dienstgespräch meist nur kurz mit dem Rohrstock oder der flachen Hand auf den nackten Popo, dann bumste er sie auf seinem Schreibtisch. Diese Büromatratzen Funktion von ihr hielt Helga soweit möglich geheim, weder ihr Mann, noch andere Beschäftigte in der Firma wussten von der Affäre mit dem Chef. Zuhause musste Helga ihrem Gatten Udo nach wie vor im Schnitt zweimal wöchentlich ihren apfelförmigen Hintern zum Versohlen hinstrecken, der

197

brannte dann lichterloh und sie dachte dann sehr gerne an Lindas roten Arsch, den sie ihr zuletzt versohlt hatte. Helga erhielt meist wegen Vergesslichkeit und Schlamperei im Haushalt Schläge von ihrem Mann, fast nie mehr wegen Fehlern im Büro. So änderten sich für die beiden MTAs Linda und Helga die Zeiten im Büro und zuhause. Der sachkundige Gebrauch des Rohrstockes spielte für beide Damen jedoch weiterhin eine zentrale Rolle, nur ungleich verteilt!

Heute hatte Helga an Michael eine einfache E-Mail-Variante über fünfzig Hiebe und eine halbe Stunde Nacharbeit verschickt. Michael antwortete auf die E-Mail sofort: „Danke Helga für die Info, wird heute Abend gerne erledigt." Zwei Tage später war die verschärfte E-Mail-Variante bei ihm angekommen, er antwortete erst abends: „Liebe Helga, danke für deine wichtige Nachricht vor ein paar Stunden. Eben hat meine Freundin Monika meiner ungehorsamen Linda hundert saftige Rohrstockhiebe für ihre Faulheit im Büro verpasst. Sie hat ganz schön gejammert, doch das störte uns wirklich nicht!" Eine Woche darauf fand die Züchtigung an einem der Dienstage statt, an dem Linda bekanntlich zu ihrer Mutter fuhr. Sie half dort Elli im Haushalt und übernachtete auch bei ihrer Mutter. Michaels Antwort war nun: „Hi Helga, danke für die Nachricht über Lindas Bestrafung wegen mangelndem Fleiß, das hat natürlich Folgen für sie. Meine Schwiegermutter wird Linda heute Abend die

198

nötige häusliche Nachbestrafung erst mit der Rute zum Aufwärmen und dann auch mit dem gut ziehenden Rohrstock sicher sehr gerne erteilen!" Er setzte dann Elisabeth in „cc". Linda ärgerte diese Entwicklung sehr, doch sie konnte das nicht wirklich ändern. Als einzige Möglichkeit sah sie nun doch, schneller und konzentrierter zu arbeiten und keine Privatgespräche mehr zu führen.

Zusätzlich brachte Linda ihrer Kollegin und Zuchtmeisterin Helga morgens nach einer Bürozüchtigung am Vortag ein kleines Geschenk mit. Sie kaufte auf dem Weg ins Büro abwechselnd je nach Züchtigung am Vortag eine Schachtel Pralinen, eine Flasche Piccolo, einen Schoko-Riegel und sogar einmal einen Straus Blumen! Es war demütigend für Linda, ihrer Zuchtmeisterin Helga mit einem „Dankeschön für die gerechte Popo-Strafe gestern!" dieses kleine Mitbringsel zu überreichen. Helga nahm diese kleinen Geschenke nicht nur sehr gerne an, sie forderte sie sogar nach den Hosenspannern von Linda im Büro ein: „Und morgen bringst du mir wieder etwas Schönes mit, nicht war Linda?" Seltener wurden die Züchtigungen von Linda durch Helga dadurch natürlich nicht!

28. Führungs-Duo verreist und lernt dazu

Es war ein dienstlicher Workshop zur Arbeitszeit-gestaltung in der Bundesbehörde für Monika und Michael, beide reisten zusammen mit dem Zug am Veranstaltungsort in Berlin an. Zuvor hat Michael seiner Nachbarin Kornelia Gabler den Schlüssel für seine Wohnung übergeben, damit sie kontrollieren kann, ob seine Gattin jetzt Sauberkeit hält, ordentlich putzt und in dieser Zeit nicht zu oft „petert". Hier hatten Michel und seine neugierige Nachbarin die gleichen Interessen, darum übernahm Kornelia sehr gerne die ihr aufgetragenen Spitzeldienste.

Sie lag alleine in ihrem Schlafzimmer und hörte am Abend nichts mehr von nebenan so wie früher, denn Michael hatte das Schlafzimmer doch saniert, neue Betten besorgt und die Wände schall-isolieren lassen. Kornelia wusste von diesen Neuerungen natürlich nichts. Nach einigem Grübeln eilte sie beunruhigt und neugierig in die Nachbarwohnung, den Wohnungsschlüssel hatte sie ja vom Hausherrn erhalten. Kornelia hört ein leises Summen im Schlafzimmer, klopft nicht an, sondern öffnete die ruckartig die Türe. Linda lag mit leicht gespreizten Beinen im Ehebett und rubbelte fleißig mit einem surrenden schwarzen Vibrator in ihrer feucht glänzenden offenen Muschi. Sie erschrak richtig und schrie Kornelia an. Diese wiederum konterte eiskalt, sie habe den Schlüssel und

Kontrollauftrag von ihrem Mann Michael. Kornelia stauchte Linda arg zusammen und versohlt ihr kurzerhand kräftig den bereits nackigen Popo. Danach musste Linda ihre eigene Wohnung putzen, Ordnung in der Küche schaffen und getrocknete Wäsche bügeln. Kornelia überwachte diese hausfraulichen Tätigkeiten genau und züchtigte Linda wegen mangelndem Fleiß noch zweimal an diesem Abend mit dem Rohrstock. Nach erledigte Spitzeltätigkeit und Strafaktion gegen die Nachbarin ging Kornelia zufrieden in ihr Zimmer. Dort nahm sie sich ein Beispiel an Linda und holte sich mit ihrem lila Vibrator die nötigen zwei feuchten Abgänge. Nach dem „Vorspiel" in der Nachbarwohnung klappte das auch ohne akustische Unterstützung von dort.

Michael und Monika haben in ihrem Berliner Hotel jeweils ein eigenes geräumiges Zimmer, jedoch direkt nebeneinander gelegen. Sie verbrachten den Tag mit Referaten und Gruppenarbeit, die Abende mit ungestörtem und sehr lustvollem Bumsen. Mit Unterstützung der blauen Pillen schaffte es Michael jede Nacht, Monika dreimal durchzuvögeln und erst sich und dann auch ihr, spritzige und sehr feuchte Orgasmen zu bescheren. Die beiden beschlossen, dass Monika vorläufig in die Wohnung der Familie Springer miteinzieht und künftig nur jeden Montag in ihrer eigenen Wohnung schläft. Monika wird den festen Platz im Ehebett neben Michael bekommen und Linda soll im

„Dritten Bett" oder im Wohnzimmer auf dem Ledersofa schlafen. Am Dienstag und Freitag darf Linda
auf Wunsch von Monika nicht mit in dem von
ihnen besetzten Schlafzimmer sein! An den Tagen
war Monika schon jetzt immer bei Michael im Ehebett zum Bumsen. Der Mittwoch-Abend und die
Wochenenden wurden planerisch noch offengelas-
sen.

Das Vögeln im Büro auf dem Schreibtisch nach der
Donnerstagsbesprechung war zwar gut, aber den
beiden auf die Dauer zu wenig. Sie waren jetzt ein
inniges und beruflich verbandeltes Liebespaar.
Monika ist das Verhältnis von Michael zu seiner
„Büromatratze" Doris zwar klar, doch es stellt für
sie kein wirkliches Hindernis dar. Sie ist der weit
verbreiteten Meinung, dass ein Mann in der Position von Michael es einfach braucht, mit seiner
hübschen Sekretärin zu bumsen. Sie flachsten
manchmal darüber, mehr jedoch nicht. Michael
sagte seiner lieben Chefin die baldige Umsetzung
ihrer gemeinsamen Wohn- und Schlafplanungen
auch fest zu. Die Nachbarin Kornelia informierte
Michael per Telefon über ihre strenge Rohrstock-
Zucht der faulen Linda und die konsequente Be-
aufsichtigung durch sie. Auch das fand Monikas
erfreute Anerkennung.

Michael und Monika waren defacto das Führungs-
duo der Bundesagentur, auch wenn formal Monika
selbstverständlich die Amtschefin war. Beide

202

hatten im Berliner Workshop die Anregung erhalten, die Gleitzeit bei sich einzuführen. Sie machten dem Personalrat im Amt einen Vorschlag und einigen sich mit diesem fristgerecht sehr schnell. Es gibt ab jetzt Gleitzeit mit Rahmen- und Kernzeiten. Ebenso konnte die Arbeit „aus privaten Gründen" für 30 bis 120 Minuten in der Kernarbeitszeit unterbrochen werden. Die Regelung beinhaltet keine Stechuhr, sondern eigenverantwortliche Selbstaufschreibung. Das eröffnete für den Büro-Chef und Mann Michael ganz neue Perspektiven, die er zu nutzen gedachte. Es machte ihm sichtlich Freude, seine blonde Sekretärin und „Büromatratze" etwas zu triezen. Sonst würde es ihm nur mit Schreibtisch-Fick und Popo-Klatschen etwas zu eintönig mit Doris. Er suchte jetzt den Pfeffer und das Salz in der Suppe!

Eine Woche später versohlte Michael seine hübsche Sekretärin wegen eines Schreibfehlers und dann bumste er sie wie üblich auf dem Schreibtisch. Als er seinen Schwanz nach GV-Abschluss wieder in der Hose verstaut hatte teilte er ihr mit, dass die Zeiten für ihre Züchtigung und das Bumsen mit ihm, nach der neuen Gleitzeitregelung von ihr künftig als „Arbeitspause" zu werten sind. Doris war sauer und fragte ihn glatt, ob er eine „Meise habe". Das führte zu einer erneuten, sehr strengen Rohrstockzüchtigung der frechen Blondine, danach hatte sie endlich verstanden, wie jetzt der Hase lief! Mit der neuen Gleitzeitregel und dem

Bewerten von Sex mit ihrem Chef und vorheriger Stock-Strafe als „Arbeitsunterbrechung" kam Doris selbstverständlich auf weniger Arbeitsstunden in der Woche wie bisher. Statt auf die tariflich vereinbarten 40 Stunden kam sie so leider nur auf zwischen 36 oder 37 Stunden das war zu wenig! Notgedrungen stellte sich Doris nun darauf ein, die durch Popo-Züchtigungen und Büro-Fick mit Michael erarbeiteten Minus-Stunden gesammelt jeden Freitag ein zu arbeiten. Daher wird sie voraussichtlich künftig an jedem kommenden Freitag erst so zwischen 18.00 und 19.30 Uhr zuhause sein. Das war für drei weitere Leute gar nicht so übel.

Genau dies wollte Michel auch erreichen, das passte für seine Planungen sehr gut! Michael hatte Monika versprochen, auch am Freitag-Abend mit ihr alleine in seiner Wohnung zusammen zu sein. Er telefonierte mit Bernd und erklärte ihm die neue Situation, die ein Nacharbeiten von Doris „leider am Freitag-Nachmittag erforderlich" mache. Er wollte ihm natürlich nicht zumuten und vorschlagen, dass seine Doris jeden Tag später nach Hause zu ihm kommen würde, das gab sonst Ärger wegen des Abendessens. So schlug er zwei Fliegen mit einer Klappe: Michael schickte nun seine Ehefrau Linda jeden Freitag auf Samstag zu Bernd zum sogenannten „Ab-Bumsen" seiner Büro-GVs mit seiner Sekretärin Doris. Damit konnte Bernd mehr ungestörte Zeit nur mit Linda verbringen, sie in Ruhe durchbumsen und machte keinen Ärger.

204

Michael übertrug Bernd zu dessen großer Freude auch für Freitagabend die häusliche Nachstriemung von Linda, falls diese am Freitag tagsüber die Bürohiebe erhalten haben sollte. Was ja schon vorgekommen sein soll und künftig auch vorkommen dürfte!

29. Strenger Vierer

Elli besuchte endlich mal wieder Linda und Michael zuhause, sie hatte sich lange drauf gefreut. Nun war es soweit. Wie es der Zufall an diesem Montag wollte, war auch Peter mit anwesend und mal nicht bei seiner geliebten Nachbarin Kornelia Gabler in deren Schlafzimmer zugange. Elli freute sich sehr, ihren oder „den Peter" mal wieder zu sehen. Sie starrte ihn gleich so wild an, als ob sie ihn am liebsten gleich ausziehen und nackt mit ihm knutschen wollte. Doch Peter schaute gelassen aus dem Fenster. Es wurden Freundlichkeiten ausgetauscht, jedoch Linda begann nun unruhig zu werden, ihr passte die gesamte Situation nicht: Es war „ihr Peter" hier anwesend, der von ihrer Mutter angehimmelt wurde! Michael schien die Situation nicht zu ärgern, sondern eher zu amüsieren. Linda platzte der Kragen: „Was glotzt du denn Peter so notgeil an, er vögelt nicht mit dir, sondern mit mir, kapiert!" schrie Linda ihre Mutter an. „Spinnst du jetzt, das reicht!" herrschte Michael seine Frau an. „Gib mir schnell euren Rohrstock, bitte Michael", sagte Elli nur zu ihm. Keine drei Minuten später züchtigte sie Linda mit deren Stock für diese ausgemacht freche Bemerkung: „Für dich habe ich noch ein hoffentlich wirksames Geschenk mitgebracht!" sagte Elli nach der zwar kurzen, aber kräftigen Popo-Züchtigung zu ihrer unverschämten Tochter.

206

Sie wickelte einen vermeintlichen Blumenstrauß aus Zeitungspapier aus und zum Vorschein kamen zwei kräftige Weidenruten. Sie waren aus wohl zehn etwa 80 cm langen Zweigen zu einer traditionellen Weidenrute geflochten. Eigentlich wollte Eleonore dieses Gastgeschenk Michael feierlich überreichen, sie hatte die Ruten eigens von ihrem Gärtner für künftige Züchtigungen ihrer Tochter durch ihren Mann als „Geschenk" zur Erziehung ihrer Tochter mitgebracht! Doch was lief nun? Michael grinste und bedankte sich, nahm beide Weidenruten und brachte sie ins Bad. Dort ließ er Wasser in die Wanne laufen und legte die zwei Ruten hinein. „Damit sie später besser ziehen!" meint Michael süffisant. Peter ergänzte dazu: „Sehr gut, denn schaden würde es wohl nichts, der Dame des Hauses damit mal die Leviten zu lesen. Klar war von ihm nicht Elli, sondern Linda gemeint. Die widersprach verärgert, von Peter hatte sie sich Unterstützung erhofft. Es war ein Familientreffen der besonderen Art heute. Um die aufgeheizte Stimmung etwas zu entspannen öffnete Michael eine Flasche Sekt und servierte das prickelnde Getränk mit vier Gläsern, man stieß zusammen an. Linda und Elli stritten sich ohne ersichtlichen Grund erneut, es fielen böse Worte wie „Familien-Schlampe", „elendes Flittchen", „Raben-Mutter" und „notgeile Tussi". Es reichte Michael nun endgültig, nach einer halben Stunde Gezänke wollte der jetzige Hausherr der beleidigenden

Unterhaltung der beiden zickigen Damen jetzt ein Ende setzen.

Das ging dann sehr schnell so: Der erzürnte, aber berechnende Michael legte, wohl wissend was kommen wird, als musikalische Untermalung Bolero von Ravel auf den Plattenspieler auf. Dann sagte Michael zu Peter: „Ich glaube beide Mädels haben jetzt wirklich einen Arschvoll verdient, was meinst du?" Peter nickte wortlos aber bestimmt. Michael ging ins Bad, holte beide nun gut gewässerten Weidenruten, ließen das Wasser abtropfen und befahlen Linda wie Elli sich mit nacktem Arsch über das Ledersofa zu legen: „Dalli, marsch, alle zwei die Höschen runter, beide überlegen!" befahl Michael barsch. Peter war fast erstaunt, wie gut die zwei bockigen streitenden Stuten gehorchen konnten. Nun versohlten die beiden doch etwas unterschiedlichen Männer abwechselnd Mutter und Tochter den jetzt sehr artig dargebotenen Popo. Die gewässerten Ruten mussten sauber ziehen, denn bereits nach wenigen Hieben hoben beide Damen ein jämmerliches „Aua-Aua"-Winseln an. Elli bereute es in dem Augenblick sehr, den Gärtner gebeten zu haben, die Weidenruten mit einem Haselnuss-Stöckchen mittig zu stabilisieren. Jetzt wurde sie selbst schmerzhaft mit einer Rute versohlt, die sie ihrer ungehorsamen Tochter zugedacht hatte: „Und wie sehr die Rutenhiebe auf dem Popo brannten, bissen und juckten, nicht auszuhalten!" Die Rutenteilchen flogen jedoch nach

208

wenigen Minuten durch das Wohnzimmer, die Stimmchen der zwei gezüchtigten Frauen wurden immer heulender, ihre Schreie spitzer: „AUauaaauuu!" und „AAAAhhhoioioiiii!" war von der unmelodischen Gesangseinlage von Tochter und Mutter zu hören. Nach fünf bis sechs Minuten hatten Peter und Michael nur noch den Haselnuss-Stock in der Hand, die Damenzüchtigung war vorläufig beendet. Nach der gründlichen Ruten-Versohlung ihrer Ärsche rieben sich beide Damen sehr engagiert ihre gezüchtigten Hinterteile. Sie dachten die Straf-Aktion sei endlich vorbei.

Doch von Michael wurde noch eine kleine Überraschung eingebaut: Beide Damen mussten sich vollständig nackt mit gespreizten Beinen auf das Sofa knien und bekamen den bei der Züchtigung fast heil gebliebenen Haselnuss-Stock zwischen die leicht geöffneten Po-Backen eingeklemmt. Den sollen sie mit ihren Arschbäckchen zehn Minuten festhalten. Die gedemütigten Damen gehorchten mit brennendem Hintern nun gerne. Die beiden Männer amüsieren sich köstlich über das erotische und lustige Bild. das sich ihnen nun bot. Beide Mädels waren zu zappelig und nach etwa fünf Minuten fielen die angeknacksten Haselnusszweige zu Boden. Zur Strafe bekamen nun Elli und Linda noch jeweils zwei Dutzend Hiebe mit diesem Haselnuss-Stöckchen auf den Popo aufgebrannt. Ein erneutes Gejodel der beiden bestraften Damen war zu vernehmen.

Jetzt waren die „Herrn der Schöpfung" doch recht geil geworden und am Zug, die dunkelrot gerstriemten Ärsche von Elli und Linda hatten sie sexuell wirklich angeregt. In einer Minute hatten sich die Männer ihrer Kleidung entledigt. Michael holte aus dem Schlafzimmer noch zwei Paar Tittenklammern mit Glöckchen und zwickte sie Mutter wie Tochter an die Brustwarzen. Ellis Titten waren etwas größer, Lindas Brüste etwas fester und sehr handlich. Beide Frauen muckten beim Anlegen der Klammern kurz auf, hielten aber still, denn sie freuten sich insgeheim auf das was nun kommen musste: Zwei harte Schwänze! Die nackten Mädels knieten sich mit weit gespreizten Beinen erneut auf das Ledersofa und hielten sich an der Kopf-Lehne mit den Händen fest. Dann wurden die feuchten Muschis der versohlten Stuten kräftig durchgebumst. Elli kniete erwartungsvoll neben ihrer Tochter Linda, die wurde jetzt endlich mal wieder von Peter gefickt und Eli wurde von Michael kräftig durchgenudelt. Beim Stoßen der Damen klingelten anfangs unregelmäßig und später rhythmisch die Titten-Glöcklein: „Bimm-Bamm" und „Bamm-Bimm". Nach drei Minuten genüsslichem Stoßen wechselten die beiden Männer, wie zuvor abgesprochen, ihre Fickpartnerin: Michael bumste jetzt seine Frau Linda und Peter deren Mutter Elli kräftig in Richtung schwimmendes Paradies. Die war schon im Vorhimmel, denn endlich bekam auch sie Peters Riesenlümmel in die feuchte Pussy.

210

Nach weiteren zwei Minuten waren beide fickenden Männer fast fertig, die Glöcklein klingelten jetzt wirklich rhythmisch im Takt, da zog Michael kurz vor dem Abspritzen seinen Schwanz aus der feuchten Muschi. Er wechselte jedoch nicht die Frau, sondern nur das Loch! Linda bettelte verunsichert: „Bitte bleibe in mir drin, bitte!" Michael erfüllte ihr den sehnsüchtig gehauchten Wunsch schon, doch nur fast: Er drang problemlos wie oft geübt in ihr süßes Popo-Löchlein ein. Linda stöhnte nun doch sehr zufrieden: „AAAaah ist das guuut!" Ihr treuer Gatte bumste sie bis zum Abflug von ihr und zu seinem Abspritzen in ihrerPunze. Peter sah diesen Fick-Loch-Wechsel von Michael und versucht das gleiche bei Elli! Er erinnerte sich kurz an einen leider fehlgeschlagenen Arschfick-Versuch mit Linda vor einigen Monaten. Nun stellt Peter erfreut und fachmännisch fest, dass die Mutter seiner bisherigen Freundin Linda zum Glück ein etwas größeres Popo-Loch hat als ihre geile Tochter. Elli bemerkte das Anstoßen von Peters hartem Schwanz an ihrer Rosette, sie nahm schnell eine Hand voll Spucke und machte so ihren Hintereingang noch etwas glitschiger. Dann griff sie mit ihren Händen beide Arschbacken und zog sie soweit wie möglich auseinander. Nun konnte Peter mit seinem Riesen-Lümmel besser in sie eindringen. Schwer arbeitend, konzentriert und zielsicher kam er Zentimeter um Zentimeter langsam aber erfolgreich in ihr

Po-Loch rein und spritzte dort nach nur wenigen Stößen kurz nach Michael ab.

Jetzt hörten die Glöcklein auf zu klingeln, die Tittenklammern durften die beiden arschgefickten Damen jedoch anlassen. Alle vier machten sich im Bad gemeinsam kurz sauber und frischten sich ab. Michael und Peter teilten sich unbemerkt von den Mädels eine blaue Pille, der Abend war ja noch nicht zu Ende! Man schlürfte nun zu viert nochmals Sekt im Bett. Alle umarmten sich, erst Peter Michael und Linda ihre Mutter Elli. Linda fasste Peter an den feuchten Schwanz und Elli gab Michaels bestem Stück ein Bussi. Es war klar, die Damen wollten noch mehr. Sie hatten gründlich den Hintern versohlt bekommen, wurden in Muschi und Po gefickt, aber sie hatten heute noch keinen Orgasmus gehabt. Das sollte sich ändern!

Die beiden Herren wollten jedoch aus guten Gründen noch etwas Zeit schinden. Michael brachte kurz Ellis Erziehung von Linda und die Unterstützung von ihrer Mutter bei Hausarbeiten ins Gespräch. Dann wurde nicht zur ungeteilten Freude aller vereinbart, dass Linda künftig jeden Dienstag bei Elli übernachten wird und ihr zuvor im Haushalt zur Hand gehen muss. Elli wird zuvor sicher ein oder besser zwei Weidenruten wässern, damit die bei der voraussichtlich stattfinden Abstrafung auch gut ziehen. Dies sagte sie gerne und verbindlich Michael und ihrer erschrockenen Tochter zu!

Somit wird Linda jetzt endlich der strengen Zucht ihrer Mutter unterworfen. Das hatte ihr ja gefehlt! Elli holt so Versäumtes aus der Jugendzeit ihrer Tochter nach. Die Versäumnisse in ihrer Erziehung hatte Linda vor einiger Zeit unbedacht ihrer Mutter vorgeworfen. Elli will bei ihrem „Gärtner des Vertrauens" die zwei Weidenruten für die nächsten Dienstage vorbestellen und so für ihr verzogenes Töchterchen jeden Dienstag-Abend bereithalten.

Beide Mädels zeigten nun unaufgefordert nach dieser nicht für alle anregenden Unterhaltung ihre rot gestreiften Popos, Linda steckte Michael ihre Muschi hin, während sie nach Peters Schwanz griff, der sich schnell aufrichtete. Elli war auch nicht faul, sie zeigte Peter aufreizend ihre beiden Löcher und begann gleichzeitig Michael den Schwanz zu blasen. Es wurde schnell eine wilde Orgie: Endlich bumste nun Peter wieder seine Linda in der Missionarsstellung während im Ehebett neben dem Liebespaar Michael seine Schwiegermutter Elli genau in derselben Stellung durchzog. Nach fünf Minuten Bumsen kamen beide Mädel gleichzeitig, kurz darauf ihre Stecher. Um Mitternacht wurde der Fick wiederholt, nur die Damen wurden getauscht, die Stellung blieb die gleiche. Ein mit Streit und Eifersucht angereichertes Familientreffen ging sehr harmonisch und lustvoll zu Ende!

30. Der Hausmeister faltet Linda

Eine Woche später verreisten die Steenbecks und übertrugen dem Hausmeister Alfred Zangel erneut die Aufsicht und das Züchtigungsrecht über unsere beiden MTAs Linda und Helga. Kurz vor Arbeitsende war Linda noch alleine im Büro, Helga war heute bereits verschwunden. Nun kam die Hausmeistersgattin und Putzfrau Rosi Zangel ins Büro der beiden, leerte Papierkörbe und zog Linda auf: „Halte künftig etwas mehr Sauberkeit, hier sind Schmutzschlieren, das muss doch wirklich nicht sein! Linda, mach einfach weniger Dreck und sei nur brav heute, denn sonst versohlt dich mein Mann!" bekam Linda erstaunt zu hören. Linda war zwar vorsichtig aufgrund der gemachten Erfahrungen mit den Hosenspannern vor über einem Monat, doch diese Anmache einer Reinigungskraft ging ihr eindeutig zu weit. Die beiden Damen stritten laut und gerieten sich in die Haare. Der Hausmeister kam unerwartet schnell ins Büro von Linda und trennte die zwei Streit-Hennen. Dann nahm Alfred Linda und seine Gattin mit runter in die Hausmeisterwohnung.

Dort versohlte er erstmal seine Frau, danach musste die Rosi seinen Befehl ausführen: „Zeig mir deine Punze!" hörte Rosi von ihrem Mann. Sie bückte sich, schürzte ihren Rock, zog sofort ihren Slip aus und zeigt ihrem Gatten den nackten Arsch. Er steckte seinen Zeigefinger in ihr Poloch

214

und schüttelte den Kopf. Rosi musste mit offener Punze gebückt stehen bleiben, Linda blickte fasziniert auf diese demütigende Vorführung des Ehelebens des Hausmeisterehepaares. Alfred nahm einen Rohrstock zur Hand, damit versohlte er seiner Rosi sehr gründlich den nackten Arsch. Zum Schluss fitzte er ihr fünfmal mit dem Rohrstock auf die offene Rosette. Direkt danach musste sich Linda ebenso wie zuvor Rosi ihren Stringtanga ausziehen und Alfred den nackten Popo im Stehen präsentieren. In dieser praktischen Straf-Stellung wurde auch Linda von Alfred Zangel gründlich der Hintern versohlt, es setzte etwa drei Dutzend Hiebe. Danach erging auch an sie die Aufforderung: „Zeig mir deine Punze!" Linda tat nichts. Fast kameradschaftlich aber sehr derb erklärt Rosi nun Linda: „Zieh deine Arschbacken auseinander, er will die Sauberkeit deines Polochs prüfen!" Dies tat Linda nun sehr gehorsam. Alfred ließ jetzt seine Rosi Lindas Poloch mit dem Mittelfinger und Spucke prüfen, sie fuhr mit dem Finger hin und her, das war für Linda wiederum fast angenehm. Und siehe da, das Loch war rein! Alfred zog Lindas Arschbacken weiter auseinander, nahm selber etwas Spucke und versenkte seinen Schwengel in Lindas süße Rosette. Irgendwie war es Linda nicht unangenehm, es erinnerte sie klar an die Art wie ihr Mann Michael sie früher meist gepudert hatte. Alfred dachte nur an seinen Schwanz und er fickt

215

Linda kurz und schmerzlos erfreut in das saubere Arschloch.

„Ficken in Muschi und Popo ist ja in unserem Betrieb nach einer Züchtigen auf den nackten Hintern generell erlaubt und auch üblich!" erklärte die Frau Hausmeister während des Arschficks ihres Gatten im hinteren Löchlein der zuvor von ihm gezüchtigten MTA. Linda spürte den Schwanz von Alfred sehr angenehm im Poloch, er war größer als der von Michael und nur ein wenig kleiner als der von Peter. Sie arbeitet mit der Hüfte mit und hatte überraschender Weise gemeinsam mit dem Hausl Albert einen feuchten Orgasmus. Die neidische Rosi maulte nun: „Das geile Stück! Ha, der hast du es besorgt bis sie kam, und ich?" Brav bedankte sich Linda bei Albert für die Hiebe und den Arschfick: „Danke Albert, erst tat mir der Po weh, dann war es affenfeil!" Alfred sagte gelassen zu Linda: „Du hilfst meiner Rosi künftig beim Saubermachen und zeigst ihr deine Punze, wenn sie das will, verstanden? Vielleicht versohle und ficke ich dich nochmals, Zeit hast du hierfür ja, denn du musst doch nach jeder Züchtigung eine halbe Stunde länger hierbleiben! Wenn ich oder Rosi dich künftig versohlen, dann nutzt du diese Zeit fürs Saubermachen!" Linda stotterte fast, sie war sehr überrascht und noch zitterten ihr die Knie: „Ja, danke Alfred, ja Herr Hausmeister! So werde ich es machen!" Gedemütigt aber sexuell befriedigt und immer noch geil kam Linda leicht verspätet nach

216

Hause. Michael erklärte sie die Verspätung mit noch nicht erledigten Büroabrechnungen, von der Züchtigung durch den Hausmeister und dem sehr guten Arschfick mit ihm erzählte sie Michael nichts, warum auch, das ging den doch nichts an! Michael war gut gelaunt, er hatte in der Mittagspause seine Sekretärin Doris gebumst und sich zuhause selber eine kleine Abendbrotzeit gerichtet. Im Schlafzimmer fickte er Linda dann in die heute noch unbefahrene Muschi. Es war ein problemloser und angenehmer Missionar ohne Zeugen im Schlafzimmer.

Drei Tag später war es dann nochmals so weit, die Steenbecks waren noch nicht zurück in ihrer Firma. Helga Jacoby und Linda Springer wurden kurz vor Dienstschluss in ihrem Büro von der Hausmeistersgattin aufgesucht. Die stellt ein „total unmöglich verschmutztes Büro" fest und informiert telefonisch ihren Mann. Nun wurden die zwei Damen der Reihe nach vom Hausmeister und seiner Gattin bestraft. Erst versohlte der Alfred die fesche Linda und seine Gattin nahm sich die schnippische Helga mit dem Büro-Rohrstock vor. Es hatte mindestens drei Dutzend Hiebe für jede der nicht auf Sauberkeit achtenden MTAs gesetzt. Beide mussten nach der strengen Züchtigung ihre Po-Backen selber mit den Händen auseinanderziehen und die Punzen vorzeigen. Helga wie Linda hatten darin nun ja schon Übung, sie wussten beide, was der Hausmeister sehen wollte, was er durfte und auch was er kann. Rosi kontrollierte dann die Sauberkeit der zwei Damen-Rosetten mit ihrem Mittelfinger. Ergebnis: „Ja, die zwei Löchlein sind sauber!" Die beiden mit dem Stock bestraften Mädels mussten sich nebeneinander bäuchlings mit weit gespreizten Beinen über Helgas Schreibtisch legen. Alfred wusste was die Damenwelt von ihm erwartete und was ihm am meisten Spaß machte, er fickte abwechselnd Linda und Helga in den Po, ein paar Stöße in die eine, dann ein paar in die andere Punze. Rosi kommentierte sein Treiben: „Ja Alfred, so ist es gut, fick die Büromiezen kräftig durch, zeig den zwei Punzen wo der Hammer steht!" Wieder hatte Linda einen Orgasmus beim Analverkehr mit Alfred, der zieht danach jedoch seinen Schwanz aus Lindas Po und kam diesmal in Helgas Poloch. Das war für beide vollkommen in Ordnung!

31. Peter zieht um

Peter wurde nun ein sehr seltener Gast bei Linda und Michael, doch heute war er bei ihnen in der Wohnung, wahrscheinlich zum letzten Mal. Er erzählte an diesem Montag-Abend bei einem Glas Wein im Wohnzimmer so nebenbei, dass „er jetzt nach Bozen ziehe". Linda war perplex, auch wenn sie so etwas ähnliches schon befürchtet hatte. Peter berichtete, dass Erika und Herbert Staudner ihm eine Stellung im dortigem Fitness-Studio als Trainingsleiter beschafft hatten. Das war für ihn als Fitness-Trainer ein wirklicher beruflicher Aufstieg. Die zwei Dreiecksgeschichten mit Linda und Michael und nun eben auch mit dem befreundete Ehepaar Staudner, hatte Peter sehr erregt und irgendwie aufgebaut. Herbert und Erika hatten für ihn zusätzlich auch schon eine kleine Wohnung in der Bozener City angemietet, was auch dort gar nicht so einfach gewesen war. Peter stellte eine Flasche Spätburgunder vom Kalterer See auf den Tisch und sie stießen zu dritt auf seine neue Trainer-Karriere an. Die heutige Nacht sollte wie bisher üblich gemeinsam hier im Schlafzimmer verbracht werden, es wurde wirklich so etwas wie ein Abschiedsabend zu dritt. Peter und Linda bumsten und schliefen zusammen im Ehebett und Michael spielte die für ihn inzwischen sehr selten gewordene Rolle als Zuhörer.

Michael genoss heute wohl zum letzten Mal seine Rolle als passiver Zuschauer und Mithörer im „Dritten Bett", während Peter nochmals gekonnt seine Gattin Linda im Ehebett vernaschte und ordentlich durchbumste. Allerdings quietschte keine Matratze mehr wie früher, es waren neue Betten und völlig andere Zeiten angebrochen. Am nächsten Morgen schenkte Peter seiner Ex-Freundin Linda als Abschiedsgeschenk einen großen lila Vibrator mit sehr geringer Betriebs-Summ-Lautstärke. Das Teil hatte in etwa die gleiche Größe wie Peters bestes Stück, nur es war aus Silikon und nicht aus Fleisch.

Am Tag darauf folgte ein Abschiedsabend von Peter bei und mit der Nachbarin Kornelia Gabler in deren Wohnung. Linda und Michael bekamen mit, dass Peter heute den letzten Abend „da drüben bei ihr" war. Linda war geknickt und Michael pfiff erfreut und auch etwas erleichtert eine Melodie aus Ravels Bolero. Man ging zeitig zu Bett und Michael vögelte mit seiner Gattin ungestört von einem Gast oder irgendwelchen Geräuschen. Auch von der Nachbarin war nichts zu hören, denn Michael hatte ja auf Wunsch seiner Freundin Monika ihr Schlafzimmer schallisoliert. So konnten Linda und Michael ihre neue Zweisamkeit an diesem Dienstag in völliger Ruhe genießen.

Peter brachte seiner Vermieterin und Fickpartnerin Kornelia als Abschieds-Geschenk einen

220

Doppel-Dildo für Muschi und Po-Loch mit: „Damit kannst du dich gleichzeitig in beiden Löchern befriedigen, so wie ich es auch bisher schon oft abwechselnd mit dir getrieben habe. Wenn du dann auch noch dabei an mich denkst kommt es dir sicher gut!" erklärte Peter unnötiger Weise der traurigen Kornelia. Doch damit nicht genug, Peter war bei seiner Zimmerwirtin spendabler als bei seiner Langzeit-Beziehung Linda. Er überreichte ihr stolz einen sogenannten „Strap-On" mit Harness! Es war ein Pachtstück von einem etwa dreißig Zentimeter großen Penis in realistischer Naturform und ebensolcher Farbe! Das Teil war ein herrlicher Umschnall-Dildo und hatte offensichtlich genau Peters Schwanzgröße. Um den Bezug zu ihrem Stecher noch deutlicher klar zu stellen, war unten am Schaft die Aufschrift „Peter" zu lesen. Das Harness war aus weichem Leder gearbeitet und konnte von der Größe her leicht verstellt werden. Kornelia bedankte sich etwas verlegen und überrascht bei Peter. Dann räumte sie das Zeug allerdings schnell weg in den Schlafzimmerschrank und versuchte den letzten Abend und die letzte Nacht mit Peter so geil wie möglich zu verbringen. Dies gelang auch! Ihr scheidender Lover stieß sie dreimal, am Morgen danach verschwand der nachtaktive und potente Peter allerdings für immer aus diesem Haus und kehrte nicht mehr dorthin zurück.

Seine Geschenke fanden jedoch großen Anklang bei den beiden Damen. Linda wurde schon wenige

Tage nach Peters Abschied von Kornelia bei der Hausordnung kritisiert, die Nachbarinnen erledigten ja nun seit Kurzem ihre beiden Hausordnungen gemeinsam. Bei der ersten Unstimmigkeit über Sauberkeit und richtiges Staubwischen züchtigte Kornelia die vermeintlich schlampige Linda umgehend in ihrer Wohnung. Linda musste sich wie bereits fast gewohnt mit nacktem Popo über den Sessel bücken und bekam sehr gründlich den Rohrstock zu spüren. Nach Ende der Züchtigung und dem eifrigen Popo-Reiben von Linda hörte diese erstaunt von ihrer Nachbarin und Gastgeberin: „Nochmals überlegen meine Liebe, ich habe heute eine kleine Überraschung für dich!" Linda tat wie von Kornelia gewünscht und diese streichelte ihr erst den geröteten Po, dann die sehr schnell feucht werdende Pussy. Unbemerkt von ihrer gezüchtigten Nachbarin hatte sich Kornelia den von Peter als Geschenk erhaltenen Strap-On mit Harness umgeschnallt. Dann führte sie diese „Überraschung" ohne auf einen Widerstand zu treffen in Lindas Muschi ein. Diese fühlte nur angenehm „etwas Hartes"! Linda war sehr überrascht, sie dachte: „Peter ist doch weg, nun spüre ich seinen großen Schwanz in der Muschi?" Naja, so etwas ähnliches, das sie jedoch sehr intensiv an das prima Vögeln mit Peter erinnerte. Kornelia hatte Spaß und bumste ihre Nachbarin und Ex-Konkurrentin Linda mit dem Umschnall-Dildo in ihrer feuchte Pussy kräftig durch, die arbeitete gerne dabei mit

222

der Hüfte mit und wehrte sich keineswegs gegen die Dildo-Penetration, ganz im Gegenteil! Linda genoss die freundliche und rhythmische Behandlung durch Kornelia sehr. Nach wenigen Minuten Muschi-Durchstoßen kam Linda mit einem „OOOH-HAAA, guuut!"

Die beiden Frauen versöhnten sich jetzt ernsthaft. Kornelia gab zwar irgendwie den Ton an, doch sie wollten sich vertragen und gegenseitig „liebhaben". Nun durfte Linda zum Ausgleich für die Dildo-Behandlung die Kornelia in der Missionarsstellung bumsen. Linda wollte ihrer neuen „Freundin" jetzt etwas zurückgeben und ihr zeigen, was sie so draufhatte. Als Kornelia mit weit gespreizten Beinen auf dem Bett lag, drang sie mit dem umgeschnallten „Peter-Dildo" in ihre feuchte Muschi ein. Sie stützte sich mit dem linken Ellbogen ab und massierte während dem Rein-Raus-Spiel mit Peters Schwanz-Ersatz den Kitzler von Kornelia. Diese hielt bei der Behandlung nicht lange stand. Nach zwei Minuten gefickt und gestreichelt werden kam Kornelia mit einem „AAAUU-Jaaaahhh!" Die bisher nicht erlebte Wirkung eines gleichzeitigen vaginalen wie klitoralem Orgasmus hatte sie ins Paradies geführt. Sie war entzückt: „Das machst du ab jetzt jede Woche mit mir!" flüsterte sie liebevoll und streng zu Linda. Die grinste und nickte eifrig.

Währenddessen war Erika Staudner zweimal wöchentlich abends bei Peter in der kleinen Wohnung in Bozen zu Gast. Er hatte in dem dortigen Fitness-Studio einen 36-Stunden Vertrag mit einem Wechsel von Früh- und Spät-Schicht erhalten. Die beiden verbrachten die zwei kurzen Nächte in Bozen in der Wohnung und konnten dort ungestört bumsen. Erika nahm Peter wirklich ran, er gab gerne und kräftig zurück. Erikas Orgasmus-Quote mit Peter war sehr zufriedenstellend. Peter hatte mit nächtlichen „Ruhepausen" vier Tage sportliche und erotische Betätigung am Stück, dann hatte er vier Tage frei. Genau diese Freizeit verbrachte er im Haus im Etschtal bei der Familie Staudner, den früheren Bekannten von Linda und Michael, die nun wohl nichts mehr von den „Südtiroler Bekannten" wissen wollten. Peter schläft jede Nacht bei und mit Erika im Ehebett im Schlafzimmer, es ist klar, dass dort eine Kamera installiert ist, die ihre Bewegungen ins Nebenzimmer übertragen. Das stört weder Peter noch Erika, vielleicht regt es sie sogar an? Es verging jedenfalls keine Nacht, in der sie nicht mindestens zweimal zusammen vögelten, manchmal auch dreimal.

Ihr Mann Herbert lag währenddessen in seinem eigenen Zimmer, er beobachtete über seinen Bildschirm wie Peter mit Erika bumste und holte sich dabei sehr gerne einen runter. Das klappte wunderbar: „Wie schön Erika doch stöhnen kann, wie offen sie ihre Pussy darbietet, damit sie von diesem jungen Stecher durchgenudelt wird!" dachte Herbert erregt. Er war zwar nicht wirklich impotent, er hatte jedoch enorme Erektionsprobleme. Dann fehlte ihm oft einfach ein gewisser Kick, um richtig einen hoch zu kriegen. Herbert konnte in den vier Tagen mit Peter immerhin einmal seine Frau Erika bumsen! Das klappte dann, wenn er rechtzeitig die blaue Pille geschluckt hatte und direkt vor seinem GV mit Erika seiner Frau zugesehen hatte, wie sie von ihrem Liebhaber gevögelt worden war. Herbert war Peter dankbar für seine Fick-Dienste an seiner Gattin, Peter ihm für sein Entgegenkommen. Es war also für alle drei eine „Win-Win-Win-Situation", wenn im ehelichen Schlafzimmer im schönen Etschtal von Erika erfolgreich, lustvoll und spritzig fleißig „gepetert" wurde!

32. Linda verpetzt Helga

Zwei Wochen später. Es war zwischenzeitlich fast normal, dass Linda im Büro von Helga so zwei oder dreimal wöchentlich Hiebe bezog. An einem Freitag-Vormittag ist Linda alleine im Büro. Das Telefon auf Helgas Schreibtisch klingelt. Linda geht an den Apparat, da ihre Kollegin Helga ja nicht da ist, da sie gerade eine „Dienst-Besprechung", wie am Freitag-Vormittag üblich, beim Chef Ralf Steenbeck hat. Udo Jacoby hatte seine Frau Helga im Büro angerufen und wollte sie dringend sprechen. „Also eines der beliebten Privat-Gespräche?", dachte Linda amüsiert. Sie witterte irgendwie eine Chance, ihrer Kollegin eins auszuwischen.

Udo war am Telefon sehr charmant mit ihr und fragte interessiert nach ihrer Zusammenarbeit mit seiner Frau. Er wusste natürlich, dass Helga ihre Kollegin Linda versohlen darf und dies auch tut. Er fragte, ob Helga sehr streng mit ihr sei und die Schläge von gestern noch weh tun würden und wie es denn jetzt ihrem Popo gehe. Linda gibt zu, dass die Hundert von gestern auch heute noch leider gut zu spüren waren. Sie erzählte Udo auch, dass sie gestern Abend zusätzlich hundert Hiebe zuhause von Monika, der Freundin ihres Mannes, erhalten und daher etwas Sitzprobleme habe. Udo fragte nun weiter, wann denn die Dienst-Besprechung von Helga voraussichtlich zu Ende sei, da rutschte Linda, vermeintlich unabsichtlich, als

226

Antwort raus: „Ich denke, wenn Ralf gekommen ist! Oh entschuldige, ich meine..." Sie verhedderte sich, Udo fragte Linda ganz offen: „Was heißt das denn Linda? Bumst Helga denn im Büro mit dem Herrn Steenbeck?"

Linda antwortete ihm ganz entspannt: „Wenn der Chef mit mir eine Besprechung in seinem Büro hatte und am Ende den Rohrstock auf meinem Popo tanzen ließ, dann bumste er mich hinterher auch, ist doch klar! Bei seinen sogenannten Dienstbesprechungen mit Helga und auch mit der Putzfrau Rosi macht er das sicher genauso, das ist doch klar!". Helga hatte das in dieser Form zu Linda natürlich bisher nie gesagt, doch Linda war die Affäre von Ralf Steenbeck mit Helga einfach bekannt. Denn Elisabeth Steenbeck versohlte Helga seit Wochen weder hier im Büro, noch oben bei ihr und Helga musste auch seit Wochen nie irgendeine Züchtigung nacharbeiten, ganz im Gegensatz zu ihr. Darum setzte Linda noch eins drauf: „Dass deine Helga mit dem Chef vögelt ist doch seit langem im ganzen Betrieb bekannt. Deine Frau hat, jedenfalls seit sie mir den Popo versohlen darf, ein sehr intimes Verhältnis mit Ralf und der lässt nichts anbrennen. Das geht schon seit drei Monaten jeden Freitag zwischen zehn und elf Uhr so, wusstes du das nicht?" Udo verneinte und machte ein Date für den nächsten Montag-Mittag mit Linda bei sich zuhause aus. Sie wohnen nur etwa fünf Gehminuten vom Sitz der Firma Med-Scout entfernt. Linda sagte mehr als gerne zu.

33. Helga betrügt und wird bestraft

Udo erzählte Helga an diesem Wochenende nichts vom Gespräch mit Linda. Er zog sie an dem Freitag zuhause jedoch schnell aus, da er mit ihr bumsen wollte. Er erkannte ein Dutzend roter Striemen auf ihrem Popo und fragte nach dem Urheber der wenigen aber eindeutigen Züchtigungsspuren. Helga gab so überführt nun unumwunden zu, vom Chef wegen einer fehlerhaften Abrechnung Rohrstock-Wichse bekommen zu haben, jedoch nicht mehr. Von einem Fick oder einer Affäre war keine Rede. Udo versohlte sie dennoch sehr gründlich mit über hundert Hieben auf den Nackten. Seine klare Ansage an die verunsicherte Gattin: „Lügen und Verschweigen einer betrieblichen Züchtigung, das lass ich dir nicht durchgehen, dafür gibt es bei uns zuhause immer den Arsch voll!" Helga jammerte zwar etwas, stellte ihm aber sehr bereitwillig ihre Pussy zum Durchbumsen zur Verfügung. Während sie von ihrem Mann gefickt wurde, dachte Helga an den Schwanz von Ralf, der sie heute vor knapp sechs Stunden in ihrer Pussy besucht hatte. Verwirrt versprach Helga ihrem Mann Besserung, hatte jedoch ein schlechtes Gewissen und ahnte böses! Wie recht sie bekommen sollte.

Linda hatte sich eineinhalb Stunden Zeit für die Mittagspause genommen, um Udo am Montag bei ihm zuhause zu treffen. Der trainiert wirkende Hausherr war sehr sportlich gekleidet, trug ein offenes Polo-Hemd und eine knielange schwarze Trainingshose, Linda war sofort von ihm angetan. Lächelnd erzählte sie dem offensichtlich gehörnten Ehemann etwas vom „regelmäßigen Bumsen von Helga mit Herrn Steenbeck auf dem Schreibtisch des Chefs." Linda malte den regelmäßigen Ehebruch von Helga bewusst provokativ als offenes Betriebsgeheimnis aus: „Wer am Freitag um die Zeit am Büro von Herrn Steenbeck vorbei geht, kann das fickende Paar beim Büro-Sex deutlich hören, es ist ein „OOhOOoo"-Stöhnen und eindeutig rhythmisches Klatschen zu vernehmen!" Linda berichtete Udo, dass auch sie selbst und die Putzfrau Rosi von Ralf versohlt und gebumst worden sind und auch wohl künftig weiterhin von ihm bestraft und gevögelt werden. Das sei in der Firma für Ralf ganz normal. Sie hätte eben nur nicht immer zur gleichen Zeit und so oft wie mit Helga Sex mit Herrn Steenbeck, schränkte Linda Udo gegenüber ihren „Chef-Verkehr" ein. Sie bat Helgas Mann, ihr nichts von ihrer Info und diesem Treffen zu erzählen, da sie sonst „die Hölle im Büro auf meinem Popo" spüren werde. Udo schüttelte den Kopf und lachte: „Angst vor meiner Frau wegen den paar Hieben?"

Für Linda total überraschend griff ihr Udo daraufhin zwischen die Beine, sie wehrte ihn erschrocken ab. Er wollte jedoch mit ihr Knutschen und ihren gestriemten Popo und die Pussy sehen, doch sie verneinte empört und zierte sich. Da drohte ihr

230

Udo sehr deutlich, Linda war in die Falle getappt: „Wenn du nicht mitspielst, bespreche ich alles mit Helga, rufe den Chef an und frage ob das stimmt was du mir erzählt hast, das wird lustig für dich und Helga!" Linda verstand jetzt sehr schnell und nickte resigniert aber auch neugierig. Jetzt griff sie ihm zärtlich an den Schwanz, öffnete seine Hose und kniete sich vor ihn auf den Teppich. Dann blies sie ihm einen, doch kurz bevor er abgespritzt hätte, zog Udo schnell seinen Schwanz zurück. Er legte seine Hosen ab, zog Linda bis auf die Strümpfe aus, setzte sie auf den Küchentisch und legte sie mit gespreizten Beinen flach nach hinten. Dann bumste er sie im Stehen bis er kam.

Nachdem Udo in Lindas Muschi abgespritzt hatte, unterhielten sie sich sehr zivilisiert. Sie verblieben so, dass Linda ihn informieren sollte, wenn sie vermeintliche Beweise von der „Affäre Ralf-Helga" haben sollte. Für die nächste Zeit stellte Udo fest und klar: „Wenn ich dich bumsen will, dann tanzt du hier an und machst die Beine breit! Ist das klar?" Linda sagte ihm ihr sexuelles Entgegenkommen nach den realen organisatorischen Möglichkeiten zu, bat ihn jedoch auch um einen Gefallen: „Ja das mache ich gerne, aber bitte versohle deine Helga so oft und so fest wie möglich! Wenn es geht, will ich sehr gerne mit dir ficken, wenn du sie künftig nur streng versohlst!

Udo züchtigte an diesem Montag seine Frau Helga sehr gründlich unter dem Vorwand einer „Unsauber hinterlassenen Küche". Helga züchtigte Linda am kommenden Mittwoch im Büro wegen „Schlampigkeit und Faulheit" mit Hundert Rohrstock-Hieben. Linda musste nun wieder nachsitzen und blieb im Büro während Helga die Fliege machte. Als sie weg war rief Linda prompt Helgas Mann Udo an, der erzählte ihr am Telefon von der Züchtigung Helgas vorgestern. Er kam kurz darauf ins Büro seiner Frau und wurde sehr freundlich von Linda begrüßt. Ihr fehlte offensichtlich so ein großer und harter Schwanz wie ihn Peter hat und der nun weit weg ist. Linda brauchte irgendwie einen neuen Stecher, ihr juckte die zu wenig gebumste Pussy. Nach kurzer Begrüßung und der ausführlichen Erzählung von Helgas Züchtigung legte sich Linda nackt und mit weit gespreizten Beinen auf ihren Schreibtisch, sie schob Udo fast die Muschi vor den Schwanz. Dann bumste Udo die Linda auf deren Schreibtisch gründlich durch.

Als er damit fertig war und seinen Schwanz in der Hose verstaut hatte, gab er Linda einen Kuss und einen Klaps auf den frechen Popo. Danach kontrolliert er Helgas Schreibtisch genau, schaltete ihren PC ein, er hatte einige Code-Worte und glaubte aus Emails mit Ralf genug Beweise für eine Affäre von Helga mit ihrem Chef gefunden zu haben. Sätze in E-Malis wie: „Ja, Danke Ralf, ich freu mich drauf; Schatz" oder „Danke, ich bin gleich bei dir. Bussi"

232

sowie: "HI Schatz; bin schon scharf". waren für Udo genug. Die Suche hatte fast eine Stunde gedauert, Udo nahm die ausgedruckten Dokumente an sich. Er hatte heute jedoch noch nicht genug, er war geladen und erholt gleichzeitig. Er wollte nochmal ficken! Jetzt musste sich Linda nach vorne über ihren Schreibtisch legen und Udo fickte sie in den Popo. Linda musste ihre Arschbacken weit auseinanderziehen und ihm ihr süßes Po-Loch offen präsentieren. Sie sträubte sich nicht, nein, sie machte dies sehr gerne! Der Schwanz von Udo ist größer als der von Michael und nur wenig kleiner als der von Peter, er passte gut in ihre Pussy und auch in ihr Poloch. Linda wollte jetzt richtig durchgezogen werden! Sie wollte Udo in sich spüren! Linda wollte ihrer Kollegin Helga den Mann sexuell ausspannen! Wenn das mit Blasen, Bumsen und Arschficken geht, warum nicht! Heute bekam Linda was sie wollte, Udo aber auch.

Scheinheilig lud Helga ihre Kollegin Linda zu sich nach Hause zum Abendessen ein, ihr Mann Michael sollte oder durfte mitkommen. Linda rief ihn im Büro an, doch der hatte leider keine Zeit. Oder hatte er ganz einfach keine Lust auf ein neues Abenteuer mit Helga? Er war ganz einfach mit dem regelmäßigen Bumsen mit Doris, Monika und seiner Frau Linda ausgelastet und vollkommen zufrieden. Als Linda nun zwangsläufig alleine bei den Jacobys zuhause aufschlug, wurde sie von Udo sehr liebevoll mit Küsschen begrüßt. Sie trinken zu dritt ein Glas Sekt, dann sollt Helga auf Udos Wunsch hin eine Büro-Züchtigungen Lindas kurz „vorspielen". Nach anfänglichem Zieren von Linda durfte Helga zum Rohrstock greifen und erledigte auch diese gespielte Vorstellung pflichtbewusst und wirklichkeitsnah als Ehefrau und vermeintliche Büroleiterin. Linda allerdings kribbelte die inzwischen feuchte Muschi und juckte der Popo. Sie spielte die Erziehungs-Session gerne mit, um Udo erotisch zu provozieren. Mit ihrer sehr körperbetonten engen Jeans bückte sie sich aufreizend über den Wohnzimmertisch. Helga zog ihr den Hosenbund fest in die Spalte und gab ihr etwa zwei Dutzend Hosenspanner. Dabei wackelte Linda fast tänzerisch mit dem Hintern hin und her. Sie stöhnte leise: „AAAhhaaa!" blieb ansonsten jedoch still. Danach räkelte sie sich und rieb sich provozierend den nur leicht gezüchtigten hübschen Popo.

Vorläufig unbeeindruckt von der Show packte Udo, plötzlich und überraschend für beide Frauen, seine Beweise über den permanenten Ehebruch von Helga aus. Er konfrontiert seine überraschte Gattin mit den eindeutigen Zitaten aus den E-Mail-Ausdrucken, sie stritt erstmal einfach alles ab: „Versehen, Missverständnis, das siehst du falsch!" waren Helgas unsichere Antworten. Udo schnappte sich den Rohrstock, packte die Lügnerin um die Taille und legte sie kurzerhand übers Knie. Helga zappelte mit dem Popo und wollte da

234

runter, doch Udo hielt sie fest und versohlte sie minutenlang kräftig mit dem Rohrstock. Helga wackelte mit ihrem Hintern wie wild und jammerte laut: „Ohooo Oioiauauau!" Helga strampelte bei ihrer verdienten Züchtigung mit den Beinen, will Udo auskommen, doch der ist stärker und er hält sie fest. Endlich gab sie unter Tränen zu, mit Ralf seit drei Monaten jeden Freitag vormittags gebumst zu haben.

Udo hatte nun sein Ziel vorläufig erreicht, Helga hatte den fortgesetzten und geplanten Ehebruch gestanden. Mit verheultem und rotem Gesicht rieb sie sich sehr engagiert den versohlten Popo und war irgendwie ratlos. Direkt nach der erfolgreich beendeten Züchtigung seiner Frau bedankte sich Udo bei Linda für die Infos die dazu geführt hatten, seine Frau des permanenten Seitensprungs zu überführen. Allerdings hatte Udo nun wirklich Spaß am Mädels-Popo-Verhauen gefunden und sagt zur erstaunten Linda: „Weißt du, der Mann liebt den Verrat, nicht jedoch die Verräter! Von Frauensolidarität hast du Petze wohl noch nichts gehört was? Für dein unkollegiales Verhalten gegenüber meiner Frau und deiner vorgesetzten Kollegin bekommst auch du jetzt von mir den Arsch versohlt, verstanden? Hosen runter und überlegen, du bekommst die Schläge auf den Nackten, dalli!" Eingeschüchtert und erstaunt befolgte Linda was Udo von ihr verlangte, dann züchtigte er auch Linda sehr gründlich den nackten Po mit dem

Rohrstock. Sehr amüsiert sah Helga zu, immerhin hatte sie ihre Hosen anbehalten dürfen. Nachdem die Züchtigung Lindas nach etwa drei Minuten beendet war und sie sich wieder aufreizend den nackigen Popo rieb, hören beide versohlten Bürodamen jetzt von Udo in seinem Wohnzimmer: „Genug geredet und versohlt, ich bin jetzt geil. Ich bumse euch jetzt beide gemeinsam. Kniet euch sofort auf das Sofa und Beine schön breit machen!" Helga und Linda machten umgehend was Udo von ihnen wollte, sie waren wirklich froh, nicht mehr versohlt, sondern gebumst zu werden! Die Mädels knieten sich nebeneinander und Udo bumste sie abwechselnd in die von beiden Damen sehr gerne präsentierte Pussy. Nach den dritten Muschi-Wechsel kam Udo in Lindas schon sehr feuchten Lustgrotte. Sie war glücklich, einen sportlichen aber strengen Peter-Ersatz für heute gefunden zu haben.

Udo kündigte den beiden Damen an, künftig in der Mittagspause oder abends bei den Damen im Büro vorbei zu kommen. Er wolle dort dann Linda auf ihrem Schreibtisch bumsen: „Du brauchst das und du machst die Beine breit, wenn ich es will!" war die klare Ansage an Linda. Die bekam ein bekanntes Kribbeln unter zwischen den Beinen, wurde jedoch knallrot und nickte brav. Sie freute sich aufs Ausspannen des Gatten von Helga, und das auch noch im gemeinsamen Büro

236

Den „Verkehr" mit dem Chef verbot Udo seiner Helga jedoch nicht: „Wenn du willst und es deine berufliche Situation aufwertet, dann kannst du von mir aus weiterhin am Freitag mit deinem Chef ficken, das verstehe ich, da komme ich dir entgegen Allerdings musst du mich vor jedem Date mit ihm fragen, ob ich einverstanden bin und mich hinterher genau informieren wie es war und was ihr genau gemacht habt". Helga stimmte dem grinsend zu: „Na klar Schatz mach ich das, danke für deine Erlaubnis mit Ralf weiterhin im Büro den von ihm gewünschten Sex zu haben, es wird sicher zu meinem beruflichen und auch unserem finanziellen Nutzen sein, glaube mir!" Die durchtriebene Helga eröffnete aus vermeintlicher „Dankbarkeit" ihrem Mann, im Ausgleich zu ihren Schäferstündchen mit dem Chef die Möglichkeit, mit Linda bumsen zu können: „Wenn du Zeit und Lust hast kannst du gerne abends in unser Büro kommen und dort die zuvor von mir bestrafte Linda durchficken. Viellicht kommst du auch mal tagsüber zufällig bei einer gerade stattfindenden Züchtigung von Linda vorbei und kannst dabei zuhören oder zuzusehen so wie heute hier? Das ist alles kein Problem, nicht war Linda?" Die Angesprochene nickte eifrig und sagte wie selbstverständlich: „Na klar kann er das, ich freu mich auf Udo, wenn er bei uns vorbeikommt und mich bumsen will! Danke Helga, ich freu mich sehr, wenn du ihn mir ausleihst!"

237

Tags darauf versohlte Helga die um zehn Minuten verspätete Linda schon morgens mit dem Rohrstock. Doch bevor sie damit begann, also während sich Linda noch über den Strafsessel kniete rief sie Udo an und fragte ihn, ob er am Telefon bei Lindas Hosenspannern mithören wolle. Der wollte sehr gerne und geilte sich auf, als er den Rohrstock „Huiitt-Pitsch, Huitt-Patsch" pfeifen und Linda „Aua-Aua"-Jammern hörte. Abends kam Udo dann vorangekündigt ins Büro der beiden, Linda war alleine, da sie eine halbe Stunde nacharbeiten musste. Wie gestern abgesprochen, zog Linda schnell die Hosen aus und legte sich rücklings auf ihren Schreibtisch. Udo kontrollierte erst die roten Striemen auf ihrem Popo und den Oberschenkeln, dann richtete er seine Aufmerksamkeit auf ihre feuchte glatt rasierte Pflaume. Udo bumste die erregte und willige Linda gerne auf ihrem Schreibtisch gründlich durch, beide waren happy!

34. Büro-Freuden und -Strafen

Helga erzählte am nächsten Freitag-Vormittag ihrem Chef und Liebhaber Ralf vorsichtig, dass ihr Mann von Linda über ihre Affäre informiert worden war. Herr Steenbeck war leicht erschrocken, da beruhigte Helga ihn gleich, denn ihr Mann Udo war zwar etwas sauer geworden, er akzeptierte jedoch die erotische Freitags-Verbindung und wolle sie auch künftig tolerieren: „Eben, weil er dich als Mann und meinen Chef achtet". Sie berichtete Ralf, dass sie für das Hintergehen ihres Gatten von diesem übers Knie gelegt worden war. Eifrig berichtete sie Ralf weiter: „Ja, Udo hat sogar die plappernde Linda für das Verpetzten von mir bestraft!" Ralf war beruhigt und griff zum Telefon.

Nach Helgas interessantem Lagebericht, beorderte Ralf überraschend am Freitag-Vormittag Linda zu sich. Er machte ihr ernste Vorhaltungen: „Du spinnst wohl, mich beim Mann von Helga zu verpfeifen, ich bestimme hier, das ist nicht loyal! Hosen ausziehen und überlegen, es setzt jetzt sauber was für dich Tratsch-Tante!". Er züchtigte nun Linda gründlich auf den Nackten in Anwesenheit von Helga. Die kommentiert deren Rohrstock-Wichse: „Ja Ralf, schlag der falschen Schnalle kräftig den Hintern voll, die elende Petze muss lernen, dir und mir zu gehorchen und nicht uns zu verpfeifen, ja heul nur du Tussi!" Nachdem die Züchtigung beendet war durften sich Helga und die

239

versohlte Linda rücklings auf Ralfs Schreibtisch legen. Dann bumst er beide Mädels abwechselnd durch, so wie es Udo bei sich zuhause gemacht hatte. Er spritzte in Linda ab, sehr zu ihrem Vergnügen. Die wurde dann mit seiner Ladung Sperma in der feuchten Pussy wieder in ihr Büro zum Weiterarbeiten geschickt, während Helga noch bei Ralf im Büro blieb.

Die beiden unterhielten sich ausführlich über die Beziehungs-Lage und ihr weiteres Vorgehen gegenüber ihren Ehepartnern und den anderen Angestellten. Ralf gestattete jetzt Helga, dass sie Linda künftig nicht nur Hosenspanner, sondern ab heute auch Nacktarschzüchtigungen erteilen darf. Das freute sie sehr, denn auch die Schlagzahl kann Helga nun künftig nach eigenem Gutdünken festlegen. Helga muss jedoch vor jeder Züchtigung Lindas abklären, ob Ralf im Büro ist. Wenn er nämlich Zeit sowie Lust hat, dann wird er Linda nach der Züchtigung auch bumsen. Dann muss Helga die von ihr versohlte Linda zu ihm schicken, damit er sie durchziehen kann. Helga darf Linda zur Strafe auch Tittenklammern verpassen, die sie dann tagsüber im Büro zu tragen hat. Helga ist begeistert und bläst Ralf zum Dank noch den Schwanz so gekonnt, dass er nochmals abspritzt. Sie saugt sein Sperma dankbar und schluckt es gierig. Daraufhin geht Helga in ihr Büro und informiert Michael über die „Neuerungen" per E-Mail. Der ist schwer beeindruckt, ist mit den Regelungen

240

einverstanden und lässt Linda zuhause von Monika für deren Vergehen „Petzen" nochmals züchtigen. Abends wird die „Zweitfrau Linda" wie bereits geschehen im gemeinsamen Schlafzimmer an die Sprossenwand gefesselt, von Monika bekommt sie Tittenklammern verpasst. Dann darf die bestrafte Linda wieder mal zusehen, wie ihr Gatte Michael mit seiner Freundin Monika bumst.

Das Weekend verlief fast harmonisch zu dritt, Michael vögelte abwechselnd mit Monika und Linda, es war ein schöner erotischer Dreiecks-Tango. Linda erschien am Montag-Morgen rechtzeitig an ihrem Arbeitsplatz. Helga empfing sie mit den Worten: „Du kannst künftig gerne mit einem Rock ins Büro kommen, deine schicken Bürohosen haben ausgedient. Für dich setzt es ab heute nur noch Hiebe auf den nackten Arsch. Wenn du einen Rock trägst sparen wir Zeit, du musst dich nicht ewig lange aus- und anziehen!" Linda musste sich daraufhin sofort ihre schicke weinrote Büro-Hose und den Stringtanga ausziehen. Dann bekam sie von Helga Hundert Hiebe wegen „Verpetzen" auf den nackten Popo. Linda jammerte und heulte sehr, aber es nutzte ihr gar nichts. Helga triumphierte! Der Chef Ralf hat es erlaubt!

Zwei Tage später kam Linda fünfzehn Minuten zu spät ins Büro, sie trug wie von Helga gewünscht einen Mini-Rock. Den durfte sie anbehalten, den Stringtanga, den sie immer trug, musste sie jedoch ausziehen, obwohl das sehr knappe Höschen keinen Hieb abbekommen hätte, denn er war in Lindas Spalte verschwunden. Helga bestand trotzdem auf den „Nackt-Popo" und gab ihr darauf Fünfzig saftige Rohrstockhiebe. Nachmittags um 14.30 Uhr bekam Linda von Helga eine umfangreiche Abrechnung zu erledigen, das schaffte sie jedoch nicht in einer Stunde. Helga züchtigte sie erneut mit Hundert Rohrstock-Hieben auf den Nackten. Dann schickte sie Linda zu Ralf ins Chef-Büro, sie wusste schon vor der Vergabe der Abrechnungen an Helga, dass Ralf jetzt hier war und Zeit hatte. Der ließ sich von Linda den herrlich roten Striemen-Popo zeigen und gibt ihr demonstrativ noch zwölf klatschende Hiebe mit der Hand auf den Popo. Danach durfte sich Linda rücklings auf seinen Schreibtisch legen und ihm die offene Pussy präsentieren. Erst musste sie etwas ihren Kitzler massieren, dann steckte Ralf seinen Mittelfinger in ihr Pussy. Linda durfte dann die Beine weit nach hinten spreizen und gut festhalten. In dieser Missionars-Deluxe-Stellung zog Ralf sie dann genüsslich auf seinem Schreibtisch durch. Linda war erstmal nicht böse, denn sie wurde mal wieder gut gefickt. Das kann Ralf ganz gut. Dumm war nur, Linda musste heute dafür eineinhalb Stunden nacharbeiten.

Helga ging um 16.30 Uhr nach Hause, zwanzig Minuten später kam ihr Mann Ralf zu Besuch ins Büro seiner Frau. Die war jedoch nicht mehr da,

242

dafür die heute schon zweimal gezüchtigte und einmal gevögelte Linda. Auf Ralfs Wunsch hin darf nun Linda heute zum zweiten Mal ihren Striemen-Popo herzeigen, dann bumste sie Udo auf ihrem Schreibtisch zum zweiten Mal an diesem Tag sehr gut. Erst kam Linda, dann ihr „Nachsitz-Stecher" Udo. Seit Peter nicht mehr da war, sammelte Linda eben im Büro steife Männer-Schwänze in ihrer Muschi. Leider wird sie nicht nur gefickt, sondern bekommt viele Schläge auf den hübschen Hintern. Ersteres gefiel Linda wesentlich besser! Sie ließ sich einfach wahnsinnig gerne von einem kräftigen Kerl durchnudeln, auch wenn er arrogant und ungerecht war Das Rein-Raus-Spiel mit Ralf und Udo war heute geil, den pfeifenden Rohrstock nahm sie als unabwendbares „Vorspiel" hierzu billigend in Kauf.

35. Chefin Monika macht einen Fehler

Etwas aufgelöst rief Monika an einem Dienstag-Nachmittag bei Michael an, er möge doch bitte schnell zu ihr ins Büro kommen. Michael ging die zwanzig Meter zu Monikas Büro sehr schnell, denn er befürchtete irgendein Unglück. Er war erstaunt, denn Gertrude Meister, die Sekretärin von Monika war nicht da, vielleicht krank? Monika erschien ihm sehr nervös und bat Michael um Hilfe, denn sie hatte einen wichtigen Abgabetermin für die Fallzahlen in ihrem Zuständigkeitsbereich verschwitzt. Sicher lag das auch an der überraschenden Erkrankung ihrer Sekretariats-Dame, jedoch Frau Schnitzler müsste als Chefin natürlich auch selbst den Termin-Überblick behalten. Sie erzählte dem leicht verwirrten Michael: „Ja es ist irgendwie saudumm gelaufen, Gertrude ist krank und wir haben einen Termin versaubeutelt. Nein, nicht in einer Woche, wie ich angenommen hatte, sondern morgen müssen die erforderlichen Zahlen in Berlin bei der Zentrale sein! Verstehst du?" Michael sagt gelassen und gleichzeitig halb erfreut zu sei seiner Chefin und Fickpartnerin: „Du weißt ja was du verdient hast!" und machte sich gemeinsam mit ihr an die Arbeit. Er gab seiner Sekretärin Doris noch ein paar wichtige Aufträge, die ihn zeitlich in seinem Büro gebunden hätten. Dann widmete er sich dem Aufspüren der fehlenden Daten für seine Chefin.

Monika und Michel kannten den Laden, doch sie mussten erstmal in wenigen Stunden von allen Abteilungen die bisher nicht geliefert hatten die Zahlen anfragen, dann später alles zusammenfassen. Es klappte, dank des unbürokratischen und fachkundigen Einsatzes von Michael. Um Mitternacht waren sie im Büro fertig. Dann gingen sie zu zweit in sein leeres, aber aufgeräumtes Büro. Wortlos holte Michael den Rohrstock aus seinem Schrank, mit dem normalerweise seine blonde Sekretärin Doris mehrfach wöchentlich den hübschen Popo voll bekommt. Michael deutete damit auf seinen Schreibtisch und sagte bestimmt: „Hier überlegen, Monika, keine Widerrede, das hast du dir heute redlich verdient!" Erst schüttelte Monika den Kopf, dann wurde sie knallrot im Gesicht. Dann gehorchte die Amtsleiterin ihrem Freund und Abteilungsleiter. Sie liegt über Michaels Schreibtisch und streckt ihm folgsam den in einer dunkelblauen dünnen Büro-Hose steckenden Popo zum Versohlen hin. Michael zieht ihr die Hose mit einem Ruck in die Spalte und lässt den Rohrstock auf ihrem Hintern recht munter tanzen. Monika versucht ruhig zu bleiben, ihr gezüchtigter Hintern führt jedoch einen wilden Tanz auf.

Michael gab ihr nachts um Ein Uhr erstmalig kräftige Hosenspanner im Büro. Er kündigte ihr anschließend eine gründliche Nacktarschzüchtigung zuhause an. Nach „Aua-Aua"-Rufen und viel Popo-Reiben gingen die beiden schnurstracks zu ihr nach Hause. Michael nahm den Rohrstock aus seinem Büro mit, denn Monika hatte in ihrer Wohnung sicher keine Züchtigungsinstrumente. Dort angekommen musste sich Frau Schnitzler von Michael nochmals eine Standpauke anhören, dann die Hosen ausziehen und über den Esstisch in ihrem sehr modern eingerichteten Zwei-Zimmer-Appartement beugen. Michael versohlte Monika mit dem Rohrstock sehr gründlich den nackten Popo, erst hielt sie still, dann wackelte sie mit ihrem Hintern wie wild hin und her. Nach gut einer Minute Popo-Wichse der „Chefin Monika" gab diese ein sehr klägliches Jammern von sich, sie war Hiebe einfach noch nicht gewöhnt, das sollte sich ab heute Nacht ändern. Das hatte Michael an diesem Abend einfach so entschieden. Sie vereinbaren für die weitere Zusammenarbeit: Wenn Monika merkt, dass sie aus Schussligkeit einen Fehler gemacht hat, dann berichtet sie Michael davon und bittet ihn dafür um Hosenspanner in ihrem Büro. Diese werden dann entweder zuhause bei Michael oder bei ihr nochmals auf den nackten Hintern nachgestriemt. In Monikas schicker Wohnung und in ihrem Büro wird ein gut ziehender Rohrstock deponiert, dafür muss Monika umgehend sorgen. An diesem Dienstag war es praktisch so: Linda war nicht zuhause, sondern bei ihrer Mutter, Michael schlief nach der Züchtigung von Monika mit und bei ihr, Mittwoch-Morgen gingen beide zusammen aber etwas lädiert ins Büro.

Bereits am nächsten Montag am frühen Nachmittag kam Monika unangemeldet in Michels Büro, seine blonde Sekretärin Dagmar Hartmann saß noch lauernd an ihrem Schreibtisch. Monika sagte leise zu Michael: „Komm mit zu mir rüber, bitte!" Michael war klar war los war: Ohne ihre Sekretärin Frau Meister, die noch immer krank war, fand sich Monika einfach nicht richtig im Büro zurecht, sie verpasste Termine und fand abgelegte Schreiben nicht. Das beichtete sie Michael in ihrem Büro. Der sagte ihr seine Hilfe zu und wollte ihr für Morgen seine Doris „ausleihen". Hiermit machte er gegenüber Monika unausgesprochen deutlich, wie gut es für einen Chef wie ihn ist, wenn er seine Sekretärin im Griff hat. Er bumst sie gut und bestraft sie auch angemessen, darum lässt sie sich auch widerspruchslos in andere wichtige Abteilungen „verleihen" und macht dort einen guten Job. Michael demonstrierte seine Macht als Mann und kompetenter Chef, er führte und bestrafte die Damenwelt um ihn herum.

Darum würde es jetzt wie vereinbart Hosenspanner für die „Chefin" in deren Büro geben: „Monika, überlegen! Es setzt jetzt kräftig was mit dem Stock auf deinen Hintern, dalli!" Erneut wurde Monika knallrot, dann legte sie sich brav wie eine beim Abschreiben ertappte Schülerin über ihren eigenen Schreibtisch und streckte Michael wie selbstverständlich ihren Hintern zur Züchtigung entgegen. Der klatschte ihr ein paar Mal kräftig mit der flachen Hand auf den feisten Popo. Monika hatte heute eine beige sehr eng sitzende Hose an, er zog ihr wieder die Hose mit einem festen Ruck in ihren Schritt und versohlte ihr so drei Minuten lang mit dem fitzenden Rohrstock den Chefinnen-Popo. Der tanzte wild hin und her, ihre Besitzerin begann „Aua-Aua" zu rufen, besann sich dann jedoch schnell eines Besseren und stöhnte nur noch sehr leise: „OOOOhhhOOOiii" vor sich hin. Dann war die zweite Bürozüchtigung Monikas beendet. Sie rieb sich wie wild den versohlten Hintern und führte vor Michael einen sehr eindrucksvollen Popo-Reibetanz auf. „Du bist sehr süß, wenn du so durch dein Büro hüpfst!" sage er amüsiert zu Monika.

Nach Feierabend gingen Michael und Monika gemeinsam zu den Springers nach Hause, Monika wäre sehr gerne in ihre eigene Wohnung gegangen, wie Montags eigentlich geplant, doch Michael hatte anderes vor. Und so geschah es auch. Als die zwei die Wohnung betreten hatten, war Linda bereits zuhause. Sogleich umarmte Monika ihre verwunderte Konkurrentin Linda und bot ihr ab sofort das „Du" an. Linda ahnte irgendeine Finte und blieb vorsichtig: „Oh, Danke Monika, sehr lieb von dir! Wie komme ich zu der Ehre?" Sie bekam zur Antwort: „Das wurde doch endlich Zeit, wir kennen uns ja schon so gut und sind gemeinsam intim, teilen uns einen Mann, ist doch logisch!" sagte Monika großzügig zur überraschten Linda. Michael

248

ging zum Kühlschrank, holte eine Flasche gekühlten Sekt und drei Gläser. Dann sagte er zur noch mehr erstaunten Linda: „Du darfst jetzt zusehen, wie der Monika Schnitzler, der Amtschefin unserer BA von mir der nackten Hintern versohlt wird. Heute Mittag im Büro bekam sie wegen eines saudummen Fehlers bereits Hosenspanner von mir." Zu Monika sagte er nur: „Nackt ausziehen und ab ins Schlafzimmer!" Sie gehorchte sofort, auch Linda folgte ihr auf dem Fuß.

„Da die Monika wenig Erfahrung im Hiebe einstecken hat, kommt sie auf den Bock, den haben wir ja für solche Fälle in unserem Schlafzimmer stehen!" erläuterte Michael. Dort durfte nun Linda endlich erfreut zusehen, wie Michael seine Geliebte, ihre Konkurrentin und seine Chefin Monika auf dem Strafbock im Schlafzimmer festschnallte und dann gründlich züchtigte. Monika schämte sich sehr, wackelte wie wild mit dem nackten Hintern und begann nach einem Dutzend Hieben ein recht unmelodisches Schmerzensliedchen zu singen. Es tönte: „AUUUaaa-OOIOOOIIuuiii" Linda indes hatte ihre Freude daran und tat dies auch ausgelassen lachend kund: „Oh ja wie gut der Rohrstock auf dem Hintern der Monika knallt, ja es juckt und kohlt, ja schrei nur recht laut, du dumme Tussi, dich hört nicht mal die Nachbarin, nur ich, Hahahah!" Michael beendete die Züchtigung von Monika und schnallte sie vom Bock los. Während die erneut einen wirklich sehenswerten

Popo-Reibetanz aufführte, musste nun Linda auf dem Strafbock Platz nehmen! Michael ermahnte seine Gattin Linda und züchtigte dann auch die für ihre Frechheiten gegenüber Monika: „Du wirst Monika nicht beschimpfen, wenn sie Schläge bekommt, du hast sie nach wie vor zu respektieren, auch wenn sie von mir versohlt worden ist. Es gibt für sie, wie auch für dich, für Frechheiten und dumme Fehler den Hintern voll!" Auch Linda bekam nun Gelegenheit zu jammern, zu jodeln und wie wild mit ihrem nackten Popo auf dem Strafbock geschnallt auf und ab zu wackeln. Auch sie führte im Anschluss an die verdiente Züchtigung einen erbärmlichen Popo-Reibetanz im Schlafzimmer auf. „Wie sich die Mädels gleichen, wenn sie den Arsch richtig voll bekommen haben!" dachte Michael dabei. Dann brachte er seinen harten Schwengel in Stellung.

36. Revanche für Linda?

Michael wollte sich nicht nur mit dem Rohrstock, sondern auch kulturell bei Linda revanchieren. Im örtlichen Theater wurde Mozarts lustige Beziehungs-Oper „Cosi fan tutte" gespielt. Sie hatten sich vor Monaten im selben Stadttheater zu dritt gemeinsam mit Peter Mozarts Zauberflöte gegeben. Nun hatte Michael drei Karten gekauft und zusammen mit Monika und Linda besuchten sie in neuer Zusammensetzung eine moderne Inszenierung von Mozarts „Cosi fan tutte" im Stadttheater. Statt Lindas damaligem Lover Peter war nun seine Freundin Monika zwar nicht bei der gleichen Oper, aber immerhin einer Mozart-Oper anwesend. Das Thema war für sie als Dreierbeziehung aktueller und die Plätze waren heute etwas besser! Bekanntlich liebte man in dem Zweiakter über Kreuz, machte Treueproben und genoss die Liebe quer Beet. Linda hatte zuvor gemotzt, doch Michael argumentierte: „Dort treibt es doch jeder mit jedem, fast so wie bei uns!" Das hatte Linda überzeugt, doch trotzdem ging es ihr nicht so gut. Monika hingegen genoss die Oper sehr, es war ihr Lieblings-Stück von Mozart. Linda war sehr still und sann auf Rache, aber wie? Niemand hatte ein Treugelübde von ihr oder auch von sonst wem verlangt. Die drei Opernfreunde hatten noch Don Alfonsos Tenor „Tutti accusan le donne" (Alle beschuldigen die Frauen) im Ohr, als sie anschließend in der Theater-Bar gemütlich noch ein Glas Sekt tranken.

Danach waren sie zusammen zur Wohnung der Familie Springer gegangen.

Nach dem zweiten Glas Wein fragte Michael die beiden Mädels gut gelaunt, wer von ihnen heute Abend zuerst mit ihm bumsen möchte. Beide riefen passend zum Stück und lebhaft durcheinander und doch fast gleichzeitig: „Ich!" Michael freute sich diebisch und ordnete an: „Gut, dann lösen wir diese erotische Frage durch ein Spiel! Ihr legt euch beide abwechselnd über den Strafbock und ihr schlagt euch gegenseitig jeweils fünfundzwanzig Hiebe mit dem Rohrstock auf den Hintern. Das ist ein Durchgang, dann kommt der nächste Damen-Zucht-Durchgang. Wer von euch beiden zuerst aufgibt hat verloren und kommt zwei Stunden an die Sprossenwand, die Gewinnerin darf sie bestrafen und die Nacht nur mit mir verbringen. Einverstanden?" Etwas angeschickert stimmten Linda und Monika dem Spiel zu. Monika überschätzte sich, Linda war euphorisch und siegessicher. Doch ihre Gedanken schwankten zwischen „Verraten, Verspottet" und „Umarmen wir uns" aus der heute genossenen Mozart-Oper. Linda war hart im Nehmen geworden und wollte es ihrer Konkurrentin zeigen!

Die ersten beiden Runden waren für beide gut erträglich, es wurde etwas mit den hübschen Popos gewackelt und ein paarmal „Aua-Aua" gerufen, doch ab der dritten Hiebe-Einlage begann Monika

252

zu schwächeln, ab der vierten jammerte und sang sie sogar, während Linda während ihrer fünften Züchtigung nur ein paarmal „OIoioioi!" stöhnte. Es kam wie es kommen musste, Linda gewann erwartungsgemäß im sechsten Durchgang, sie hatte mehr Erfahrung im Schläge einstecken und ebenso im Austeilen. Linda war hinterhältig und schlug Monika mit dem Rohrstock öfter auf die gleiche Stelle am Po, „versehentlich" zwischen die Po-Backen und auf die Oberschenkel. Michael stellte nach dem Aufgeben von Monika den Sieg von Linda offiziell fest: „Linda hat gewonnen!" Seine Gattin freute sich wie ein Schneekönig, sofort fesselte sie die im Schlagwettbewerb unterlegene Monika an die Sprossenwand mit dem Gesicht zum Bett.

Monika ahnte natürlich was kommen würde und bettelte: „Bitte Linda nicht so weh tun, du fickst ihn heute, klar, das ist okay, ich schau euch zu!" Doch Linda wollte mehr. Sie ohrfeigte Monika zweimal auf jede Backe, dann schlug sie Monika mit der kleinen Riemenpeitsche die offen präsentierten Titten rot. Auch die mit leicht gespreizten Beinen schön zugängliche Muschi bekam ein paar schwungvolle Schläge von unten nach oben gezogen ab. Danach setzt sie ihr die Tittenklammern mit Glöckchen auf beide Brüste von Monika und schmierte ihr die Pussy und den Anus mit Rheumasalbe ein. Zur Krönung setzt sie noch eine Tittenklammer auf den frech hervorstehenden Kitzler.

Michael ließ seine Frau gewähren, mahnte Linda jedoch es nicht zu übertreiben. Das half, doch sie wollte Monika einfach die bisher durch sie erlittenen Demütigungen heimzahlen. Jetzt waren ihre „schmerzhaften Vorbereitungen für den GV" zufriedenstellend abgeschlossen. Monika heulte vor Schmerz und Demut sehr, sie litt sichtlich. Doch sie erinnerte sich auch genau an das, was sie vor wenigen Tagen Linda verpasst hatte, das ähnelte sich doch irgendwie? War das gerecht?

Danach fickte Linda mit Michael dreimal in dieser Nacht, sie bemühte sich sehr um seinen Schwanz und seine Liebe als Gatte, so wie früher „vor der Zeit mit Peter" und direkt nach ihrer Heirat. Linda massierte seinen Schwanz mit ihren Scheidenmuskeln, während er sie stieß, jetzt gab Linda Michael das starke Gefühl ein toller Mann zu sein. Sie wollt ihn gefühlsmäßig wieder ganz an sich binden und ihn für sie als „Die Frau" nachhaltig begeistern. Das gelang ihr, aber eben nur teilweise! Monika wurde nach den zwei Strafstunden an der Sprossenwand abgeschnallt und durfte oder musste den Rest der Nacht im Wohnzimmer verbringen um das sich liebende und neu versöhnte Ehepaar nicht zu stören. Das war Monika auch lieber, wenn sie nicht so müde und angetrunken gewesen wäre, dann hätte sie sich vielleicht auch ein Taxi genommen um nach Hause zu fahren. Doch das wollte sie auch wieder nicht, sie wollte Michael nicht verlieren. Sie wollte morgen mit ihm und Linda frühstücken. Also blieb sie da und schlief bald auf dem Sofa im Wohnzimmer ein, während das Ehepaar im Schlafzimmer regulären, vom Standesamt abgesegneten Geschlechtsverkehr ausübte.

37. Gleichberechtigung?

Linda kehrte am Samstag-Mittag gut gelaunt nach Hause zurück. Sie war im Schlafzimmer der Familie Hartmann bei ihrem „Freitags-Ab-Bumsen" von Bernd mehrfach sehr gut gevögelt aber auch etwas gezüchtigt worden. Michael hatte die Nacht und den Vormittag mit Monika allein zuhause verbracht. Dann gingen sie zu dritt im Stadtpark sparzieren. Michael überlegte, er wollte mit seinen beiden Mädels etwas klarstellen und ändern, er suchte einen gedanklichen und beziehungsmäßigen Kick. Nun waren sie am Samstag-Abend auch nach einem leichten Abendessen zuhause im Wohnzimmer. Da öffnete Michel eine Flasche Sekt, stieß mit Monika und Linda gemeinsam an und verkündete fast feierlich: „Meine zwei Lieben, ihr habt nach der letzten Oper hier eindrucksvoll demonstriert, dass ihr euch prima gegenseitig die hübschen Ärsche verhauen könnt. Mir hat diese Vorstellung sehr gut gefallen und wir führen sie bei uns ein. Ich werde euch künftig nur noch dann selbst züchtigen, wenn ich mit Monika oder Linda alleine bin. Sind wir hier in der Wohnung zu dritt zusammen, bekommt ihr zwar trotzdem den Popo voll, wenn ihr das verdient habt. Doch ihr werdet das künftig beide gegenseitig erledigen, selbstverständlich unter meiner Regie!" Monika und Linda fragten fast gleichzeitig, wie er sich das denn vorstelle, sie waren verständlicher Weise etwas neugierig wie so viele ihrer Geschlechtsgenossinnen!

256

Michael klärte sie auf: „Jede von euch muss, oder darf die andere bei nötigen Bestrafungen nach meinen Anweisungen züchtigen. Ihr habt künftig beide das Recht, bei mir als Hausherrn die Züchtigung der anderen Frau zu beantragen. Ihr könnt natürlich auch eure eigene Züchtigung anregen, wenn ihr etwas verbockt habt, was mir nicht bekannt geworden ist." Darauf wurde nun gemeinsam angestoßen, Monika wie Linda versprachen sich viel Gutes von der Neuregelung. Sie hofften einerseits, dass Frauenhiebe nicht so schmerzhaft wie Schläge von einem Mann wie Michael sind. Andererseits eröffnete dies die Möglichkeit der Geschlechtersolidarität oder auch des gegenseitigen Stutenbeißens. Michael war dies alles vollkommen klar, von den Mädels wurde beides erwogen, jedoch nicht ausgesprochen.

„So wird es praktiziert!" rief Michael triumphierend in die kleine Runde. Monika meinte erfreut: „Klar, wenn du meinst, das ist so besser, dann mach ich das gerne! Ich habe Linda ja schon gezüchtigt, sie hat es sicher oft verdient, da nehme ich mich nicht zurück!" Linda war auch einverstanden: „Tolle Idee Michael, das bringt Schwung in die Bude, bin sicher, dass sich Monikas feister Arsch sehr bald an unseren Rohrstock gewöhnen wird und sie nicht mehr so rumzickt!" Es kam wie es kommen musste, an dem Abend schlugen beide aus verschiedenen Gründen die Züchtigung der anderen Frau vor. Monika beschwerte sich über Lindas eindeutig beleidigende Wortwahl ihr gegenüber und Linda monierte Monikas Desinteresse, ja Faulheit bei Hausarbeiten und Unvermögen beim Kochen. Beide Damen wurden an diesem Abend von Michael auf den Strafbock im Schlafzimmer geschnallt und von der Konkurrentin gründlich versohlt. Michael legte die jeweilige Strafe auf Hundert Hiebe fest, der Rohrstock pfiff und klatsche, erst bekam Linda ihr Fett von Monika ab, dann musste diese die kräftigen Schläge von Linda auf ihrem Popo ertragen.

Als die gegenseitige Damenabstrafung beendet war, durften sich beide Mädels mit versohltem Po und mit gespreizten Beinen auf das große Ehebett knien. Erwartungsvoll streckten sie dem Hausherrn ihre roten Hinterteile und feucht schimmernden Muschis entgegen. Michael ließ sich jedoch Zeit, er wollte genießen! So setzte er wieder beiden fickbereiten Damen die Tittenklammern mit Glöckchen an die Brustwarzen. Die Mädels schnitten Grimassen und schüttelten ihre Brüste wie wild, ein süßes Glockenspiel begann. Danach stieß Michael seinen harten Schwanz Linda und Monika abwechselnd erst in die nasse Muschi und dann auch in ihr enges Popo-Löchlein. So zu Vögeln war einfach seine Lieblingsbeschäftigung und eine frivole und gleichzeitig abwechslungsreiche GV-Stellung! Er war am Ziel im Paradies in seinem Schlafzimmer mit Linda und Monika, wie herrlich! Heute spritzte er in Monikas Arschloch ab.

Michael verfügte danach zusätzlich, dass seine „Chefin" Monika bei Abwesenheit von ihm zuhause, ein selbständiges, jedoch eingeschränktes Züchtigungsrecht über Linda ausüben kann. Er definierte den Züchtigungsradius von Monika sehr konkret, da er nächste Woche zwei Tage alleine nach Berlin zu einer Besprechung fahren werde. Naja, ganz alleine natürlich nicht, er wird seine „Wohlfühlmatratze" Doris mitnehmen. Monika würde dann mit Linda eine Nacht alleine zuhause verbringen. Monika war trotzdem glücklich: „Oh danke Michael für dein Vertrauen in mich, ich werde es nicht enttäuschen, aber auch Linda nicht schonen. Wenn sie Strafe verdient, dann bekommt sie die selbstverständlich von mir, darauf kannst du dich und sie sich verlassen!" Linda schwieg bockig und sann auf Rache.

Linda wurde von Michael dann allerdings ein „Beschwerderecht" eingeräumt: „Sollte eine von Monika verabreichte Züchtigung von Linda als absolut ungerecht empfunden werden, dann kann sie sich darüber bei mir beklagen, also Vorsicht Monika!" Es wurde für die Zukunft vereinbart: Wird einer Beschwerde von Linda über Monikas Züchtigung von Michael stattgegeben, so erhält Monika von Linda dafür eine Züchtigung, die Michael vom Umfang her festlegt. Wird die Beschwerde von Linda über Monikas Bestrafung jedoch als ungerechtfertigt betrachtet, so wird Linda erneut von Monika mit dem Rohrstock für die ungerechtfertigte Beschwerde bestraft. So soll leichtfertigen Klagen Lindas vorgebeugt werden. Diese äußerte sich doch etwas erleichtert: „Danke Michael für die Beschwerdemöglichkeit, so bin ich ihrer Eifersucht hoffentlich nicht schutzlos ausgeliefert. Ich bin sicher, dass ich Monika hier noch oft den Arsch gründlich versohlen werde!" Mit dieser Regelung wurden also künftige und häufige Damenzüchtigungen in der Wohnung der Familie Springer sehr wahrscheinlich.

Am Donnerstag flog Michael mit Doris nach Berlin, sie wohnten und bumsten im selben Hotel wie zuvor Monika und Michael. Linda wurde an diesem Tag dummerweise zweimal von Helga der nackte Po versohlt und dann wurde sie zusätzlich noch zum Chef geschickt. Der gab ihr zwei Dutzend mit der flachen Hand auf den Popo, dann bumste er sie wie üblich auf seinem Schreibtisch. Linda musste die „Fehlzeit" natürlich nacharbeiten. So war sie und auch die Amtschefin Monika erst gegen 19.00 Uhr kurz hintereinander in der Wohnung Springer eingetroffen. Monika war sauer, dass Linda noch kein Abendessen gerichtet hatte, jetzt war also wie vereinbart endlich Strafe angesagt! Erst gab sie ihrer Konkurrentin auf jede Wange drei Ohrfeigen. Dann musste Linda die linke und rechte Hand vorstrecken und es setzte je ein Dutzend mit dem dünnen Tatzen-Stöckchen auf die Handinnenflächen. Damit war erstmal die Verspätung und das späte Abendessen abgearbeitet.

Um 21.00 Uhr folgte dann das häusliche Nachstriemen für die erhaltene Bürowichse. Monika ließ Linda nackt auf das Ledersofa im Wohnzimmer knien und gab ihr mit dem Rohrstock Hundert Schläge auf den nackten Hintern. Linda verbiss sich trotzig jedes Jammern, sie wackelte nur drollig aufreizend mit ihrem versohlten Nackt-Popo. Exakt dieses Strafmaß war für heute Abend angesagt und das Recht dazu wurde ja zuvor von Michael auf Monika so übertragen. Diese Züchtigung war jedoch noch nicht das Ende der Fahnenstange heute! Monika konnte auch zusätzliche Strafen verhängen, wenn ihr dies nötig erschien. So ließ die strenge jetzige Erst-Frau von Michael die heute bereits mehrfach versohlte Linda nach dieser Züchtigung als Zweit-Frau noch Strafe-Knien. Sie musste mit dem Stock zwischen den Po-Backen eine viertel Stunde verbringen, was sie natürlich nicht schaffte, der Stock fiel nach wenigen Minuten zu Boden. So bekam Linda noch ein Dutzend Hiebe mit dem zuvor bereits benutzten dünnen Tatzen-Stöckchen auf die von Ralf Steenbeck heute Nachmittag sachkundig gebrauchte Muschi: „Fotze öffnen!" befahl Monika vor dem letzten Hieb und Linda zog brav ihre Schamlippen auseinander. Dann setzte es den letzten pfeifenden Schlag auf die geöffnete Pussy: „Aua-auaaa!" rief da nun doch Linda sehr geläutert.

Fünf Minuten später bot die mehrfach bestrafte und gedemütigte Linda ihrer jetzigen

261

Zuchtmeisterin Monika ihre Dienste mit der Zunge an, so wie sie das eben bei Elisabeth und Kornelia erfolgreich praktizierte. Monika war gespannt und wurde neugierig. Sie ging drauf ein und wollte von weiteren Bestrafungen Lindas absehen. Monika legte sich breitbeinig auf das Sofa, auf dem eben Linda noch zum Strafempfang gekniet hatte. Linda rutschte sehr schnell auf den Teppich, kniete sich jetzt vor Monika hin und leckte fleißig ihre Pussy. Zusätzlich bearbeitet sie ihren vorwitzigen Kitzler mit den Fingern, das beherrschte Linda perfekt. Nach drei Minuten liebevoller Muschi-Pflege spritzte Monika einen kleinen Springbrunnen auf Lindas Gesicht. Monika war nun sehr angetan von Lindas erfolgreichen Leck-Fähigkeiten und revanchierte sich bei ihr. Doch es dauerte etwas länger. Doch nach gut zehn Minuten hatte sie die Pussy von Linda sehr feucht geleckt und eine weitere süße Fontaine spritze heute Abend aus einer geleckten Mädchenspalte im Wohnzimmer. Beide Mädels verbrachten dann die Nacht gemeinsam im Ehebett, allerdings ohne Michael. Linda verzichtete großzügig auf eine Beschwerde bei ihm wegen der „ungerechten Muschi-Wichse". Beide Mädels vereinbarten, Michael nichts über ihre gegenseitige Pussy-Pflege zu berichten. So war also alles wirklich prima.

38. Gleichschenkliger Ausblick

Michael und Linda verbrachten Montag-Nacht meist zu zweit in ihrer Wohnung. Sie aßen gepflegt zu Abend und vögelten dann gut gemeinsam im Ehebett, also ein „normaler Ehe-Alltag". Das Beistellbett war in dieser Nacht nicht oder nur sehr selten mit einer Dame belegt. Monika verbrachte in der Regel diese Nächte von Montag auf Dienstag alleine in ihrer Wohnung. Sie erholte sich vom anstrengenden Weekend beim Ehepaar Springer und ordnete ihre privaten Angelegenheiten. Alle drei hatten Zeit um Luft zu holen und sich zu entspannen.

Linda besuchte nun jeden Dienstag ihre Mutter um ihr im Haushalt zu Helfen und Nachhilfeunterricht beim Kochen und Nähen zu erhalten. Hierbei holte Elli gerne und gründlich die notwendigen und schmerzhaften Züchtigungen der Tochter nach, welche sie als Mutter vor vielen Jahren versäumt hatte. Das war so klar vereinbart. Elli legte bereits jeden Montag-Abend zwei von ihrem Gärtner bezogene Weidenruten in die Badewanne, damit sie am nächsten Tag schön gewässert waren und bei der anstehenden Züchtigung länger hielten und besser zogen. So konnte Eleonore ihrer schnippischen und sehr oft auch heute noch unfolgsamen Tochter schmerzhaft und nachhaltig den nackten Arsch versohlen. Diese Ruten waren auch eine Reminiszenz an die verpassten

263

Erziehungsgelegenheiten aus der Vergangenheit. Ihren festen Rohrstock hatte Elli natürlich zusätzlich in der Hinterhand und auch in Gebrauch.

Michael bumste und züchtigte seine blonde Sekretärin Doris etwa zwei bis dreimal in der Woche. Er hatte sich prima an seine „Büromatratze" gewöhnt und genoss ihre Erziehung und auch die Arbeit mit ihr. Linda verbrachte jeden Freitag-Abend bei Bernd und seiner Frau Doris Hartmann zum fest eingeführten „Ab-Bumsen" von Michaels Büro-Ficks und -bestrafungen an und mit seiner Frau Doris. Linda blieb dann die Nacht über im Ehebett mit Bernd und wurde von ihm ausgiebig und gut gevögelt. Wenn Linda im Büro am Freitag Wichse von Helga oder Ralf erhalten hatte, so übernahm Bernd das Nachstriemen Lindas. Manchmal delegierte er diese Züchtigung Lindas an seine Frau Doris, wenn er dazu Lust hatte und seiner Frau beim Versohlen von Lindas hübschen Popo zusehen wollte, bevor er sie durchvögelte.

Monika hatte Michaels blonde Sekretärin Doris als seine „Wohlfühlmatratze" akzeptiert und war über ihre rückhaltlose Loyalität und Diskretion gegenüber Michael sehr froh. Frau Hartmann war eben auch ihr gegenüber sehr zuvorkommend und Monika setzte die Blondine gerne als Lückenhilfe ein, wenn ihre eigene Sekretärin nicht anwesend war. Manchmal tranken die beiden ein Gläschen Prosecco zusammen und Doris erzählte Monika dabei,

264

wie sie zuletzt von Michael auf ihrem Schreibtisch versohlt und gebumst worden war. Ein kleines Küsschen und ein Griff zwischen die Beine rundeten das Mädchengespräch dann ab.

Michael ist jeden Dienstag und Mittwoch mit Monika zuhause im eigenen Schlafzimmer. Am Dienstag natürlich nur zu zweit, am Mittwoch belegt Linda nachts das Beistellbett und darf dem Liebespaar Michael und Monika beim Ficken zuhören und vielleicht auch zusehen. Zuvor jedoch muss Linda jeden Mittwoch unter Aufsicht der Nachbarin Kornelia Gabler die Hausordnung erledigen und die eigene Wohnung putzen. Linda wurde vor, während oder auch nach dieser hausfraulichen Beschäftigung meistens und auch gerne von Kornelia versohlt und von der geilen und nun leider unbefriedigten Nachbarin hinterher zur „Belohnung" mit dem Umschnall-Dildo sanft gefickt. Sie hat dieses von Kornelia „Durchgezogen-Werden" dringend nötig! Die zuvor mit dem Strap-On gebumste Linda praktizierte dann mit Kornelia genau das was sie bekanntlich besser als Hausarbeit kann: Ficken! Genau, Ficken und gleichzeitig die feuchte Muschi-Streicheln! Meist gelang es Linda problemlos, die oft strenge, aber letztlich doch sehr liebe Nachbarin ins feuchte Paradies zu schicken! Während nun Linda fleißig putzte und sich um den Orgasmus der Nachbarin in deren Wohnung kümmerte, knutschten und vögelten Michael und Monika ungestört in ihrem Schlafzimmer.

Peter ist in Südtirol sehr gut ausgelastet, er hatte keinen Kontakt mehr zu Linda, Michael und Kornelia aufgenommen. Erika und er verbrachten die Nächte seiner vier freien Tage im Schlafzimmer der Familie Staudner. Herbert schlief in seinem „Gäste-Zimmer" und beobachtete jede Nacht auf dem Bildschirm, wie Peter seine liebe Frau im Ehebett zwei- oder dreimal gut durchvögelte. Herbert gesellte sich einmal wöchentlich zu dem Liebespaar in seinem Schlafzimmer, um dem Fick von Erika mit Peter persönlich beizuwohnen. Er schaute den beiden beim Pudern zu, wichste seinen Schwanz hart und als Peter nach seinem Erguss den Schwanz aus Erikas Pussy zog, bumste Herbert dann seine Frau Erika in die direkt zuvor von Peter befahrene Lustgrotte. Dann kam Herbert in ihrer feuchten Pussy doch recht zuverlässig. Erika besuchte und bumste mit Peter in Bozen, wenn er zwei Tageshälften zwischen Früh- und Spätschicht frei hatte. Die zwei kurzen Nächte zwischen Spät- und Frühschicht verbrachte Peter alleine in seinem kleinen Bozener Appartement. Die letzte Stunde seiner abendlichen Trainingsstunden verbrachte er allerdings im persönlichen Trainingsraum der fünfzigjährigen, gutaussehenden Besitzerin des Studios, Signora Gianna Astori. Sie wusste die verschiedenen Fähigkeiten Peters zu schätzen, nicht nur die als versierter Fitness-Trainer, sondern auch seine Fertigkeiten als Mann und Liebhaber. Er leckte seiner Chefin sehr einfühlsam

266

und erfolgreich die Pussy aus und fickte sie anschließend auf der Schaumstoffmatte. Gianna genoss am Ende einen feuchten Abgang, Peter hatte danach Feierabend.

Linda wurde im Büro in der Regel jeden Mittwoch-Nachmittag von Udo Jacoby, dem Mann ihrer Kollegin Helga, beim „Nacharbeiten" in ihrem Büro besucht und von ihm lustvoll auf ihrem Schreibtisch gebumst. Am gleichen Tag oder auch am Donnerstag wurde sie immer nach einer Nackt-Popo-Züchtigung von ihrer Zimmer-Kollegin Helga zum Firmen-Chef Ralf Steenbeck geschickt. Der schlug sie leicht mit der flachen Hand auf den vorher von Helga versohlten Popo. Nach der nicht unangenehmen Vorbehandlung legte sich Linda bereitwillig rücklings mit weit nach hinten gespreizten Beinen auf seinen Schreibtisch. Dort ergötzte sich Ralf erst ausgiebig an seiner geilen und fickbereiten MTA, dann bumste er Linda so gut durch, dass meist nicht nur er, sondern auch seine hübsche und brave Angestellte zum Orgasmus kam. Allerdings musste Linda an dem Tag trotzdem immer mindestens eine Stunde „Nacharbeiten".

Von Donnerstag auf Freitag, sowie Samstag auf Sonntag schliefen Michael und Monika zuhause im Schlafzimmer der Wohnung der Familie Springer. Linda lag im Beistellbett während Monika und Michael im Ehebett erst zusammen bumsen und dann friedlich einschlafen. Doch es gibt situationsbedingte Abweichungen von dieser „üblichen" Norm. Wenn Michael seine Chefin und Freundin Monika im Büro wegen eines von ihr verschuldeten krassen Fehlers erwischt hatte oder sie ihm einen Patzer beichtete, dann setzte es unnachgiebig in Michaels Büro Hosenspannern und er versohlte ihr bei sich zuhause nochmals den nackten Arsch.

Wenn Monika mit Linda allein zuhause war und Michael in einem Hotel gemeinsam mit seiner blonden Sekretärin Doris übernachtete und sie bumste, dann fand sie meist einen Anlass Linda zu züchtigen. Sie wollte das jedoch nicht übertreiben, sie ließ sich manchmal auch etwas von Linda verhauen. Ob so oder so, beide Mädel landeten dann im Ehebett und leckten sich so gekonnt die süßen Fötzchen aus, dass jede mindestens zwei Abgänge in dieser „Nacht ohne Michael" hatte.

Es kam danach oft vor, dass Monika kurz darauf Linda züchtigte, da diese während ihrer eigenen Rohrstock-Bestrafung unvorsichtig aber regelmäßig lautstark Unverschämtheiten von sich gegeben hatte. Michael ließ daraufhin sehr gerne beide Frauen mit versohltem Popo vor ihn auf das Sofa im Wohnzimmer knien, die Beine mussten oder durften sie weit spreizen. So konnte Michael ein herrlich erotisches gleichschenkliges Dreieck erkennen. Monika wie Linda mussten dann den rot gestriemten Popo präsentieren. Der eben zum

Abstrafen benutze Rohrstock wurde zwischen die Po-Backen geklemmt und die zwei Mädels mussten sich so fünf Minuten lang stillhalten. Danach durften beiden Damen gleichzeitig ihr Pussy mit beiden Händen weit öffnen und so für Michael zur Schau stellen.

Welche Muschi nun den Hausherrn mehr anregte, bekam seinen Schwanz als Anerkennung und Dank zuerst zu genießen und zu spüren. Meist bumste Michael dann Linda und Monika abwechselnd durch. Spritzte er erst bei Linda ein, dann kam sie anschließend ins Beistellbett. Nach einer Erholungspause fickte er eine Stunde Monika im Ehebett. Zuhause begannen oftmals die „Abende zu Dritt" mit dem hingebungsvollen Hinknien der beiden Frauen auf dem Sofa im Wohnzimmer oder dem Ehebett im Schlafzimmer. In dieser praktischen und sehr erotischen Stellung wurden die Damen abwechselnd von Michael gestoßen. Freundin Monika ist nun seine bevorzuge Erst-Frau und er hat weiterhin seine Ehefrau Linda als die zusätzliche erotische Gespielin, quasi zur Zweitfrau degradiert. Das hat Linda nicht nur verstanden, sondern auch akzeptiert und zu genießen gelernt!

So wird das „Gleichschenklige Dreieck" zur „Runden Sache" und auch künftig lustvoll und politisch unkorrekt weiterhin gelebt.

Ende!